スウィンバーン研究

上村 盛人
Morito Uemura

溪水社

まえがき

　本書は、ヴィクトリア時代に活躍した、ラファエル前派の代表的詩人および文学者であるアルジャノン・チャールズ・スウィンバーン (1837-1909) について、独自の個人的神話に基づいて展開する彼の詩の世界を中心にして考察し、さらに、現代にいたる芸術の革新運動に連動するラファエル前派主義および審美主義の芸術家や文人たち（すなわち、D. G. ロセッティ、ウォルター・ペイター、シメオン・ソロモン、J. M. ホイッスラー）との関わりについて論じた書物である。

　スウィンバーンは現在、ラファエル前派の代表的詩人および文学者として認識され、活発な研究が行なわれている。彼の主要な作品については、エヴリマンズ・ポエトリーの一冊として1997年に、ペンギン・クラシックス版として2000年に、またイエール大学出版局から2004年に、いずれもペーパーバック版が刊行されている。書簡集も、1962年に全6巻の有益なシリーズが完成したが、さらにそれ以降、新たに見つかったものを編纂した全3巻の補遺版が、2005年に出版された。スウィンバーンに関わる伝記や研究書もこの数十年の間にかなり出揃ってきた。しかるに、日本語で読めるスウィンバーンの研究書は、七、八十年前に刊行されたものが数点あるだけである。本書は、スウィンバーン研究の現況を審らかにすると同時に、このユニークな詩人の特質を新たな角度から提示することを目指している。

　本書は全十章から成り立っている。第一章では、海を生涯愛したスウィンバーンが、自分は父なる太陽と母なる海の間に生まれた子供であるとする独自の個人的神話を創り上げ、実生活においても文筆活動においても、その個人的神話に則って行動し、本質的に海が大きな役割を果たしていたことを論じている。第二章では、芸術の神でもある太陽(アポロ)を父に、穏やかな凪から荒れ狂う嵐へと変化する千変万化の海を母とする、という個人的神

i

話に基づいた、スウィンバーンの詩作の原理について論じている。第三章では、スウィンバーンの作品によく現れる＜ファム・ファタル＞像が、凪から荒れ狂う嵐へと変化する母なる海に連動するものであり、詩人の個人的神話体系との関連で考察されるべきものであることを論じている。第四章は、スウィンバーンが分担執筆し、親しいいとこのメアリとの共同作業の成果として出版された児童向けの小説を論じ、小説の中で何度も言及される紳士教育のための鞭打ち体罰の描写の中に、ヴィクトリア時代そのものの偽善性が示されていることを考察している。

　第五章から第七章では、スウィンバーンの代表的な三つの詩集、つまり、センセーショナルな騒動を引き起こした『詩とバラード』（第一集、1866年）、現代にいたるまで評価が賛否両論に分かれる『日の出前の歌』（1871年）、そして詩集として常に高い評価が与えられている『詩とバラード』（第二集、1878年）について、それぞれ個別に、詳細な分析をして考察している。すなわち、第五章では、詩集の主だった作品を取り上げて分析し、①エロスへのあこがれ、②タナトスへのあこがれ、③芸術の不滅性を指向する態度、という三点が詩集を貫くテーマであることを指摘している。第六章では、『日の出前の歌』に収められている全作品について分析し、上記の三大テーマのうち、特に、芸術の不滅性を指向する態度を強く訴えているのがこの詩集であり、スウィンバーンの思想や詩学が変化したわけではないことを指摘している。第七章では、『詩とバラード』（第二集）の主だった作品を分析し、三大テーマのうち、タナトスへのあこがれ、芸術の不滅性の二つのテーマが強調されていることを論じ、さらにスウィンバーンが、中世フランスの詩人ヴィヨンの重要性を認識し、スウィンバーン自身の英訳詩を収めているのがこの詩集の特色であることを指摘している。

　第八章では、ほぼ同時代に生きた、著名な審美主義的文学者ウォルター・ペイターとスウィンバーンの交流や影響関係について、具体的なテクストに基づいて論じている。第九章では、D. G. ロセッティ、シメオン・ソロモン、J. M. ホイッスラーといったラファエル前派の画家たちとスウィンバーンの関わりについて考察し、スウィンバーンの詩や評論を拠

りどころにして、詩人のラファエル前派的特質に焦点を当てて論じている。そして第十章では、海洋生物学者レイチェル・カーソンや作曲家アルフレッド・リードに与えたスウィンバーンの影響について論じ、スウィンバーンの現代的意義を指摘して、本書の結びとした。

　スウィンバーンが書いたすべての作品を取り上げて論じているわけではないが、このユニークな文学者の本質的な特徴についてはおおむね指摘できたはずである。(本書で取り上げることのできなかったスウィンバーンの作品やそれに関連する文献等については、巻末の「参考文献」および「あとがき」をご参照願いたい。)全十章のうちどの章から読み始めても、スウィンバーンの特質を理解していただけるとは思うが、第一章から順次読み進むうちにこの詩人の本質が理解されるようにと、章の並べ方に配慮したつもりである。スウィンバーンに対する理解と認識が高まることを願っている次第である。

目　次

まえがき ……………………………………………………… i

第一章　海の詩人スウィンバーン …………………………… 3
第二章　スウィンバーンの世界観と詩学 …………………… 18
第三章　スウィンバーンと＜ファム・ファタル＞神話 ……… 38
第四章　『チャペルの子供たち』…………………………… 58
第五章　『詩とバラード』（第一集）………………………… 67
第六章　『日の出前の歌』…………………………………… 87
第七章　『詩とバラード』（第二集）………………………… 118
第八章　スウィンバーンとペイター ………………………… 138
第九章　ラファエル前派詩人スウィンバーン ……………… 157
第十章　スウィンバーンと現代 ……………………………… 179

スウィンバーン年譜 ………………………………………… 183
参考文献 ……………………………………………………… 189
あとがき ……………………………………………………… 198
索引 …………………………………………………………… 201

スウィンバーン研究

第一章

海の詩人スウィンバーン

I

　ジェイムズ・ジョイスは『フィネガンズ・ウェイク』の中で、"the swimborne in the one sweet undulant mother"と述べて、「優しくうねる唯一の母［なる海］のなかで、泳ぎ生まれ［運ばれ］し者」というように、生涯、母なる海で泳ぐことを愛した海の詩人スウィンバーンをうまく描写している。[1]（尚、この小説を巧みな日本語に移し変えた柳瀬訳ではスウィンバーンは「酔夢晩」と表記されている［"swim"には（酔っ払って）「目が泳ぐ、目まいがする」と言う意味があり、スウィンバーンは確かに酔いどれ詩人として知られていた］が、[2] 本章の趣旨からすれば、「水夢坊」と表記する方がより適切だろう。）さらにジョイスは『ユリシーズ』でも、"Isn't the sea what Algy calls it: a great sweet mother?"（「海はまさしくアルジーの言う通り、偉大なる優しき母じゃないか？」）と述べて、「偉大なる優しき母」と海に呼びかけたアルジー（アルジャノン・チャールズ・スウィンバーン）に言及している。[3]

　「偉大なる優しき母」（"great sweet mother"）という表現は、スウィンバーンの詩、「時の勝利」（"The Triumph of Time"）の「偉大なる優しき母のもとに戻ろう／人々の母であり恋人でもある海のもとに」（"I will go back to the great sweet mother, / Mother and lover of men, the sea"）に由来している。[4] この詩はスウィンバーンの生存中からすでに有名になっていた。その一例として、詩人が1879年10月10日付けでエドモンド・ゴスに宛てて、「僕を育ててくれた母［なる海］の歌を聴いて、僕の拙ない歌を思い浮かべて頂いた由、何と光栄に思っているか」（"how much honoured I am by her association of my poor song with my nursing mother's") とどうか奥様に伝えて欲しいと述べている手紙を取り上げることができよう。[5] つまり、コーンウオールの海岸で潮騒を聞いた夫人がスウィンバーンの「時の勝利」を思い浮かべたと、ゴスに教えられて、詩人が礼を述べたのがこの手紙なのである。

　この同じ手紙で、スウィンバーンは続けて、「象徴的で半自伝的な詩を書こうと考えたことがあるのですが……それは海の女神アムピトリテに子供が宿って生まれ、そして育てられることに関わるもので……その子供はイオーンのようにアポロ神殿で仕えるようにと育てられるのです」("I once thought of a symbolical quasi-autobiographical poem ... concerning the generation, birth and rearing of a by-blow of Amphitrite's ... reared like Ion in the temple-service of Apollo") と書いているが、「サラッシウス」("Thalassius") という作品で、スウィンバーンはその「象徴的で半自伝的な詩」を書き上げた。この詩のタイトルには「海カラ生マレシ者」という意味があり、この作品は、太陽と芸術の神アポロを父とし、海の精キュモドケー (Cymodoce) を母として、つまり詩人が精神的には太陽と海の子供として生まれたことを半自伝的に歌ったものである。「我が日の光と海から生まれし子供にして／里子となって地上に逃れし者」("Child of my sunlight and the sea, from birth / A fosterling and fugitive on earth") (*Poems*, III, 310) と父なるアポロが子供について述べている。

　このように詩人は自らを神話化し、母なる海と父なる太陽の間に生まれた子供として、芸術の神である父アポロから受け継いだ霊感を得て、母なる海を讃える作品を書くのが自分の仕事だと考える。そしてスウィンバーン自身、実生活においても詩作においてもことあるごとに、母なる海と父なる太陽に挨拶を送っていたのである。芸術と太陽の神アポロの子として海で泳ぐことを愛したスウィンバーンが、スイマーとしてどのようなことを考え、どのような作品を書いたのかを本章で考察する。

II

　海に対する憧れ、泳ぐことに対する情熱は、幼い頃から老年に至るまで、スウィンバーンにとって一貫して変わることはなかった。南英のワイト島で過した幼年期から泳ぐことに親しんだスウィンバーンは、「海については、生まれる前から海の塩が体内を流れていたに違いありません。……他のことで怖いと思った記憶はありますが海を怖いと思ったことは一度もありません。……そのような訳で僕の書くすべての詩の中で、僕が絶えず情熱的に海に戻るのは紛れもない真実なのです」("As for the sea, its salt *must* have been in my blood before I was born. ... I remember being afraid of other things but never of the sea. ... only it shows the *truth* of my endless passionate returns to the sea in all my verse")（*Letters*, III, 12. イタリックスは原文のまま）と述べて、海の詩人としての自己を神話化しそれを強調している。体罰の厳しさで知られたイートン校在学中は海で泳ぐことはできなかったが、そのかわり川でよく泳いだことが、体罰の鞭打ちの記憶と共に、スウィンバーンの心身に深い印象として刻み込まれた。また彼はピレネー山地の奥深い湖で泳いだこともあった。ワイト島だけではなく、北海に臨むノーサンバーランドの海やスコットランドのスカイ島でも泳いだ。

　海に対する感覚を五感のすべてを通して身に付けていたスウィンバーンは、他の文学者や芸術家が描いた海に対しても敏感に反応した。例えば、アメリカの詩人ホイットマンに関して、「彼の本にはいつも海の匂いを感じますが、このようなことは今生きているイギリス人の本にはまったくありません」("I always smelt the sea in that man's ［Whitman's］ books, and never in any Englishman's now alive")（*Letters*, I, 208）と述べて、ホイットマンの海の描写を高く評価している。とりわけ、"Out of the Cradle Endlessly Rocking"（「絶え間なく揺れる揺りかごから」）に大きな感銘を受け、これにヒントを得てスウィンバーンは、海に対する深い思いを綴った"On the Cliffs"（「崖の上にて」）を書き上げた。また1867年のロイヤル・ア

カデミー展で見た、「フック (James Clarke Hook) によって描かれた……本当に見事な海の光景、つまり、今にも崩れようとする、盛り上がった大波の上で少年達が漕いでいる船」("really good seascape ... by Hook, a boat rowed by boys on the edge of a full rising wave, curving into a solid mound of water before it breaks") の絵を見て、「思わず波間に飛び込みたい気持ちに駆られました」("It made me thirsty to be in between the waves") と母親に宛てた手紙で書いている (*Letters*, I, 243)。このように、印刷された詩の言葉の中に海の匂いを嗅ぎ取り、描かれた絵の中の海に飛び込みたいと願うほどにスウィンバーンは、海に対して、確かに並外れた感受性をもっていた。そして彼は夏でも冬でも泳ぎだし、潮流に運ばれて溺死しそうになっていたところを漁船に救われたこともあった。

III

　1868年、北フランスのノルマンディー海岸の保養地として知られるエトルタで夏を過ごそうという友人の誘いに応じた手紙の中で、スウィンバーンは、「海に対する渇望（これは極めてサッフォー的で、かつより一層サド的なものなのですが）を思う存分に癒し」("to satiate my craving (ultra Sapphic and plusquàm-Sadic) lust after the sea") (*Letters*, I, 305) たいと述べているが、文中の "Sapphic" と "Sadic" という言葉は、韻を響かせるのが得意であったスウィンバーンの単なる語呂合わせではなく、後述のように、サッフォーとサドをきわめて重要なものとしてスウィンバーンが海に結び付けていたことを示すものである。母親宛ての手紙で、「本当の海の冒険をした」と述べているように、このエトルタ滞在中に、スウィンバーンは沖まで流されて、危ういところを漁船に助けられた。("I had a real sea adventure there which I will tell you about when we meet. I had to swim ... over two miles out to sea and was picked out by a fishing boat.") (*Letters*, I, 309.) ルックスビーが指摘しているように、このときの溺死寸前の体験に基づいてスウィンバーンは "Ex-Voto"（「奉納物」、つまり、母なる海へ捧げられたもの）

と題する詩を書いた。[6] このとき、スウィンバーン救出に向かおうとした人々の中に若き頃のモーパッサンもいたが、彼は、「エトルタのイギリス人」("L'Anglais d'Étretat")というエッセイ風の小説を後年に書いて、当時のスウィンバーンとその友人（George Powell）の奇妙なボヘミアン風の生活ぶりを回想している。[7]

詩の行末に置かれた"sea"と韻を踏む語としてスウィンバーンが好んで使う語は、"be," "free," "liberty," "me," "she," "thee"などであり、母なる海は「自由」("free"; "liberty")な「私」("me")を「存在」("be")せしめるものというような連想をもたらす語群である。彼の詩の中で語り手達は、海を自由に泳ぎまわり、時には愛する海と戯れて、「あなた」("thee")と呼びかけたりしている。このようなスイマーとしての体験についてスウィンバーンは、詩作品だけではなく、小説や評論や書簡などの散文においても実に夥しく書いている。

例えば、未完の断片として残された小説、『レズビア・ブランドン』では、「海が示すあらゆる残忍性や裏切り、陰険な欲望や狂暴な秘密は神聖な海の特性の一部であり、海を愛する人々には崇めるべきものとして受容されるのだった」("All cruelties and treacheries, all subtle appetites and violent secrets of the sea, were part of her divine nature, adorable and acceptable to her lovers")と書かれている。[8] 時には海が露わにする「あらゆる残忍性や裏切り、陰険な欲望や狂暴な秘密」は上でスウィンバーンが述べていたサド的な海の一面である。烈しい海に叩かれ、全身が赤くなるほどに打ちつけられても、泳ぐことに無上の喜びを感じる登場人物、ハーバート（Herbert）の海へのオマージュがここでは描かれている（18）。またハーバートは荒れた日に勝手に海で泳いだというので、指導教師から体罰を受ける（19）。教師が生徒に与える体罰は二人の間の「決闘」("a duel")（17）であり、荒れ狂う海に耐え、また教師の振るう鞭にも雄々しく耐えることに意義を見出そうとする「男らしさ」(masculinity)の問題として扱われている。またハーバートが密かに愛するレズビア・ブランドンは、ギリシア語でサッフォー風の詩が書ける才能をもち、言い寄る男達をはねつける女

性で、「まさに当世風のサッフォーと言えよう」(53-54)と描写されている。サッフォーはスウィンバーンにとって最高の詩人であり、レウカディアの崖から海に身を投じたとされているがゆえに、海はサッフォーの連想に満ちているトポスでもある。繰り返し話題にされる体罰、海に関する感覚的な描写、そしてサッフォーへの連想――これらの要素を中心に展開するこの未完の小説は、スウィンバーン研究にとって重要な作品の一つである。

IV

　1871年9月16日付けの手紙で、スコットランドのスカイ島に近いロッホ・トリドンで、スウィンバーンは素晴らしい一日を過ごしたと述べ、「太陽の光を浴びて海上と海中の二つの世界できらきら輝いている岩棚の下を、入り江から美しい岬へと廻って別の入り江まで泳いで行き、今度はそこを逆に泳いで戻った」("[I] swam right out of one bay round a beautiful headland to the next and round again back under shelves of rock shining double in the sun above water and below") (*Letters*, II, 157) と書いているが、9月中旬とはいえ相当に冷たいスコットランドの入り江でも彼は母なる海と父なる太陽に挨拶を送ったのである。このときの体験を「ロッホ・トリドン」("Loch Torridon")と題する詩に書いたが、この作品や「北海のほとりで」("By the North Sea")、「ニンフに捉われし人」("A Nympholept")のような「地誌的」("topographical")な詩は、ルックスビーが指摘するように、「しばしば彼の傑作になっている」(Rooksby, 251)。

　またワッツに宛てた手紙で、「貴兄に聴いてもらいたい新しい詩があります。それは……これまでに書いた……どの作品よりももっと長いのです」と述べて、「崖の上にて」と題する新作について説明している。それまでに書いた詩の中で最長の作品は、サッフォーの同性の恋人をテーマにして痛烈な非難を浴びた「アナクトリア」であったが、新作はこれよりも94行も長いけれども、ずいぶん前に構想されたものであるとスウィンバーンは述べている。そして、海のほとりで鳴いているナイティンゲール

について歌った400行足らずの新作には、「アナクトリア」のような「破廉恥なスキャンダルを引き起こす見込みはあまりないだろう」とユーモラスに述べたあとで、ナイティンゲールはフィロメラが鳥に変身したものだとするオヴィディウスの説に異議を唱え、この鳥の正体について語っている。この鳥は絶対にフィロメラの化身ではなく、その正体が、「学校時代の夏休み中のある日に突如として思い浮かんだ」と説明しているが、原文は以下の通りである。

> "I have a new poem ["On the Cliffs"] to read you, longer ... than any ... in either of my collections. 'Anactoria' which is next longest is ninety-four lines short of this new-born one—which however was long since conceived though but now brought forth ... I fear there is not overmuch hope of a fresh scandal and consequent 'succés de scandale' from a mere rhapsody just four lines short of four hundred（oddly enough）on the song of a nightingale by the sea-side. I don't think I ever told you, did I? my anti-Ovidian theory as to the real personality of that much misrepresented bird—the truth concerning whom dawned upon me one day in my midsummer school holidays, when it flashed on me listening quite suddenly 1) that this was *not* Philomela—2) in the same instant, *who* this was. (*Letters*, IV, 77-78. イタリックスは原文のまま)

思わせぶりな書き方だが、スウィンバーンにとって、美しい声で歌うその不滅の鳥の正体はサッフォーであった。「学校時代の……ある日」と述べているように、彼がサッフォーの不滅の詩について学んだのは、イートン校時代であり、覚えさせられたサッフォーの詩のリズムは、間違えば体罰として与えられた鞭のリズムとない交ぜになっていた。「人や人の欲望を超えた者であり／黄金の喉と太陽の魂をもった／鳥であると同時に神でもあり、／我々すべての魂と歌にとって父と呼ぶべき太陽」("being more than man or man's desire, / Being bird and God in one, / With throat of gold and spirit of the sun; / The sun whom all our souls and songs call sire")（*Poems*, III, 314）と書いているように、芸術と太陽の神アポロ、ナイティンゲール、サッフォーはスウィンバーンにとって三位一体をなす最高の存在であった。9)「女性と神と鳥が三位一体の魂となった者よ」("O soul triune, woman and god and bird")（*Poems*, III, 322）と彼は呼びかける。

　サッフォーは海に身を投げ、作品の多くも破壊されたが、人々の記憶によって伝えられてきた作品の断片やパピルスが残っているだけである。そのような彼女の情熱的な歌は不滅であるとスウィンバーンは考える。センセーショナルな非難を浴びた「アナクトリア」や難解な「崖の上にて」の中で、スウィンバーン自身、サッフォーの断片的な詩句を英訳して作品に組み込み、不滅のサッフォーとの一体化を試みている。「『アナクトリア』で試みたようにサッフォーの言葉を滑らかに英語で言い換える代わりに、スウィンバーンは、『崖の上にて』においてはサッフォーの断片的な詩句を英訳して本文にはっきりと組み込んでいる。サッフォーの言葉はイタリックスで示され、彼女のテクストが目立つようにしている」とプリンズが指摘するように、10) スウィンバーンは「アナクトリア」ではパラフレーズしていたサッフォーの詩句を、「崖の上にて」ではイタリックスの英訳にして組み込み、サッフォーの原文のテクスト性を目立たせる工夫をしている。

　さらにプリンズは、「学校時代の体罰の鞭で与えられた傷がスウィンバーンの韻文のリズムに反映している。スウィンバーンは過酷にも心身に刻み込まれた形式として体罰を記憶している。つまり、鞭打ちによって『心身に刻印されたもの』が苦痛を伴う喜びとしての韻律の体験となる」（Prins, 151）と述べ、学校時代の体罰について強迫観念に捉われたかのように語るスウィンバーンの心身に刻まれた傷が、優れた詩の韻律を生み出すことになったと指摘する。さらにプリンズは、寄せては返す波のリズム、そして体罰で与えられる鞭のリズムが、詩人の心身に消えることのない感覚を与え、それが作品の韻律となって生み出され、サッフォーの不滅性を訴えるスウィンバーンの作品も不滅の永遠性を帯びてくると述べる

(Prins, 112-173)。

　また、「これまでに存在した中でまさに最高の詩人」("the very greatest poet that ever lived")(*Letters* IV, 123) としてサッフォーに敬意を示し、男女が一体となった「ヘルマプロディトス」("Hermaphroditus")に理想の芸術の状況を認めるスウィンバーンを、「女性的崇高性」("female sublime")を重視する文学者とみなし、モダニズム文学の先駆者と考えるマクスウェルは、サッフォーの身投げを、「自殺ではなく始原への回帰」("less a suicide than a return to origins")と見なしている。[11] そして、「『崖の上にて』におけるサッフォーへの崇拝ぶりから読み取れるように、女性原理に自らを任せようとするスウィンバーンの意志が、光り輝く憧れの対象である『女性的崇高性』に男性である自己を融合させる」(Maxwell, 212) ことを試みるのである。そしてそこに、男女が一体となった「両性具有」の理想の芸術の状態が生まれることになる。さらにマクスウェルが指摘するように、「『海』("sea")という語で結ばれるスウィンバーンの詩には常に、優しくもあり残虐でもある母なる海とサッフォーとが潜んでいるので、彼が繰り返し実践するこのような詩の結び方は、彼が女性原理に身を任せることを示していて、夢想化された始原、つまり海の崇高で本源的なリズムへと回帰させることで詩を終らせる」(Maxwell, 215) ことになるのだ。

V

　イギリス海峡に浮かぶガーンジー島やサーク島といったチャンネル諸島の海岸美をたたえた詩を含む詩集『ロンドー体の詩百篇』(*A Century of Roundels*) をスウィンバーンはクリスティーナ・ロセッティに献じたが、彼女宛ての書簡の中で、スウィンバーンはそのことを論じ、次のように述べている。

> If the references to Dante ... à propos of caverns in Guernsey seem strange or far-fetched to you, I wish you—as a poetess, and his

countrywoman—would go and see that wonderful sight for yourself, which I have so faintly tried to indicate. ... Nowhere else, that I ever saw or heard of, is there such a sea for background to such shores—or such land for background to such seas—as in Sark and Guernsey. ... And if you don't believe me on trust, all I can say is, do go and see, and give these almost unknown beauties a word of song—as I have tried to do. (*Letters*, V, 22)

「ガーンジー島の美しい洞窟を描写する際にダンテを引き合いに出したことが、もし奇妙なこじつけと思われるのなら、詩人としてまたダンテの同国人として、貴女にもその素晴らしい景色を自分で見に行って頂きたい」とスウィンバーンは述べている。そして、「そのような海を背景にもつあのように見事な土地も、そのような岸辺を背景にもつあのような見事な海も、サークやガーンジー以外には見たことも聞いたこともありません。……もし僕の言っていることが信じられないのなら、是非、見に行って、ほとんど知られていないその美しさを、僕がしたように、歌の言葉にして伝えて下さい」と述べて手紙を結んでいる。このように、海の景色の「知られていない……美しさを……歌の言葉にして伝える」のが詩人としての自分のなすべきことであると、スウィンバーンは言明する。

また優れた評論である『ウィリアム・ブレイク論』(*William Blake*) でも、「海の調べと香りと変化と色が五感」に与える感覚的な喜びを写実的に描写した、次のような文章をスウィンバーンは書いている。

... we should find that this first daily communion with the sea wrought upon him [Blake] at once within and without; that the sharp sweetness of the salted air was not without swift and pungent effect; that the hourly physical delight lavished upon every sense by all tunes and odours and changes and colours of the sea ... may have served at first to satiate as well as to stimulate, before the pressure of enjoyment grew too intense and the sting of enjoyment too keen.[12]

> ……初めて毎日海と接することによって、彼［ブレイク］が心身共に海の作用を受けたことが分かる。つまり、海の空気の鋭く甘美な要素がすぐに強烈な影響を与えたはずであり、そして、さまざまな海の調べと香りと変化と色が五感を通してひっきりなしに全身に与えられる歓びで……先ず、最初に刺激的であると同時に充分に満ち足りたものとなり、次に、その歓喜の気持ちが強烈になり、痛いほどの喜びとなって鋭く伝わってくるのだ。

　ここでスウィンバーンは、南英の海辺の村フェルパムへ移住したブレイクについて述べているのだが、ブレイクが、「初めて毎日海と接することによって、心身共に海の作用を受けた」と書いている。このあたりの描写は、スウィンバーン自身の体験に基づいて書かれていることは間違いない。それに続く具体的な海の感化作用について、スウィンバーンは詩的な表現を多く用いて、五感全体に行き渡る海の作用を生き生きと描いている。特に、「海の空気の鋭く甘美な要素がすぐに強烈な影響を与えたはずであり、そして、さまざまな海の調べと香りと変化と色が五感を通してひっきりなしに全身に与えられる歓び」("the sharp sweetness of the salted air was not without swift and pungent effect; that the hourly physical delight lavished upon every sense by all tunes and odours and changes and colours of the sea") という一節は、海を讃えるオードとも言うべきもので、/sh/ や /s/ やその他の音の音韻的効果が、海の香り、感触、音、色をはじめとする感覚的描写と共に巧みに用いられており、審美派の海の詩人としてのスウィンバーンの面目躍如たる優れた散文詩となっている。

　このような大いなる海の感化作用は、海を愛する人には共通のものとして、時代や場所を越えた普遍的なものであるといえる。例えば、エコロジストで海洋生物学者でもあったレイチェル・カーソンは、嵐模様の秋の夜に、生後一歳八ヶ月になったばかりのロージャーを毛布にくるんで、雨交じりの闇の中をメーン州の海岸へと連れて行き、初めて海に接したロージャーと過ごした喜びの時について、「私たちは共に純粋な喜びのために

笑い出しました。生まれて始めて荒々しい海と出合った彼［ロージャー］と、これまでの半生ずっと海を愛して海の塩分が体に浸み込んでいる私でした。でも私たちは共に、あたり一面に轟く巨大な海と荒々しい夜に接して、背骨がぞくぞくするような同じ感覚を得たと思うのです」("Together we laughed for pure joy—he [Roger] a baby meeting for the first time the wild tumult of Oceanus, I with the salt of half a lifetime of sea love in me. But I think we felt the same spine-tingling response to the vast, roaring ocean and the wild night around us") と述べている。[13] 上で引いたスウィンバーンの詩的な海の描写に勝るとも劣らない詩的な表現を用いて、カーソンはここで五感に染みとおる海の感化作用を美しく描写している。『潮風の下で』(*Under the Sea Wind*) という本のモットーや『われらをめぐる海』(*The Sea Around Us*) のいくつかの章のモットーとしてスウィンバーンの詩句を選んでいるカーソンは、海に関するスウィンバーンの詩に強く共感していたはずである。

1889年10月30日付けの妹宛ての書簡で、スウィンバーンは、「今日は、海の中で天国に向かって泳いでいるようだった——つまり、壮大に逆巻く波の上と海中に輝かしい陽光が射し込んできて、しばらくまるで素晴らしい天国にいるかのようだった」("To-day when I was in the sea it was like swimming into heaven—the glorious sunlight on and in the splendid broad rolling waves made one feel for the minute as if one was in another and better world") (*Letters*, V, 274) と書いて、「逆巻く波の上と海中」で「輝かしい」太陽に接した時の体験を、「天国に向かって泳いでいるようだった」と述べている。またそれから約二週間後の手紙でも、母なる海と父なる太陽に挨拶を送るべく泳いだときの様子を次のように書いている。

And yesterday ... of course I had to get my plunge at 4 P.M. or thereabouts, just before the sun took its plunge behind a great blue-black rampart of cloud. I saw I could only be just in time—and I ran like a boy, tore off my clothes, and hurled myself into the water. And it was but for a few minutes—but I was in Heaven! The whole sea was literally golden as well as green—it was liquid and living sunlight in which one lived and moved and had one's being. (*Letters*, V, 275)

そして昨日……大きな黒雲の背後に太陽が飛び込む直前の午後四時ごろに、もちろん僕は海に飛び込んだよ。まだ今なら間に合うと分って——子供のように走り、大急ぎで服を剥ぎとり、水に飛び込んだ。ほんの数分間だけだったけれど、僕は天国にいた！海全体が文字通り青と黄金色の世界で——ゆらゆらと揺れる生きた太陽の光があり、その中でしばらく泳ぎ回っていたんだ。

　秋というよりも冬に近い十一月であったが、雲の後ろに太陽が隠れてしまう前の午後四時頃、海に飛び込んだのである。「まだ今なら間に合うと分って——子供のように走り、大急ぎで服を剥ぎとり、水に飛び込んだ。」もう老齢ともいえる五十二歳になっていた詩人ではあるが、雲の後ろに飛び込む太陽と競走をするかのように海に飛び込むさまが、ユーモラスに描写されている。そして、「海全体が文字通り青と黄金色の世界で——ゆらゆらと揺れる生きた太陽の光があり、その中でしばらく泳ぎ回っていた」のである。このときの体験をスウィンバーンは、「スイマーの夢」（"A Swimmer's Dream"）と題する詩の中で描き、「ひんやりとするグレーの枕、／大きく広がる波の深くて優しいうねりに頬を寄せる、／そして計り知れない喜びで目をつむる、／そして世界がこのまま止まってほしいと願う」（"I lean my cheek to the cold grey pillow, / The deep soft swell of the full broad billow, / And close mine eyes for delight past measure, / And wish the wheel of the world would stand"）（*Poems*, VI, 163）と述べて、揺れ動く海のリズムに乗せて、海に身をまかせる喜びが永遠に続いて欲しいという気持ちを表明している。

　また、別の書簡では、「晴れた日には、砂州や岩や海藻の茂る場所が六ヶ所位、さまざまな帯状を形成していて、その広い空間にきれいな海水が入いり込んでいるところを泳いで横切るのだけれど、さまざまな形をした色とりどりのものが姿を変えながら目の下を通り過ぎていくのをじっと

見ることができる。これは海で経験できる最高の喜びの一つだ」("On clear days I swim across half-a-dozen various belts of reef, rock, and weed-bed with broad interspaces of clear sea, and can observe all the forms and colours changing and passing beneath me, which is one of the supreme delights of the sea")(*Letters*, II, 331) と、さまざまな海中の景色を観察しながら泳ぐことの喜びについて、まるでネイチャー・ライターを思わせるような筆致でスウィンバーンは書いている。

　以上述べてきたように、スイマーとして海で実際に経験したさまざまな情況や、自らの個人的神話に基づく太陽と海が織り成す神々しい世界を描写すると同時に、サッフォー以来の長い伝統をもつ詩歌や芸術作品の意義をスウィンバーンは詩、小説、評論、書簡等を通じて書き残した海の詩人なのであった。

注

　本章は、「スイマーとしてのスウィンバーン」(『滋賀県立大学国際教育センター研究紀要』第11号、2006年) に大幅な加筆・修正を施したものである。

1) James Joyce, *Finnegans Wake* (London: faber and faber, 1939; 1975), p.41.
2) 柳瀬尚紀訳、『フィネガンズ・ウェイクⅠ・Ⅱ』(河出書房新社、1991年)、42頁。
3) James Joyce, *Ulysses* (London: Penguin Books, 1986), p.4.訳文は、丸谷才一・永川玲二・高松雄一訳、『ユリシーズⅠ』(集英社、1996年)、17頁を部分的に修正して利用させていただいた。
4) Algernon Charles Swinburne, *The Poems of Algernon Charles Swinburne*. 6 vols. (1904; rpt. New York: AMS Press, 1972), vol. I, p. 42.スウィンバーンの詩の引用はすべて本書によるものとし、以下、*Poems*, I, 42のように略記する。
5) Cecil Y. Lang, ed. *The Swinburne Letters*. 6 vols. (New Haven: Yale University Press, 1959), vol.4, p.106. 以下、本書からの引用は、*Letters*, IV, 106のように略記する。
6) Rikky Rooksby, *A. C. Swinburne: A Poet's Life* (Aldershot, Hants: Scolar Press, 1997), p. 166.

第一章　海の詩人スウィンバーン

7) Guy de Maupassant, "L'Anglais d'Étretat" in his *Choses et autres: Choix de chroniques littéraires et mondaines (1876-1890)* (Paris: Le Livre de Poche, 1993), pp. 180-184.
8) Algernon Charles Swinburne, ed. Randolph Hughes, *Lesbia Brandon* (London: The Falcon Press, 1952), p. 10.以下、本書からの引用は、*LB*, 10のように略記するが、本章ではページ数のみカッコ内に示す。
9) John D. Rosenberg, ed. *Swinburne: Selected Poetry and Prose* (New York: The Modern Library, 1968), p. 252.
10) Yopie Prins, *Victorian Sappho* (Princeton: Princeton University Press, 1999), p. 138.
11) Catherine Maxwell, *The Female Sublime from Milton to Swinburne* (Manchester and New York: Manchester Univ. Press, 2001), p.214.
12) Algernon Charles Swinburne, *William Blake* included in *The Complete Works of Algernon Charles Swinburne*. 20 vols. (1925-27; rpt. New York, 1968), vol. XVI, p. 84.本全集からの引用は、以下、*Works*, XVI, 84と略記する。
13) Rachel Carson, *The Sense of Wonder* (New York: HarperCollins Publishers, 1956; 1998), p.15.

第二章

スウィンバーンの世界観と詩学

I

スウィンバーンはテニスンやブラウニングを始めとするヴィクトリア時代の代表的な詩人の一人であった。また彼はギリシア語、ラテン語をはじめ、イタリア、フランスの言語、文学に通暁し、英文学についても確かな見識を持つ当代一流の批評家でもあった。彼はラファエル前派を代表する詩人として、いわゆる「芸術のための芸術」(*l'art pour l'art*) の英国における紹介者として中心的な役割を果し、さらに世紀末文学にも大きな影響を与えた文学者でもあった。[1] スウィンバーンの唱える「芸術のための芸術」とはどのようなものであったのか。彼の詩に見られる世界観、芸術観、および詩の原理について本章で考察する。

II

スウィンバーンの詩の中で人間は、政治・宗教・精神においてさまざまな抑圧に苦しめられてきたものとして描かれている。救世主として世に現れたキリストに対しても、詩人は、「あなたの出現によって地上での圧制は少なくなったのでしょうか」と次のように問いかける。

> Hast thou fed full men's starved-out souls?
>   Hast thou brought freedom upon earth?
> Or are there less oppressions done
> In this wild world under the sun?　　(*Poems*, II, 82)

あなたは人々の餓え切った魂を十分に満たしてくれたのか？
　地に自由をもたらしてくれたのか？
太陽の下、この荒れた世界に
圧制が少なくなっただろうか？

「時」という強大な流れの中で、無力な人間はただ悲惨な存在であり、強力な「時」は神をも忘却の彼方へ流し去るのである。

> Ye are Gods, and behold, ye shall die, and the waves be upon you at last.
> In the darkness of time, in the deeps of the years, in the changes of things,
> Ye shall sleep as a slain man sleeps, and the world shall forget you for kings.
> (*Poems*, I, 71)

あなた方は神々ではあるが、死ぬのです。そして遂には波の下に隠れるのです。
時の闇の中、歳月の深淵の中、事物の変化の中で、
あなた方は殺された人のように眠り、王であったことを世の人々は忘れるのです。

そして、「(未来の) 人々も我々がそうしたように悲しげに立ち、／我々が今見ているのと同じ野原や空や／海を見るだろう」("Men will stand saddening as we stood, / Watch the same fields and skies as we / And the same sea") (*Poems*, I, 197) とスウィンバーンは述べる。人間はこの世に生れ、しばらくの間生きて、やがて死ぬ。自然はそういう人間に無関心である。
　キリスト教の神も異教の神々もすべて、人間が考え、話し、歌うことを知った後に人間によって想像され、信仰の対象にされたとスウィンバーンは考える。[2] 人々が畏怖し崇拝してきたすべての神々は偽りの擬い物であった、と詩人は考える。新しい神を信仰の対象とする宗教が確立すると

同時に、"thou shalt not ?"（「汝……するなかれ」）式の抑圧的な禁制が敷かれ、それに伴って、個人の主体的意志を抑制する社会慣習や道徳律が打ち立てられ、人はそれに盲従してきた。個人の内なる魂や直感的想像力を尊重するスウィンバーンにとって、これは受け容れがたいことであった。

　この点に関して彼は、そのような社会の圧制的諸相に対する攻撃的告発者としてのサド侯爵に共感を覚えていた。小説『ジュリエット』において、サドは宗教や信仰の圧制と危険性について女子修道院長デルベーヌに次のように語らせている。

> "Once men have as it were got their teeth into the imaginary objects religion proposes, they develop passionate enthusiasms for these objects: they come to believe that these ghosts flitting about in their heads really do exist, and from there on there's no checking them. Every day, fresh occasion to tremble and more adepts quaking: such are the sole effects the perilous idea of God produces in us. This idea alone is responsible for the most withering and appalling ills in the life of man; 'tis this idea that constrains him to deprive himself of life's most delectable pleasures, terrified as he is at all times lest he displease this disgusting fruit of his delirious imagination." [3]

「宗教が与える想像物にしゃぶりついてしまうと、人はそのようなものに熱中するのです。頭の中で飛び交う亡霊が実際に存在すると思い込み、それからは歯止めが掛からなくなります。日ごとに体を震わせる機会が増え、ますます多くの信者が信仰に打ち震えるのです。神という危険な思想が我々の中にもたらすのはそのような影響だけなのです。人生を台無しにさせ恐ろしい悪をもたらすのはまさにこのような思想であり、熱に浮かれたような頭で作り出したおぞましい結果としての神のご機嫌を損ねてはいけないと常に恐れている人間から人生の最大の悦びを奪い去るのはまさにこの思想なのです。」

　「すべてのものが善で、すべてのものは神のなせる業である」というこ

とがサドにあっては、「すべてのものが悪であり、すべてのものは悪魔（Satan）のなせる業である」と考えることに独創性があるとプラーツは述べる（Praz, 104）。また遠藤周作は、「サド侯爵という名が示す通り、フランスの貴族階級に生れましたが、彼自身はこの貴族階級の来るべき崩壊を予感し、と同時にこの階級を裏づけている王制封建主義と通俗化したキリスト教の腐敗に血みどろになって反抗し、新しいモラルをみつけようとした人なのです。したがってサドの作品をこうしたヨーロッパの中心思想ともいうべきキリスト教やフランス革命前の十八世紀思想を考えつつ我々が読みますならば、これを単なる猥褻文書としてとりあげることの滑稽さがすぐおわかりになって頂けると思います」[4]と指摘している。

　スウィンバーンは彼の作品中最も人口に膾炙した劇詩、『カリドンのアタランタ』（*Atalanta in Calydon*）の神学がサドに発するものであると述べているが（*Letters* I, 125）、実際、この作品ではギリシア神話のストーリを追いながらも、次の引用が示すように、個人の自由意志に基づいた偉業を主張するメレアグロス（Meleager）と神への絶対的服従を説く母親アルタイア（Althaea）の対比が鮮やかに描かれている。

  MELEAGER：Things gained are gone, but great things done endure.
  ALTHAEA：Child, if a man serve law through all his life
   And with his whole heart worship, him all gods
   Praise …　　　（*Poems*, IV, 264-265）

 メレアグロス：手に入れたものは消えますが、成された偉業はいつまでも
  残ります。
 アルタイア：わが子よ、もし人が、生涯を通じて神々の掟に仕え、
  心からそれを敬えば、全ての神々はその人を
  誉め称えるのですよ　……[5]

この神話の結末がそうであるように、メレアグロスはその誕生と同時に課せられた運命に従って悲劇的な最期を遂げるが、それでもその神話の枠組

の中で、スウィンバーンは彼を神に反抗する若者として描き、コロスの中に次のような大胆な詩句を挿入している。

> The supreme evil, God.
> …
> All we are against thee, against thee, O God most high.
>
> (*Poems*, IV, 287, 289)

> この上なく邪悪なものである神よ。
> ……
> すべての人が、あなたを、ああ、いと高き存在である神を、憎んでいる。

神に対するこの姿勢はとりも直さずサドのそれと同じものであるといえよう。

　サドを個人の主体性を重視する実存的文学者と見做すジルベール・レリーは次のように述べている。

> Nous conclurons de la sorte: Sade contre Dieu, c'est Sade contre la monarchie absolue, Sade contre Robespierre, Sade contre Napoléon, c'est Sade contre tout ce qui constitue de près ou de loin une mainmise, de quelque nature qu'elle puisse être, sur la toison éclairante de la subjectivité de l'homme. [6]

> こんな風に結論したらよかろう。すなわち、神に反抗するサドは、絶対君主制に反抗するサド、ロベスピエールに反抗するサド、ナポレオンに反抗するサドと一つのものである。どんなやり方であれ、人間の主体性という光り輝やく宝を近くから遠くから占有しようと狙っているものに対しては、サドはことごとく反抗するのである、と。

スウィンバーンはサドを "a sort of burlesque Prometheus"（「プロメテウスの道化のようなもの」）であるとし、"You are only a very serious Simeon

Stylites – in an inverted posture"(「あなたは極めて真面目な柱頭行者シメオン──ただし逆立ち姿勢のシメオンです」) と呼びかけている (*Letters*, I, 57)。つまり専制的な教会に反抗し、主体的個人の自由な性の解放を極度にまで追求するサドを、人類に光明の火をもたらしたプロメテウスに喩え、また、高い柱の上で難行苦行をしたと伝えられる5世紀のシリアの隠者シメオンに喩えるのである。これらの喩えにはスウィンバーン一流の諧謔が含まれているが、あのヴィクトリア時代に彼がサドのそのような特徴を見出し、共感していたことは注目に値するといえよう。

III

　スウィンバーンはキリスト教の神をも含めすべての神々にも消長があり、強力で無情な「時」の流れの中で、古い神は滅び、新しい神が勢力を得、その神もさらにより新しい神にとって代られる運命にあると考える。そして彼は、「時間」とか「日」という概念が人間によって考え出される以前の太古の時代から未来永劫にわたって「一つの法則」が支配していると歌う。

> In the days when time was not, in the time when days were none,
> Ere sorrows had life to lot, ere earth gave thanks for the sun,
> Ere man in his darkness waking adored what the soul in him could,
> And the manifold God of his making was manifest evil and good,
> One law from the dim beginning abode and abides in the end,
> In sight of him sorrowing and sinning with none but his faith for friend.
> 　　　　　　　　　　　　　　　　　　　(*Poems*, VI, 306)

> 時がまだなかった日々、日にちというものがなかった時、
> 悲しみがそれぞれの人の生に割り振られる前、大地が太陽に感謝する前に、
> 闇の中に目覚めた人が自らの魂の崇めものを善しとし、
> そして自らが作った多様な神が明らかに良き神、悪しき神となった以前の

　　　　昔から、
　　おぼろげな原初の頃から一つの変わらぬ法則があって、最後まで留まり、
　　自らがこしらえた信仰とともに悲しみ、罪を犯す人を見ている。

　この「一つの法則」とはいったい何なのか。スウィンバーンはそれを「運命」という言葉で言い換えている。

> Fate, that was born ere spirit and flesh were made,
> The fire that fills man's life with light and shade;
> The power beyond all godhead which puts on
> All forms of multitudinous unison,
> A raiment of eternal change inwrought
> With shapes and hues more subtly spun than thought,
> Where all things old bear fruit of all things new
> And one deep chord throbs all the music through,
> The chord of change unchanging, shadow and light
> Inseparable as reverberate day from night;
> Fate, that of all things save the soul of man
> Is lord and God since body and soul began;　　(*Poems*, IV, 132)

霊魂と肉体が作られる前に生まれていた運命、
人の生を光と闇で満たす炎ともいうべきもの。
多様な音色(ねいろ)を奏でてあらゆる形態をとる
すべての神を超えた力、
人が思いもつかない巧みな形と色で
織り込まれ、永遠の変化という衣をまとった存在、
そこではすべての新しきものが昔ながらの古きものから実を結び
ただ一つの深い調べだけが楽の音を響かせている、
それは変化という不変の調べであり、光と闇が
昼と夜のごとく一体となって響きあっている。
それはつまり運命のことだが、人の魂を除くすべてのものの中で

人の霊と肉が始まって以来唯一の主であり神なのだ。

　「運命」は霊と肉の分離以前からあって、人間によって考え出されたすべての神を超越するものであり、「変化という不変の調べ」を奏でるものである。ハーンの言うように、スウィンバーンは、「人や神々や宇宙そのものよりも大きな力、生や死を支配し、永劫に変化し続け、人が愚かにも不変であると思っているあらゆるものを流し去るある測り難い力」[7]の存在を信じていた。

　このように、スウィンバーンの世界観、あるいは歴史観は極めてマクロ的であり、人類の、もっと正確に言えば、生命の曙とも言うべき遙かなる太古の時代に思いを馳せ、それから永々と続き、これからも続いてゆくであろう「生命の火」とでもいうべきものに我々の注意を向ける。ここには紛れもなく、ヴィクトリア時代の価値観に重大な影響を与えたダーウィニズムの影響が見られる。

> Though sore be my burden
> And more than ye know,
> And my growth have no guerdon
> But only to grow,
> Yet I fail not of growing for lightnings above me or deathworms below.
> 　　　　　　　　　　　　　　　　　　　　　(*Poems*, II, 77)

> 私が担うものはひりひりと痛く
> 人には知りえないものであり、
> 私の成長には何の報いもなく
> ただ大きく成長するだけ、
> 天に雷鳴が響き、地に死体を食らう蛆虫がいようとも、私は必ず成長する。

　上にその一部を引用した「ハーサ」("Hertha") は当時の進化論的思想をよく表しているとされる作品である。スウィンバーンが「法則」や「運命」

と言い、ハーンが「測り難い力」と名付けているものは、親から子へと未来永劫にわたって生命の火を受け渡していくことに関わるある種の生物学的な生命の推進力のようなものであろう。この力は、太古の昔、地球に最初の生命が現れると同時に発生し、今日まで永々と続いてきた。それ故にそれは人間や神々よりもはるかに古く、偉大なものといえる。さらに、それは個々の生命には誕生と死という変化を与えるが、種としての生命そのものは変ることなく永続させるが故に「変化という不変の調べ」と歌われる。

　スウィンバーンは、時には、生命をもつとは考えられない風や夜のとばりや夜明けの中に、そのような秘密の生命力の存在を認める。次に引用する詩の中で、その力は「パン」("Pan")と呼びかけられている。

> But in all things evil and fearful that fear may scan,
> As in all things good, as in all things fair that fall,
> We know thee present and latent, the lord of man;
> In the murmuring of doves, in the clamouring of winds that call
> And wolves that howl for their prey; in the midnight's pall,
> In the naked and nymph-like feet of the dawn, O Pan,
> And in each life living, O thou the God who art all.　　(*Poems*, VI, 133)

> だが不安になると見えてくるあらゆる悪しきもの、恐ろしきものの中に、
> すべての良きものと同じく、滅びるすべての麗しきものの中にも同様に、
> 人を支配する貴方が潜んでいるのを我々は知っている。
> 鳩の鳴き声、唸る風の凄まじさや
> 獲物を求める狼の咆哮の中に、真夜中の帳の中に、
> 妖精の素足のように現れる夜明けの中にも、おおパンよ、
> そして生きとし生きるものの中に、すべてを統べる神である貴方がいるのだ。

　「時」は、変わることも、間違うこともなく確実に存在し続け、その中をほんのわずかの間だけ生きる人間は、自分を取り巻くさまざまな情況に応じてその人生が幸福であるとか、悲惨であるとか思うだけである。しかし、この世界を動かしている秘密の法則は、善でも悪でもなく、人間には

全く無頓着で、歯牙にもかけない。

　『ライオネスのトリストラム』(*Tristram of Lyonesse*) では、そのような強大な不滅の法則と束の間の生を生きる人間の状況が次のように描写されている。

> How should the law that knows not soon or late,
> For whom no time nor space is — how should fate,
> That is not good nor evil, wise nor mad,
> Nor just nor unjust, neither glad nor sad —
> How should the one thing that hath being, the one
> That moves not as the stars move or the sun
> Or any shadow or shape that lives or dies
> In likeness of dead earth or living skies,
> But its own darkness and its proper light
> Clothe it with other names than day or night,
> And its own soul of strength and spirit of breath
> Feed it with other powers than life or death —
> How should it turn from its great way to give
> Man that must die a clearer space to live?　(*Poems*, IV, 59)

> その法則は遅いとか早いとかには無頓着で、
> 時空に関わることもない――運命は、
> 善悪を超えたもので、賢くもなく狂ってもいない、
> 正義でも不正でもなく、嬉しいものでも悲しいものでもない――
> その存在は、死んだ大地や生きている天空のように
> つまり［夜空に］移動する星たちや
> ［朝に生まれ夜に消える］太陽やそれに似た類の姿をしたもののように
> 動くことはない。
> ただそれ自らの闇と光が
> 昼とか夜とかを超えた諸々の名前を与え、
> それ自らの強さを持つ魂と息吹が

生や死を超越した他の多くの力を与える。
そのように強大なものが、わざわざ寄り道をして、死すべき運命の
人間に、生きるための明白な場を与えてくれるということがどうしてあろうか？

IV

　しかし、強力な「時」の中でまったく無力な存在である人間にも、そのような「法則」や「運命」に対抗し得るものがあるとスウィンバーンはいう。それは人間の「魂」、あるいは「精神」である。つまりそれは「生命の最も奥深い炎によってのみ燃やされて」いて、「すべての生物の泉であり源」であると、詩人は次のように歌う。

> Nor haply may not hope, with heart more clear,
> Burn deathward, and the doubtful soul take cheer,
> Seeing through the channelled darkness yearn a star
> Whose eyebeams are not as the morning's are,
> Transient, and subjugate of lordlier light,
> But all unconquerable by noon or night,
> Being kindled only of life's own inmost fire,
> Truth, stablished and made sure by strong desire.
> Fountain of all things living, source and seed,
> Force that perforce transfigures dream to deed.　　(*Poems*, IV, 135)

澄んだ心をもつ希望は、おそらく、
死に向かって燃えることはなく、疑わしげな魂が生気を帯びることもない。
それは溝のような闇のかなたに輝く星が見えるからであり、
その光は、日ごとに出ては消える朝日のように
はかなく、より強い運命に支配されるのではない。
それは毎日交代する昼や夜に打ち負かされることはまったくない。
生命の最も奥深い炎によってのみ燃やされているからであり、

強い望みによってしっかりと確立された真理となっているからだ。
すべての生物の泉であり源であるもの、
つまり、夢を実行へと変貌させずにはおかない力なのだ。

　「魂」はすべての人に宿っているが、必ずしも皆がその存在に気づいているとは限らないし、また、研鑽と努力によって自己の内にある「魂」に働きかけるとは限らない。そのような人々は、強大な「時」の中で植物的な生を無力に生きるだけだ。スウィンバーンにとって、この「魂」こそまさに真の神と呼ぶに値いするものであり、彼はしばしば、それを太陽と芸術の神アポロのイメージで描く。
　スウィンバーンはギリシアの女流詩人サッフォーを完全な「魂」を有する理想的芸術家と見做していた。芸術と詩とサッフォーについて情熱的に歌い上げている難解な詩、「崖の上にて」の中で、彼は、サッフォーとアポロとナイティンゲールを不滅の芸術的精神をもつものとして三位一体化する。彼がサッフォーを崇拝するのは、彼女が最古の叙情詩人で、そのレスボス島での情熱的な伝説と共に彼女の詩の断片が、強力な「時」の流れにも屈せずに伝えられてきたことによるからであり、実際に彼女のギリシア語の詩を読んで感激することができる驚きからであった。この点でもスウィンバーンがヘレニストであることは明らかであるが、前述のように、歴史を「変化という不変の調べ」と見る歴史観も、万物流転を説く古代ギリシアの歴史観と同じといえよう。
　サッフォーの肉体は、昔、レウカディアの海に消えたけれども、彼女の歌は永遠の生命力をもつゆえに今だに人々を感動させる。それは、彼女がアポロに選ばれた巫女として、「永遠の炎をもつ永続的な生命」("Life everlasting of eternal fire") (*Poems*, III, 314) をもつ不滅の芸術的精神で歌ったからであると詩人はいう。サッフォーの想像力は「二重の想像力」であった。つまり、彼女は、「耳や目の感覚の中に内在する精神」でものを聞いたり見たりして、「魂のさらに奥にある魂」で歌うことができたと述べ、スウィンバーンは次のようにいう。

> ... we retain
> A memory mastering pleasure and all pain,
> A spirit within the sense of ear and eye,
> A soul behind the soul ...　　(*Poems*, III, 315)

……我々には
快楽や苦痛を凌駕する記憶、
耳や目の感覚の中に内在する精神、
魂のさらに奥にある魂がある……

　スウィンバーンにとって、詩人とは神と人間との間をとりもつ予言者的、巫女的存在である。つまり神の超絶的な言葉を解釈して、それを芸術の形に変容して人々に伝える機能を果たす者であった。すなわち、芸術の神アポロの発する神秘的で曖昧なメッセージを翻訳し、伝えるのが詩人の務めである。レイモンドが指摘するように、スウィンバーンにとって詩とは、特に高度な抒情詩とは、何か説明しがたい神秘的な性質をもつものでなければならなかった。[8] スウィンバーン自身はそのことについて次のように述べている。

> The artist must be content to know and to accept the knowledge that ideal beauty lies beyond the most beautiful forms and ideal perfection beyond the most perfect words that art can imbue with life or inflame with colours; an excellence that expression can never realise, that possession can never destroy.　　(*Works*, XII, 241)

理想の美は最も美しい形態の彼方にあり、理想の完璧性は最も完全な言葉を超えたところにあって、芸術が生命を吹き込んだり、色彩で燃え立たせたりしても実現できないということ、それは言葉では表現できない卓越したもの、人が自分の持ち物として手に入れても決して破壊することができないものということを、芸術家は知り、それを受け入れなければならない。

つまり、常にまぶしく輝く太陽（Apollo）をじっと見つめることができないように、理想的な美も長い間はっきりと見定め続けることはできない。それゆえに、スウィンバーンには、相対立し、時には曖昧に思える状況——例えば、男性的要素と女性的要素が一体となって互いを押えつけようと相争いつつ融合している神話的な「ヘルマプロディトス」、闇と光が対立しながらも徐々に明るくなってゆく暁の微妙な瞬間等——をひとつの理想的状況として歌った詩が多く見られる。

　一瞬にして過ぎ去る神秘的でおぼろげな理想的な美をできるだけ的確に捕えて表現するのに、スウィンバーンは「二重の想像力」（"twofold vision"）を強調して『ブレイク論』で次のように述べている。

> To him [Blake] the veil of outer things seemed always to tremble with some breath behind it: seemed at times to be rent in sunder with clamour and sudden lightning. All the void of earth and air seemed to quiver with the passage of sentient wings and palpitate under the pressure of conscious feet …. About his path and about his bed, around his ears and under his eyes, an infinite play of spiritual life seethed and swarmed or shone and sang …. Even upon earth his vision was "twofold always"; singleness of vision he scorned and feared as the sign of mechanical intellect, of talent that walks while the soul sleeps, with the mere activity of blind somnambulism.　　(*Works*, XVI, 90-91)

彼［ブレイク］にとって外界の事物のヴェールは、その背後に何らかの息遣いがあり常に揺れ動いているように思えた。時々は騒音や突然の電光によってそのヴェールが引き裂かれるように思われた。大地と天空との間は、翼を持つものが飛び交っているような感じで震えていて、何ものかの足に踏まれてぴくぴくと動くような感じがあった。…… 彼の行くところ、彼が寝るところ、彼の耳の回り、彼の目が見渡す世界には、何か霊的な生き物が際限なく戯れ、逆巻くように群れ集まり、光り輝くように歌っていた。…… 地上にあっても彼の想像力は「常に二重のもの」であった。想像力の

単一性を機械的知性の表れとして彼は軽蔑し恐れた。つまりそのような機械的知性は、ただ闇雲に夢遊病者のように動いているだけで、肝心の魂が眠っている人の知性なのだ。

　ブレイクの想像力についてのこの言葉はそのままスウィンバーンにもあてはめることができよう。つまり、スウィンバーンはブレイクほどに神秘的ではないにせよ、ブレイクの想像力について述べる時、自らの詩作態度を思い浮かべてかなりの共感をこめて書いていたと思われる。とまれ、この「二重の想像力」とは、五感を研ぎ澄ませ、精神を極度の緊張状態に置く時、五官が感じる以上のものを感知できる状態に達する作用を指している。この作用には、「魂」、つまりスウィンバーンにとって唯一の神とも言うべきアポロが大きな役割を果たす。スウィンバーンにとっては、「神は人間であり、人間は神である……しかし神は人間の堕落せざる部分で、人間は神の堕落せる部分であるので、神は、（人間以上のものではないにせよ確かに）人間の諸性質以上のものでなければならない」("God is man, and man God … but as God is the unfallen part of man, man the fallen part of God, God must needs be (not more than man, but assuredly) more than the qualities of man") のであり、スウィンバーンは「人間の内在的神性と神の本質的人間性」("man's intrinsic divinity and God's intrinsic humanity") (*Works*, XVI, 199) を主張する。

　従って「二重の想像力」とは「神性」("divinity") と「人間性」("humanity") とから成る想像力の二重性をいうのであろう。想像力の単一性を「機械的知性」として退け、ちょうどブレイクが「一粒の砂に一つの世界を見……一時間の中に永遠を……つかむ」("To see a World in a Grain of Sand … Hold … Eternity in an hour")[9] ように、スウィンバーンは、詩人としてものを見るには、固定的で常識的な見方以上のものがあると主張する。この彼の詩学は、すでに述べたように、因襲的な伝統を固持する社会の道徳や価値観や、絶対的な宗教の優越性に疑問を投げかけ、時には反逆的な態度を取ることになる彼の世界観と通じるものである。

V

　スウィンバーンにとって「魂」は自由をも意味する。その自由とは、政治的自由、宗教的自由、思想的自由、要するに絶対的な自由である。「アメリカのウォルト・ホイットマンに寄せる」("To Walt Whitman in America")と題する詩の中で彼は次のように述べている。

> The earth-god Freedom, the lovely
> 　　Face lightening, the footprint unshod,
> Nor as one man crucified only
> 　　Nor scourged with but one life's rod;
> The soul that is substance of nations,
> Reincarnate with fresh generations;
> 　　The great god Man, which is God.　　(*Poems*, II, 124)

> 大地の神、自由よ、美しく
> 　　顔は輝き、はだしで歩いて足跡を残すものよ。
> 十字架にかけられるのでもなく
> 　　鞭打たれて命を絶たれるのでもない。
> 人類の本質たる魂で、
> 新しい世代とともに生まれ変わるもの。
> 　　偉大なる神である人、人こそ神なのだ。

　「魂」は「人類の本質」であり、それは「生命の火」と同じく、世代から世代へと永劫に受け継がれ、たとえ肉体は滅びてもその精神は生き続ける。アポロが光の神であると同時に芸術の神であるように、スウィンバーンにとって「魂」は、「二重の想像力」を有する詩人に霊感を吹き込むまぶしい光であると同時に詩の源であった。このような霊感をエピファニー("epiphany")と呼ぶこともできるだろうが、それは瞬間にひらめくものであり、合理的理性で長く留めて分析することはできない。このように考え

る点においてもスウィンバーンはロマン派の流れを汲む詩人であった。彼が力説する「魂」とは、要するに、詩人の心に輝いているアポロなのである。

「魂」は「永遠の生命の永続的な炎」であるゆえに、「時」や「最も強力な記憶」に勝るものであるとしてスウィンバーンは次のように歌う。

> The spear that pierces even the sevenfold shields
> Of mightiest Memory, mother of all songs made,
> And wastes all songs as roseleaves kissed and frayed
> As here the harvest of the foam-flowered fields;
> But thine [Sappho's] the spear may waste not that he [time] wields
> Since first the God whose soul is man's live breath,
> The sun whose face hath our sun's face for shade,
> Put all the light of life and love and death
> Too strong for life, but not for love too strong,
> Where pain makes peace with pleasure in thy song,
> And in thine heart, where love and song make strife,
> Fire everlasting of eternal life.　（*Poems*, III, 325）

　［時が振るう］槍は、作られたすべての歌の母ともいうべき
　最も強力な記憶の七重の盾をも貫き、
　また、はかなく揺れ動く花のごとき海の泡を刈り取るように、
　キスを受けて生気を失くしたバラのように、すべての歌を、破壊する。
　が、時がいかに振り回しても、貴女［サッフォー］の歌を破壊することは
　　　できない。
　それはまず初めに、人の息を魂にもつ神、
　つまり地上の太陽を自らの影とする真の太陽が、
　生と愛と死という人生を照らす光を
　生に対しては強いものとしたが、愛に対しては強くはしなかったので、
　貴女の作る歌では苦しみと喜びが共存し、
　愛と歌が競い合う貴女の心の中において、

永遠の生命の永続的な炎となって残り続ける。

　これまでの長い歳月の間、多くの人間が、喜びや悲しみやさまざまな状況の下で生き、多くの歌を作り、そして死んでいった。そして「人類の本質たる魂」をもつ芸術は、サッフォーの不滅の歌のように、世代から世代へと受け継がれてゆく。実際、「魂」は過去から未来にいたる人と人を結びつける絆であり、それは、芸術家が人類と共感的にかかわり合うことによってもたらされる創造的想像力から生じるものである。「二重の想像力」をもつ詩人の務めは、内奥の「魂」から生じる創造的想像力をもって歌うことに他ならない。そして、世界がどのような暗黒の相を呈していようとも、その「魂」が偽りのいかなるものに対しても恐れることがないのならば、絶望的になる必要はないと詩人は次のように歌う。

> But well shall it be with us ever
> 　Who drive through the darkness here,
> If the soul that we live by never,
> 　For aught that a lie saith, fear.　　(*Poems*, VI, 287)

> 今この暗闇の中を突き進む
> 　我々は大丈夫なのだ
> 我々の糧としている魂が、
> 　どのような虚言にも耳を貸さず、恐れることがないならば。

　「フェリーズ」("Félise")や「プロセルピナ讃歌」("Hymn to Proserpine")などの詩を読めば、詩人がかなりペシミスティックな思想の持ち主のように見えるが、それで彼をペシミストだとするのは早計であろう。スウィンバーンの作品、特に、『詩とバラード』（第一集）(*Poems and Ballads, First Series*)に収められた作品には、ラファエル前派の審美主義から、「世紀末」に到るデカダン的要素が認められる。しかし、彼にとっての「芸術のための芸術」(*l'art pour l'art*)とは、その言葉から一般的に連想されがちな、人

間不在の高踏な世界に遊ぶ「芸術のための芸術」ではなく、すでに述べたように「神性」("divinity")と「人間性」("humanity")を合わせもち、人間に深く共感的にかかわるものであった。

スウィンバーンが『カリドンのアタランタ』や『ライオネスのトリストラム』や『バレンの物語』(*The Tale of Balen*)といった作品を書いたのは、厭わしい現実の世界から、過去の世界へ、あるいは神話や伝説の世界へ逃避するためではなかった。彼はメレアグロスやトリストラムやバレンの中に、永遠の生を生きる完全な型（タイプ）を創造しようとする意図をもって、これらのテーマを選んだ。これらの主人公は、いずれも悲劇的な最期を遂げるが、それだからこそ、彼らは芸術の中で永遠の生を獲得することができたのだ。

実際、スウィンバーンの詩に見られる世界は、しばしば悲劇的で悲惨に見えることが多いが、それは彼がペシミストであったからではなく、人の生を常に脅かしている「時」の破壊力の底流をいつも意識していたからであるといえる。彼には、破壊作用も世界の一つの相であり、それは「変化という不変の調べ」の一つであった。無情な「時」の波に対抗できるのは不滅の芸術の「魂」だけであり、その不滅の「魂」をもつ人々だけが絶対的な自由を勝ち得る。そのような芸術家の一人たらんとして、スウィンバーンは時空を超えてさまざまな人々を結びつける「自由と不滅の魂」の意義を歌ったのである。

注

本章は、「Swinburneの世界観とその詩学について」（『待兼山論叢』第8号文学編、［大阪大学文学会］1975年）に大幅な加筆・修正を施したものである。

1) R. V. Johnson, *Aestheticism* (London: Methuen & Co. Ltd., 1969), pp. 58-59. Mario Praz, *The Romantic Agony* tr. by Angus Davidson (London: Oxford University Press, 1970), p. 27、および、Clyde K. Hyder, ed. *Swinburne: The Critical Heritage* (London: Routledge & Keganpaul, 1970), p. 181、参照。以下、*Swinburne: The Critical Heritage*からの引用は、*Heritage*, 181のように略記

する。

2)　"The Last Oracle," 57-60行、(*Poems*, III, 7) 参照。
3)　The Marquis de Sade, tr. Austryn Wainhouse, *Juliette* (New York: Grove Press, 1968), pp. 39-40.
4)　現代思潮社編集部編、『サド裁判　上』（現代思潮社、1963年）、52頁。
5)　拙訳、『カリドンのアタランタ』（山口書店、1988年）、67頁。以下、『カリドンのアタランタ』の日本語訳は、原則として本訳書による。
6)　Gilbert Lely, *Sade: Etude sur sa vie et sur son oeuvre* (Editions Gallimard, 1967), p. 209.（澁澤龍彦訳、『サド侯爵』、筑摩書房、1970年、185頁。）
7)　Lafcadio Hearn, "Studies in Swinburne," included in *On Poets* (Tokyo: The Hokuseido Press, 1941), pp. 123-124.
8)　Meredith B. Raymond, *Swinburne's Poetics: Theory and Practice* (The Hague: Mouton, 1971), pp. 111-112.
9)　William Blake, "Auguries of Innocence," Geoffrey Keynes ed. *Blake: Complete Writings* (London: Oxford University Press, 1966), p.431.

第三章

スウィンバーンと＜ファム・ファタル＞神話

I

　スウィンバーンの詩には実に多くの＜ファム・ファタル＞が登場するので、彼は＜ファム・ファタル＞像に取り憑かれていた詩人といってもよいほどである。実際、彼は＜ファム・ファタル＞のイメージをはっきりとヴィクトリア時代の英国に紹介し、それを定着させた第一人者であり、その＜ファム・ファタル＞像が、その後の、特に世紀末の、詩人や文学者に与えた影響は決して少なくなかった。一方、メアリ・ゴードンは、スウィンバーンの幼友達であると同時に想像的な芸術世界を共有できる女性であったが、自らの結婚によって、スウィンバーンに失恋の思いを抱かせその心に大きな痛手を与えたとされている。そして、そのメアリが＜ファム・ファタル＞のイメージの中に認められるといわれている。スウィンバーンの詩に頻出する＜ファム・ファタル＞とはどのようなものか、また、彼はどうしてそのように＜ファム・ファタル＞のイメージに取り憑かれていたのか、さらに、彼の＜ファム・ファタル＞の神話創成(ミソポエーシス)にメアリ・ゴードンがどのように関わっているのかを本章で考察する。

II

　＜ファム・ファタル＞（*"femme fatale"*）というフランス語は英語では"fatal woman"となる。『オクスフォード英語大辞典』（*Oxford English Dictionary* [*OED*], 1933; rpt. 1961）は、*"femme fatale"* をごく簡潔に *"femme fatale:* Dangerously attractive woman" と定義している。＜ファム・ファタ

ル＞とは、要するに、その美しさで男を誘惑し、破滅に至らしめる魔性の女の謂である。（日本語では、「運命の女」、「宿命の女」、「死を招く女」、「妖婦」等と訳されているが、本書では原語のまま＜ファム・ファタル＞を用いることにする。）

　以上のように定義してしまえば、＜ファム・ファタル＞は現実界でも文学の世界でもよく見られる。蛇の髪の毛をもつ自分を一目でも見た者をことごとく石に変えたというメドゥサ、通りかかった旅人に謎を掛けて解けない者を殺したというスフィンクス、夢の国からやって来て、アダムの最初の妻であったというリリス、怪力のサムソンを誘惑したデリラ、アントニーを破滅に陥れたクレオパトラ、騎士タンホイザーを歓楽の世界へと引き入れたホーゼルバーグのヴィーナス、若き騎士デ・グリューの破滅の原因となったマノン・レスコー、ドン・ホセを悪の道に誘ったカルメン、オクスフォード大学生を大量に入水自殺させる原因となった美貌の女手品師ズーレイカ・ドブソン（Max Beerbohm: *Zuleika Dobson*）、真面目な会社員だった河合譲治を虜にした奈緒美（谷崎潤一郎：『痴人の愛』）は、いずれも典型的な＜ファム・ファタル＞といえるが、他にも例は枚挙に暇がないほどにあるはずだ。プラーツは、神話や文学の世界に＜ファム・ファタル＞が常に存在していたことを次のように説明している。

　　宿命の女は、神話の中にも文学の中にも、古来常に存在した。なぜなら、神話や文学は現実生活の諸相を想像の鏡に映したものであるが、現実生活には、程度の差こそあれ、傲慢で残酷な女の典型がいつの世にも見られるからである。[1]

　しかし、＜ファム・ファタル＞のイメージは、ロマン派から世紀末にかけての文学作品に特に多く見られる顕著な特質である。プラーツによれば、ロマン派における＜ファム・ファタル＞は、先ずルイスの『僧侶』の中に登場するマティルダにおいて最初に認められ、それ以後、シャトーブリアンのヴェレダ、フローベールのサラムボー、メリメのカルメンへと発展し、ゴーティエを経て、スウィンバーンにおいて充分に完成されたものとなり、

さらにそれから、ウォルター・ペイター、ワイルド、ダヌンツィオへと続いていく（Praz, 201-210）。

ゴーティエが描くクレオパトラは、「手の届かない」("unattainable")存在である故に、青年が彼女に引きつけられるのであり、彼女は常に「物憂い」("ennui")雰囲気を漂わせ、「抗し難い魅力を持つ『星界の女王』」("'reine sidérale' of irresistible charm")であり、彼女の体を知ることは、すなわち死を意味し、彼女は「かまきり」("praying mantis")のように愛する男を殺す。これらは＜ファム・ファタル＞として登場する女性たちの典型的な特徴である。他方そのような＜ファム・ファタル＞に引きつけられる男は、大抵は若者で消極的な態度の持ち主であり、彼女に対して身分も低く、肉体的にも劣っていることになっている（Praz, 215）。＜ファム・ファタル＞とそれに魅せられる男のこれらの特徴は、スウィンバーンにおける＜ファム・ファタル＞の世界を考察する際に参考となるだろう。

十九世紀において、＜ファム・ファタル＞のイメージは文学の世界だけに限られるのではなく、絵画においても登場した。「昼の理性的現実をたちこえて、ブルジョワ的秩序を破壊する」ために、サンボリストたちによって、この世紀特異の表象としての「女と死」というテーマが執拗に追及されたと説く、ホーフシュテッターは次のように述べる。

　　　ロセッティが「ヴェヌス・ヴェルティコルディア」で描いているのは、愛の女神ではなくて、林檎や黄金の矢のような、その魔力の印を携えている大娼婦である。あるソネットのなかでこの詩人はこの女神を破壊者として描いている。やや後には「媚薬」が成立することになる。そう、唇に盃をふくみ、見えない騎士のために乾杯する、血の接吻にぬれ、熱望にうむことを知らぬ唇の、陶酔に誘い、魅惑し、破壊する、美しい淫蕩な女。……モローは伝統のなかからサロメのイマージュを取材して、これを女の倒錯的な力の象徴に仕立てている。この作品はオスカー・ワイルドに刺激をあたえてその「サロメ」を書かせることになったが、さらにこの文学作品が、ビアズレー、ベーマー、クノッフ、クリムトなどの芸術を実らせた。サロメは世紀転回期の社会象徴となり、その化身がメッサリーナやユーディットやクレオパトラなどの姿のなかに、あるいはまた単に、世紀転回期の時

第三章　スウィンバーンと＜ファム・ファタル＞神話

代に成立した憧れにみちた眼差しの、口をなかば開き、髪を長く波うたせた若い娘の肖像のなかにも見られるような、あの＜宿命の女(ファム・ファタル)＞の原像となるのである。2)（傍点は引用者による。）

　＜ファム・ファタル＞はこの時代の一つの芸術分野だけに見出される奇妙で一時的なイメージではなく、それは十九世紀、特に世紀末全体を包み込んでいた特有の雰囲気を代弁するイコノグラフィーであった。高階秀爾は、「この時代は本質的に女性的な時代であり、それも、もの憂げな哀愁と謎めいた沈黙を湛え、華やかに輝く衣裳を身にまといながらどこか夢のように非現実的で、病的なまでに鋭い官能性と、天使のような清らかさの不思議な混淆を示す『奇やしくも懐しい』女性像が支配的であった時代なのである」3)と述べている。（傍点は引用者による。）そして、モローの絵から刺激を受けてワイルドが書いた戯曲『サロメ』は、本の挿絵となったビアズレーの絵と共に世紀末芸術を席捲し、さらにこの劇に感動した作曲家リヒャルト・シュトラウスが楽劇『サロメ』を作り上げたことは周知の通りである。以上、極めて大雑把であるが、＜ファム・ファタル＞が十九世紀に登場してくる経緯とその軌跡を辿ったが、次にスウィンバーンの詩に見られる＜ファム・ファタル＞について考察する。

III

Cold eyelids that hide like a jewel
　　Hard eyes that grow soft for an hour;
The heavy white limbs, and the cruel
　　Red mouth like a venomous flower;
When these are gone by with their glories,
　　What shall rest of thee then, what remain,
O mystic and sombre Dolores,
　　Our Lady of Pain?　　(*Poems*, I, 154)

ほんの一時間だけ優しくなるきつい目を
　　　宝石のように隠している冷たい目蓋。
　　重々しく白い手足、そして毒のある
　　　花のように残忍な赤い口。
　　華々しいこれらのものが失せてしまうと
　　　貴女とともに留まって残るものは何だろうか？
　　神秘的で陰鬱なドローレスよ、
　　　われらが苦しみの聖母よ。

　スウィンバーンの作品に登場する＜ファム・ファタル＞たちの中で、最も代表的でかつ悪名高い＜ファム・ファタル＞が描かれている「ドローレス」はこのような第一連（スタンザ）で始まる。「ほんの一時間だけ優しくなるきつい目を／宝石のように隠している冷たい目蓋」、「重々しく白い手足」、「毒のある／花のように残忍な赤い口」、「神秘的で陰鬱なドローレス」。これらの表現は、典型的な＜ファム・ファタル＞としてのドローレスの特質を充分に示している。しかし、この詩のフランス語による副題は「七つの悲しみの聖母」("NOTRE-DAME DES SEPT DOULEURS")となっていて、各奇数連の最終行に "Our Lady" ("Notre Dame") という言葉が用いられていること、また、「お願いだから、あなたの祭壇から応えて下さい」("I adjure thee, respond from thine altars")(*Poems*, I, 158)、「あなたの内奥にある神殿の闇の中で」("In the dusk of thine innermost fane")(*Poems*, I, 160)、「あなたのあふれるばかりの香の煙」("the fume of thine incense abounded")(*Poems*, I, 160)、というように書かれているのを見ると、ドローレスは祭壇に祀られている聖母マリアのことなのか、という思いが、一瞬、この作品を初めて読む人の頭を横切る。実際、"Dolores" という名前は "Mater Dolorosa"（悲しみの母、すなわち、聖母マリア）を連想させるものである。このように、キリスト教のイメージや連想を多用することによって敬虔なマリア讃歌が歌われているのかと思いきや、ドローレスは、実は「海から生れた」("Thalassian")(*Poems*, I, 161) ヴィーナスの化身であり、「死と（豊穣をもたらす庭の神）プリアプスとの間に生れた娘」("daughter of Death and Priapus")

（*Poems*, I, 167）であり、「そこにすべての男達が住むことのできる庭」("garden where all men may dwell")（*Poems*, I, 154）であり、「消すことのできない（情欲の）炎をもつ館」("house of unquenchable fire")（*Poems*, I, 155）でもあると述べられている。彼女はまさに愛欲の女神として祀られているのだ。

　フロイト的解釈を許すような蛇のイメージを用いつつ、彼女の＜ファム・ファタル＞ぶりはさらに次のように描かれている。

> O lips full of lust and of laughter,
> 　Curled snakes that are fed from my breast,
> Bite hard, lest remembrance come after
> 　And press with new lips where you pressed.
> For my heart too springs up at the pressure,
> 　Mine eyelids too moisten and burn;
> Ah, feed me and fill me with pleasure,
> 　Ere pain come in turn.　　（*Poems*, I, 155）

> ああ、愛欲と笑い声にあふれた唇よ、
> 　僕の胸に喰らい付くねじれた蛇のようだ、
> きつく噛んでおくれ、あとで思い出して
> 　同じところを別人にキスしてもらうことがないように。
> 唇を押し当てられると僕の心も飛び上がり、
> 　目蓋も燃え上がるようで涙が出てくる。
> さあ、僕に喰らいつき喜びで僕を満たしておくれ、
> 　その後で苦しみがやってくる前に。

「ドローレス」のエネルギーは、奇数連のリフレインになっている "Our Lady of Pain" の最後の単語と韻を踏むべき "Spain" という語が一度も表面には現われずに、常に裏に隠されているところから生じるのではないかと、エンプソンが少しためらいながら述べているが、[4] メリメの『カルメン』以後、＜ファム・ファタル＞がスペインの女として定着していたこと

(Praz, 207)、そしてドローレスという名前がスペインではごく普通に女性の名前として用いられているのを考え合わせれば、エンプソンのこの指摘は含蓄に富むものである。(ちなみにナボコフの小説『ロリータ』に登場する少女の名前も "Dolores" で "Lolita" はその愛称である。)

　当時、妖艶な演技で欧米の各地で名声を馳せていたサーカスの女性曲馬師メンケン（Adah Isaacs Menken, 1835?-1868）の洗礼名がドローレスであったところから、この詩の主人公はメンケンに由来すると指摘する批評家もいるが、[5] そのような指摘のヒントになったのは、立っているスウィンバーンの左肩と左手をつかむようなポーズで椅子に坐っているメンケン——しかも立っているスウィンバーンは坐っているメンケンと頭の高さがあまり変わらない！——という印象的な構図の写真であったかも知れない。[6]（図1参照。）この写真は当時のヴィクトリア時代の人々にはいかにも＜ファム・ファタル＞とそれに魅せられる男の完全な構図の如く映ったかも知れないが、「ドローレス」があくまでも＜ファム・ファタル＞についてのスウィンバーンの意識的なパロディであることを思い合わせるならば、[7]「ドローレス」（より正確な発音表記では「ドローリーズ」）という名前とその意味と音の効果に強く印象づけられた詩人が、この名前を作品のタイトルとして用いたにすぎないと見なすのが妥当な所であろう（Henderson, 133）。

　オクスフォードの学生達が列を組んで、「ドローレス」の詩行を朗唱しながら大学構内をねり歩いたというエピソードが残っている（Chew, 72）。権力や権威に反撥するのは若

図1：スウィンバーンとメンケンの写真
（1868年1月頃、ヴィクトリア・アンド・アルバート博物館蔵）

者によく見られることであるが、この詩の中に彼らは、ヴィクトリア時代の抑圧的、禁欲的モラルに真向うから対決する、反逆的要素を嗅ぎつけて共感を覚えたのだろう。机の脚がむき出しでは下品だとして覆いをかけ、「文学作品のテーマも腰帯（girdle）から上の上半身だけに限られ」(Fletcher, 3)、「常に一夫一妻制という形で成就される優しいロマンティックな愛だけが唯一の許される愛の形態である」[8]とされていたヴィクトリア時代の人々にとって、次のような一節は極めて異質なものと映ったことだろう。

> For the crown of our life as it closes
> 　　Is darkness, the fruit thereof dust;
> No thorns go as deep as a rose's,
> 　　And love is more cruel than lust.
> Time turns the old days to derision,
> 　　Our loves into corpses or wives;
> And marriage and death and division
> 　　Make barren our lives.　　(*Poems*, I, 159)

　我らが人生の終わりを飾るのは
　　闇であり、そこから生じるのは塵。
　バラの棘ほど深く刺す棘は他にはなく、
　　愛は欲情よりもさらに残酷だ。
　時が過ぎ去りし日々を馬鹿にして、
　　我らが愛は亡骸(なきがら)や老妻と化す。
　結婚、死、仲違いが
　　我らの人生を不毛にする。

すでに述べたように、スウィンバーンは聖書の言葉の響(エコー)やキリスト教に関するイメージを用いて、極端なまでに、反キリスト教的、反社会的心情を訴える「ドローレス」を書き上げた。ルイスが指摘するように、サドやボードレールを読んでスウィンバーンは自らの反社会的、反キリスト教的

図2：古代の壺に描かれたアタランタ（BC570年頃、フィレンツェ博物館蔵）

精神に確信を持ち、そのような心情を組み込んだパロディ作品を多く書いたが、「ドローレス」もそのような要素を持つブラック・ジョークであった。9) このことは、ダーウィンの『種の起源』に代表され、ニーチェをして「神は死んだ！」と叫ばしめ、フロイトの精神分析学を登場させたのと同じ時代精神の中にスウィンバーンも属していたことの証しといえよう。

　以上、「ドローレス」についてやや詳しく検討したが、次に、他の詩に見られる＜ファム・ファタル＞について概観してみよう。『カリドンのアタランタ』では、アタランタの＜ファム・ファタル＞ぶりが、アルタイアによって次のように語られている。（図2参照。）

　　She the strange woman, she the flower, the sword,
　　Red from spilt blood, a mortal flower to men,
　　Adorable, detestable — even she
　　Saw with strange eyes and with strange lips rejoiced,
　　Seeing these mine own slain of mine own …　　(*Poems*, IV, 307)

　　あの異国の女、美しい花であると同時に剣ともなる女、
　　流れた血を浴びて全身を朱色に染め、男達に死をもたらす花というべき女、
　　美しいけれども厭わしい女——あの女は
　　私と同じ血を分けた兄上達が息子の手にかかって殺されるのを見て、
　　よそよそしい目で眺め、しらじらしい唇を蠢かして、喜んだのです……

46

第三章　スウィンバーンと＜ファム・ファタル＞神話

　スコットランドの女王、メアリ・スチュアートについての詩劇・三部作の嚆矢となった『シャトラール』(*Chastelard*) では、メアリに対してシャトラールは次のように言う。

> I know not: men must love you in life's spite;
> For you will always kill them; man by man
> Your lips will bite them dead; yea, though you would,
> You shall not spare one; all will die of you.　　（*Works*, VIII, 22）

> 私には分かりません。男達は命を賭けても貴女を愛せずにはいないのです。
> 貴女は男達を必ず殺すのです。一人ずつ
> 唇で噛み付いて死なせるのです。そう、貴女がそうしたくなくても、
> 一人も容赦することはないのです。全員が貴女のために死ぬのです。

　プラーツは、『シャトラール』のメアリ・スチュアートが「特にすぐれた」(*par excellence*) ＜ファム・ファタル＞だと指摘する（Praz, 230）。
　「フォスティーン」("Faustine") では現代女性の顔の中に、古人が作ったコインや胸像(バスト)を通じて知られている二代にわたって古代ローマの王妃となった母と娘、ファウスティナ（Faustina）の顔が認められるということ、つまり「転生」('transmigration') の考え方が述べられている。[10] フォスティーンは剣闘士たちが戦って流す血を見て喜ぶ典型的な＜ファム・ファタル＞として次のように描かれている。

> I know what queen at first you were,
> 　　As though I had seen
> Red gold and black imperious hair
> 　　Twice crown Faustine.
>
> As if your fed sarcophagus
> 　　Spared flesh and skin,

You come back face to face with us,
　　The same Faustine.

She loved the games men played with death,
　　Where death must win;
As though the slain man's blood and breath
　　Revived Faustine.　　(*Poems*, I, 108)

貴女が昔どのような女王だったのか僕は知っている。
　　まるで、冠が二代にわたる
フォスティーンの赤味がかった金髪と黒髪に飾られるのを
　　僕が見ていたかのように。

まるで、貴女を飲み込んだ石棺が
　　肉体を解き放ったかのように、
貴女は蘇って僕らの前にいる、
　　昔と同じフォスティーンとなって。

男たちが命をかけて戦い、
　　ついには死なねばならないゲームを彼女は愛した。
まるで、殺された男の血と息によって元気を取り戻すかのように
　　フォスティーンはそのゲームを愛したのだ。

「ヴィーナス讃歌」("Laus Veneris")では、騎士タンホイザーを誘惑して信仰の世界から官能的な歓楽の世界へと引き入れたヴィーナスが＜ファム・ファタル＞として次のように描かれている。（図3参照。）

　… the souls that were
　Slain in the old time, having found her fair;
　　Who, sleeping with her lips upon their eyes,
　Heard sudden serpents hiss across her hair.

第三章　スウィンバーンと＜ファム・ファタル＞神話

図3：エドワード・バーン＝ジョーンズ作、「ヴィーナス讃歌」(1873‐75年、ニューカッスル＝アポン＝タイン、レイング美術館蔵)

Their blood runs round the roots of time like rain:
She casts them forth and gathers them again;
　With nerve and bone she weaves and multiplies
Exceeding pleasure out of extreme pain.　　(*Poems*, I, 15)

……彼女を美しいと思ったために
殺されてしまった人々は、
　目蓋に彼女のキスを受けて寝ている時に、
女の髪が蛇となってシューシューと音を立てるのを聞いた。

殺された男達の血は雨のように流れて時は巡る。
女は男を次々に捨てては代えていく。
　男達の神経と骨を用いて、極度に痛めつけ苦しめて
女はこの上なき喜びの織物を織っていく。

＜ファム・ファタル＞を扱った作品として有名なキーツの「つれなき手弱女」("La Belle Dame sans Merci")では、ヴィーナスが明瞭な姿かたちで現

れるようには描かれていないが、スウィンバーンはヴィーナスの＜ファム・ファタル＞的要素を長々と具体的に描写する。その他、『ロザモンド』(*Rosamond*)、「生のバラード」("A Ballad of Life")、「死のバラード」("A Ballad of Death")、「フラゴレッタ」("Fragoletta")、「ヘスペリア」("Hesperia")、「マリー・スチュアートへの告別」("Adieux à Marie Stuart")などの作品においても＜ファム・ファタル＞のイメージが見られる。

IV

「時の勝利」、「いとま乞い」("A Leave-Taking")、「モウセンゴケ」("The Sundew") などの一連のすぐれた作品は、失恋体験がその製作動機であり、スウィンバーンのこの失恋体験はその後の彼の精神、及び詩の世界に大きな影響を与えたとされ、ゴス以来、多くの研究者がこの問題を大きく取り扱ってきた。最初の本格的な伝記を書いたゴスは、このエピソードを劇的に描き、スウィンバーンが、「突然愛の告白をし、しかも、途方もない激しい調子だったので、悪意からと言うよりは、おそらく混乱したあまり、彼女が彼の目の前で吹き出してしまった。彼はひどく意気消沈し……極めてみじめな気持ちの中で、『時の勝利』を書き上げた」と述べた（*Works*, XIX, 78）。しかもゴスは、スウィンバーンから直接聞いたというこの話を、四十年以上も経ていたゆえの記憶違いからであろうか、失恋の相手をジェイン・フォークナー（Jane Faulkner）というまったく無関係の女性にしてしまった。その後の研究者はゴスの説に従ってきたが、1959年にメイフィールド（John S. Mayfield）の説に示唆を受けたラングが、「失恋」の相手がメアリ・ゴードン（Mary Gordon, 1840-1926）であることを明確に指摘した。[11]

メアリ・ゴードンはスウィンバーンのいとこ——しかもかなり血の繋がりの濃いいとこ——であった。すなわち、メアリとスウィンバーンの母親同士はアッシュバーナム伯爵の娘達、つまり実の姉妹であり、しかも彼らの父親同士も互いにいとこで、その上、彼らの母親と父親も共に互いに血

族関係にあるという当時の英国の貴族階級にあった複雑な同族結婚によって構成された家庭環境の中で、二人は育った。ワイト島では、スウィンバーン家とゴードン家は互いに頻繁な往き来があり、当然、アルジャノンとメアリは幼いときからの親しい遊び友達であった。後年、詩人の伝記を書くことになるメアリは、他に詩や、小説や、アイスランド紀行に関する書物も出版しており、活動的で文学的才能の豊かな女性であった。さらに音楽的素養も備えていたメアリと文学的想像力の横溢する若き詩人との間には、二人だけが共有する想像的な豊かな世界があったと考えられている。その上メアリはスウィンバーンと同じように、乗馬と水泳が得意で、およそ彼のすることは何でもするという、詩人の「弟分」のような存在であった。[12] そのメアリがある時に、ディズニー・リース（Disney Leith）陸軍大佐と結婚することになるだろうとスウィンバーンに言った。（メアリは1865年に結婚してリース夫人となった。）

　スウィンバーンがメアリに求婚して拒絶されたと考える批評家もいるが、[13] そうではあるまい。前述のように、メアリは彼にとって「弟分」のような存在だったのであり、たとえ好意は感じていたとしても、結婚を申し込む対象としては考えてはいなかったと思われるからである。しかしそれにしても、メアリの結婚宣言が彼には大きなショックだったのは事実であろう。それは幼い時から二人で共有してきた世界の崩壊を意味するからだ。彼から見ればメアリの結婚は一種の裏切り行為として映ったかも知れない。「時の勝利」が書き上げられた過程にはおそらくこのような背景があっただろうと思われる。そして、このメアリ・ゴードンの中にドローレスの原型が認められると言われている（Fuller, 114; Henderson, 91）。

V

　スウィンバーンのメアリに対する秘められた好意→メアリの突然の結婚宣言→二人だけの楽園的世界に破局をもたらす彼女の裏切り行為→＜ファム・ファタル＞になるメアリ。このように図式的に見れば、スウィンバー

ンの詩における＜ファム・ファタル＞の出現はうまく説明がつくように見えるが、それほど単純ではなかったと思われる。以下で述べるように、＜ファム・ファタル＞の出現は詩人の単なる個人的事件に端を発するのではなく、詩人としてのスウィンバーンの芸術観に深く関わるもっと大きな要素に関係があると思われるからである。

　「ドローレス」をはじめ多くの＜ファム・ファタル＞を顕著に描いた詩が収録されているのは、『詩とバラード』（第一集）［1866年］であった。この詩集の出版時に浴びせられた轟々たる非難に答えることを目的として発表した『詩と評論に関する覚え書』の中で、スウィンバーン自身は次のように述べている。

> With regard to any opinion implied or expressed throughout my book, I desire that one thing should be remembered; the book is dramatic, many-faced, multifarious; and no utterance of enjoyment or despair, belief or unbelief, can properly be assumed as the assertion of its author's personal feeling or faith. 　　(*Notes*, 18)

> 僕がこの本の中で暗示したり表明したりしている意見について、一つのことを記憶にとどめていただきたい。つまり、本書は芝居のようなもので、多くの違った顔の、多様な人物が登場するということである。あることを楽しんでいるとか、絶望しているとか、あるものを信じているとか、信じないとかいったとしても、それが著者の個人的な思いや信条の主張であると見做すのは正しくない。

　詩集中のそれぞれの詩が、「著者の個人的な思いや信条の主張」ではなく、「芝居のようなもので、違った顔の、多様な人物が登場する」という考え方は、この詩集だけに限られたものではなく、スウィンバーンのすべての詩についてもあてはまる。詩集中の個々の詩に対する作者のこのような考え方は、特にブラウニングが導入して発展させた「劇的独白」("dramatic monologue")の要素を取り入れたやり方であった。十九世紀後

半から世紀末にかけて、「魂の状態」("état d'âme")をめぐる連作から成り立つ詩集は少なくはなかった。ボードレールの『悪の華』やD. G. ロセッティの『生の家』などはその代表的なものである。『詩とバラード』やその他のスウィンバーンの詩集も、登場人物が一人で、いろいろな場面のさまざまな状況を演ずる「一人芝居」("monodrama")であると見なすことができる。個々の詩作品が作者の政治的、及び宗教的信条や伝記的事実などから独立した存在であるという考え方は、スウィンバーンが＜ファム・ファタル＞と共にゴーティエから受け継ぎ、発展させた「芸術のための芸術」の考え方とも密接に関わるものである。

　ところで、＜ファム・ファタル＞についてのスウィンバーンの興味は、かなり以前からあったといえる。イートン校在籍中に熱中したエリザベス朝の劇作品に描かれているルネサンス期の罪にまみれた世界、ラファエル前派が描いた血なまぐさい中世、ゴーティエやボードレールの作品、ギリシア悲劇の復讐の女神、旧約聖書、そしてサドの残虐で虚無的な快楽主義といったものの中に、それは培われてきたのであり、スウィンバーンは＜ファム・ファタル＞をも含めて、成就しない不運な愛というものに特に関心を抱いていた。[14)] そして、先に指摘したような、＜ファム・ファタル＞的なものを求める時代の文学的風潮にスウィンバーンも敏感に反応した。そして自分の詩に＜ファム・ファタル＞を登場させるきっかけをスウィンバーンは待っていたといえよう。

　古今東西の書物がスウィンバーンの霊感(インスピレーション)の源であり、彼のいわゆる、「芸術のための芸術」を体現する詩が成立する世界は、それ自体、過去の書物、文学と彼の精神(サイキ)が一体となって作り上げた一つの神話体系を成すものであるが、＜ファム・ファタル＞もその中の一つの神話(ミュトス)であった。メアリの結婚宣言に先立って、すでにスウィンバーンの想像力の中には＜ファム・ファタル＞神話が準備されていて、それが実際に書かれるには、ただきっかけを待つだけであったのだ。マガンの言葉を借りれば、『詩とバラード』という一人芝居(モノドラマ)の主人公になるには、彼はどうしても「メアリ・ゴードンを失わねばならなかった」(McGann, 219)のである。メアリの結

婚宣言によって、スウィンバーンは「失恋」して、「時の勝利」やその他の詩群の主人公となる一方、メアリはドローレスへと変貌する。「ドローレス」が実在の女性を描写したものと言うよりは、＜ファム・ファタル＞についてのスウィンバーンの意識的なパロディであることはすでに指摘したが、彼はそのような＜ファム・ファタル＞像を描くことによって、社会慣習や男性のエゴイズムの犠牲になってきた優しくて、弱々しい女性の地位を逆転させたのである。15)

　＜ファム・ファタル＞に特徴的な「残忍さを伴う美」のアナロジーを、スウィンバーンは普段は静かで美しいが、時として猛々しく荒れ狂う状態にもなりうる海に認めた。彼の詩においては、海は重要な役割を与えられていて、常に変化し続けるが、それでいて絶えることなく存続してゆく我々が住むこの世界をつき動かしている不変の法則のアナロジーでもある。従って、「ドローレス」や「フォスティーン」等の詩で、スウィンバーンは＜ファム・ファタル＞という恐ろしき女達（ファム・テリブル）だけを描いているのではなくて、ユング的な解釈を許す「偉大なる優しき母」(*Poems*, I, 42)としての海、そしてその海が象徴している、人間の力ではどうしようもない運命の法則にも呼びかけているのだ。16)

　スウィンバーンには詩を作り出す職人とでも呼ぶべき特徴的な一面があった。詩を作る職人として、彼はまず、詩型に取り憑かれたが、それはソネット（sonnet）形式や、ロンド（roundel）形式に対する執着ぶりを見ても容易に理解できるだろうし、また、他の詩人があまり取り組まなかった極めて複雑な構造を持つセスティーナ（sestina）や、ダブル・セスティーナ（double sestina）等の詩型を含めて、テニスンやブラウニングの約二倍に相当する420種類もの詩型を用いたこと17)によっても分るだろう。さらに彼はさまざまな詩的状況を作り出すために多くのテーマに関心をもったが、『詩とバラード』以降、イタリア独立というテーマをライトモチーフにして『日の出前の歌』(*Songs before Sunrise*)を書き上げ、ワッツ＝ダントンと共にパトニィに蟄居してからは、幼児の神々しさをテーマにした詩を多く発表したのはその一面を示すものであろう。そのような彼

が、＜ファム・ファタル＞や「失恋」をテーマにした詩に関心を寄せたとしても不思議ではない。メアリの結婚宣言は彼にそのような詩を書かせるきっかけを与えたといえる。そして、何がテーマであれ、出来上る詩は、出来映えに優劣の差があるとしても、「芸術のための芸術」を体現し、この世界をつき動かす「絶えず変化を続ける不変の法則」を指摘する、詩についての詩、つまり、メタ・ポエムとなる。詩型やテーマに執拗なまでにこだわったスウィンバーンは、「詩人」("poet")の語源が、ギリシア語の「作る」を意味する「ポイエイン」(ποιείν)から派生し、「作る人」という意味の「ポエテース」(ποιητής)であったという意味において、詩を作るということに極めて意識的な詩人であったといえる。

　「詩を作る職人」スウィンバーンにとって、＜ファム・ファタル＞神話は自己の技巧と才能をいかに発揮しうるかが問題となる一つのテーマであった。メアリに対する「失恋」は、この＜ファム・ファタル＞の神話創成(ミソポエーシス)のきっかけを「職人詩人」スウィンバーンに与えたのである。彼はゴーティエから受け継ぎ、初めて英国に紹介した「芸術のための芸術」の思想を体現する神話の一つとして＜ファム・ファタル＞神話を作り上げ、それをはっきりと英国に定着させた。そしてこれをさらに精度の高い芸術へと発展させたのが、ペイターやワイルドであったといえよう。

注

　本章は、「スウィンバーンと〈ファム・ファタル〉神話——メアリ・ゴードンをめぐって」(『奈良教育大学紀要』第26巻　第1号［人文・社会科学］、1977年)に大幅な加筆・修正を施したものである。

1) Praz, 199. マリオ・プラーツ著、倉智恒夫・草野重行・土田知則・南條竹則訳、『肉体と死と悪魔：ロマンティック・アゴニー』(国書刊行会、1986年)、247頁。
2) Hans H. Hofstätter, *Symbolismus und die Kunst der Jahrhundertwende* (1965)、種村季弘訳、『象徴主義と世紀末芸術』(美術出版社、1970年)、256-257頁。
3) 高階秀爾、『世紀末芸術』(紀伊国屋新書、1963年)、152頁。
4) William Empson, *Seven Types of Ambiguity* (Harmondsworth, Middlesex: Penguin Books, 1973), p. 86. ウィリアム・エンプソン著、岩崎宗治訳、『曖

味の七つの型　上』（岩波文庫、2006年）、196頁。
5) Samuel C. Chew, *Swinburne* (London: John Murray, 1931), p. 80.
6) Philip Henderson, *Swinburne, the Portrait of a Poet* (London: Routledge & Kegan Paul, 1974), Illustration 7 (Facing page 150), 参照。さらに、メンケンに関する伝記、Bernard Falk, *The Naked Lady or Storm over Adah* (London: Hutchinson & Co., Ltd., 1934) の224頁と225頁の間にも同じ写真が掲載されている。
7) Ian Fletcher, *Swinburne* (Burnt Mill, Harlow, Essex: Longman Group Ltd, "Writers & their Work", 1973), pp. 29-30.
8) Graham Hough, *The Last Romantics* (London: Gerald Duckworth & Co. Ltd., rpt., 1961), p. 171.
9) Margot K. Louis, *Swinburne and His God: The Roots and Growth of an Agnostic Poetry* (Montreal & Kingston: McGill-Queen's University Press, 1990), p. 41. 形骸化したキリスト教をテーマにした作品の例として、"Hymn to Proserpine"、"Before a Crucifix"、"The Last Oracle"、"Hymn of Man"等を参照。
10) A. C. Swinburne, "Notes on Poems and Reviews" included in *Swinburne Replies*, ed. C. K. Hyder (New York: Syracuse University Press, 1966), pp. 25-26. 以下、"Notes on Poems and Reviews"からの引用は、*Notes*, 25-26のように略記する。また、Colin Cruise et al., *Love Revealed: Simeon Solomon and the Pre-Raphaelites* (London: Merrel, 2005), p.120で、シメオン・ソロモンの絵画、*Habet!* (1865)にはスウィンバーンの「ドロレス」や「フォスティーン」の影響があることを、クルーズが指摘している。
11) Cecil Y. Lang, "Swinburne's Lost Love," *PMLA*, LXXIV (1959), 123-130.
12) Fletcher, *op. cit.*, p. 18. 尚、スウィンバーンとメアリとの関係については、Jean Overton Fuller, *Swinburne, A Critical Biography* (London: Chatto and Windus, 1968)で詳しく論じられている。
13) 例えば、John A. Cassidy, *Algernon Charles Swinburne* (New York: Twayne Publishers, Inc., 1964), p. 77.
14) Praz, 228; Jerome J. McGann, *Swinburne: An Experiment in Criticism* (Chicago: The University of Chicago Press, 1972), p. 216.
15) 自己本位な男性への隷属的な立場からの女性の独立という問題を、もっと穏やかな形で扱った小説として、メレディス（George Meredith）の『エゴイスト』（*The Egoist*）が挙げられる。
16) John D. Rosenberg, "Introduction" to his edited *Swinburne: Selected Poetry and Prose* (New York: The Modern Library, 1968), p. xv.
17) Clyde K. Hyder, "Algernon Charles Swinburne" included in *The Victorian*

Poets: A Guide to Research, ed. F. E. Faverty (Cambridge, Mass.: 1968). p. 155.

第四章

『チャペルの子供たち』

I

　1864年3月に出版された『チャペルの子供たち』(*The Children of the Chapel*)［以下『チャペル』と略記するが、原題は、エリザベス時代に活躍した少年劇団、「チャペル・ロイアル少年劇団」を意味する］[1]は、1875年に第2版、1910年に第3版、そして1982年に第4版が出た。第1版と第2版はいずれもロンドンのジョゼフ・マスターズ社（Joseph Masters and Co.）が出版元で、著者名は第1版にはなく、第2版でミセス・ディズニー・リースと初めて明記された。第3版の出版元はロンドンのチャトー・アンド・ウィンダス（Chatto and Windus）で、タイトルのあとには、「ミセス・ディズニー・リース著／アルジャノン・チャールズ・スウィンバーン作の／道徳劇／『喜びの遍歴』を含む」（By Mrs. Disney Leith / Including *The Pilgrimage of Pleasure* / A Morality Play by / Algernon Charles Swinburne）と印刷されていた。第4版はアメリカのオハイオ大学出版局（Ohio University Press）から編者のロバート・E.ラギー（Robert E. Lougy）が解説文を付け、メアリ・ゴードン、アルジャノン・チャールズ・スウィンバーン共著として出版された。[2] スウィンバーンとメアリの共著による小説『チャペル』とはどのようなものなのか、それを本章で考察する。

II

　第4版の著者名にあるように『チャペル』は、詩人スウィンバーンとそのいとこのメアリ・ゴードン（結婚後、ミセス・ディズニー・リース）の共

第四章 『チャペルの子供たち』

同制作による作品であった。詩人の母とメアリの母は実の姉妹で、それぞれの父親もいとこどうし、しかも詩人とメアリの、母方の共通の祖母がそれぞれの父方の祖母達といとこの関係にあるという貴族階級の家庭に二人は育った。[3] 両家の屋敷が共にワイト島にあって、幼時からスウィンバーンはゴードン家を訪れ、文学的想像力の豊かな3歳年下のメアリと共に乗馬や水泳を楽しみながら、二人だけの空想的な想像の世界に親しんでいた。その後、ディズニー・リース大佐と結婚したメアリは、「時の勝利」を始めとする失恋をテーマにした詩人の多くの作品のインスピレーションの源になったとも言われている。[4]

　1863年9月、妹のイーディスの死に際してワイト島に戻ったスウィンバーンは、翌年の2月までゴードン家に滞在し、ヘンデルの曲を奏でるメアリのオルガンを耳にしながら傑作、『カリドンのアタランタ』の執筆にとりかかっていた。一方、メアリは彼女の二番目の小説、「ある少年達の物語」("a boys' story") (Leith, 20)、つまり『チャペル』を執筆中であったが、この作品の中で少年達が演じる道徳劇『喜びの遍歴』はスウィンバーンが担当し、小説全体の構想や歴史的考証などの点に関しても助言や意見をメアリに与えていた (CC, xviii)。それなのに著者としてのスウィンバーンの名前が第1版および第2版に印刷されなかったのはなぜか？それは出版社側の慎重な配慮によるものであった。ラギーが指摘するように、歴史や音楽に関する書物とともに、キリスト教福音主義に関するものや、その思想に裏打ちされた教訓を含む児童向けの物語を出版していたジョゼフ・マスターズ社がスウィンバーンの名前を出すことを躊躇したからであった。

　1866年の『詩とバラード』出版以降に浴びせられることになる＜無神論的肉感派詩人＞のイメージはまだ一般的には定着していなかったが、ボードレールの『悪の華』を初めて英国に紹介し、ミルンズ（Richard Monckton Milnes）やD. G. ロセッティと親しく交わり、変死を遂げたシダル（Elizabeth Siddal）［ロセッティの妻］の最後の目撃者として検死に立ち会っていたスウィンバーンに、出版社側は胡散臭いものを感じたのである (CC, xx)。第3版は詩人の死後、しかも彼の作品を一手に引き受けて出版

していたチャトー・アンド・ウィンダスから出されたのであるから、スウィンバーンの名前が明記されても何ら不思議ではない。しかし、前述のような著者名の印刷の体裁では詩人が担当したのは『喜びの遍歴』だけということになってしまうが、ヴィクトリア時代の児童文学、あるいは『喜びの遍歴』に関心をもつ人々のために出版された第4版に至って初めて、『チャペル』が二人の合作であることが正しく表示されたのである。

III

『チャペル』は、「1559年の春のある朝のことでした」("It was a fine spring morning in the year 1559") (*CC*, 1) という出だしで始まっていて、当時から300年余り遡ったったエリザベスⅠ世の時代に物語が設定されている。きちんとした身なりの10歳の少年、アーサー・サヴィル (Arthur Savile) は学校へ行く途中10分間程、川で魚を捕る「漁師の様子をただぼんやりと見つめていた」(*CC*, 2) ために悲惨な境遇に突き落とされる羽目になる。すなわち、女王陛下の命を受けて、王室礼拝堂 (Chapel Royal) の少年歌手 (choirboy) を探し求めていたトマス・ガイルズ (Thomas Gyles) にまんまと誘拐されてしまうのである。アーサーはそのあと、先輩の少年歌手達のいじめやからかいに何度も会い、指導教師ガイルズの苛酷な体罰を受けながらも、少しずつ歌詞を覚え、舞台に立つ訓練を重ねていく。その間、ガイルズに内緒でテムズ川へボート遊びに出かけた少年達が、不慣れなオールさばきのためにボートをコントロールできなくなり、女王をはじめ音楽家のトマス・タリス (Thomas Tallis) やガイルズも乗っていた大きな船と衝突してしまい、少年達は川に投げ出され、アーサーも溺死寸前のところを優しい先輩歌手のウィリアム・バード (William Byrd) の献身的な努力によって救出されるというような出来事もあった。この事件のせいで、アーサー達はさらにきびしい体罰をガイルズから与えられる羽目になる。

そして、誘拐されてから2年後、女王陛下の御前でチャペルの少年歌手

達が演じる『喜びの遍歴』と題する道徳劇が上演される。ボーイ・ソプラノの名手として「黄金の歌手」("the Golden Treble")のニックネームを与えられるようになっていたアーサーは、女装をして「自惚れ娘ディライト」("Vain Delight")の役柄で登場する。怠惰なために台詞をなかなか暗記することができなかったアーサーだったが、この日は最後の長い台詞もどうにか無事に言い終えることができ、そのあと、背の高い少年の演じる「死神」("Death")に追いかけられて、機敏に身をかわしながら逃げまわる小柄な「自惚れ娘ディライト」の姿に観客はどっと沸いて、劇は成功裡に終わる。そして思いがけないことに、観客の中にアーサーの両親がたまたま居合わせていて、「自惚れ娘ディライト」の中に死んだと思っていた我が子の姿を見つけて驚き、2年ぶりに感激の再会を果たす。両親の承諾を得て、アーサーはその後も「黄金の歌手」としてチャペルで活躍し、声変わりをした後は、女王の指示によってイートン校へ進学するが、35歳のころにオランダでの戦いに軍人として参加し、功績をあげ、帰国後結婚をして、その後長く幸せに暮らしたという (CC, 181)。そして、「良い声の持ち主であれば、その声で神を讃え、神に仕えるのはふさわしいこと。人の声というものは主にそのようなことのために使われるべきものなのです」("The better the voice is, the meeter it is to honour and serve God therewith: and the voice of man is chiefly to be employed to that end") (CC, 182) と、神への賛美が強調されて、この物語は終わる。

IV

　以上、大まかに粗筋をたどったが、物語に登場するバードやタリスは実在の著名な音楽家であり、王室礼拝堂に関する記述も史実に基づいてなされている (CC, xxi-xxii)。シェイクスピア、マーロウ、チャップマン、ボーモント、フレッチャー等のエリザベス時代の演劇に詳しいスウィンバーンの知識が、主としてメアリが書いたこの物語に色濃く反映している。また、何度も言及される「鞭打ち体罰」("flogging")の描写にも、イートンから

オクスフォードへと進み、この分野に異常な関心をもっていた詩人の知見が関与しているといえる（*CC*, xxxiv）。

『チャペル』には宗教的な教訓が散りばめられ、野蛮な300年前に比べて今の子供達はいかに幸せであるかが、次のように強調されている。

> "Perhaps this story may one day fall into the hands of some little boy who is so happy as to belong to his church choir. If so, I should be glad if it made him think for a moment how different his lot is from that of these choristers of bygone days, though they sang the very same words, and perhaps the very same chants, many of which have been preserved to our time. I should like to remind him how thankful he ought to be that he lives in such far happier days ..." （*CC*, 39）

> ひょっとしたら、このお話を教会の聖歌隊員を務める男の子がいつか手にとって読むかもしれません。そのようなとき、昔から伝わっている同じ歌詞の歌を、昔とまったく同じ調べで歌っているのに、自分は昔の時代の聖歌隊員たちとはまったく違う境遇にいるのだということを、少しでも考えてくれると嬉しく思います。昔に比べてはるかに幸せな時代に生きていることに感謝すべきだと、その子に思い起こして欲しいと思います……

ここには、＜人類は時と共に進歩する＞という当時の楽観的な "Progress of the Species" の考え方が窺える。[5] そして「怠惰」（"idle"）であったために悲惨な目に会うアーサーの物語には、功利的な勤勉性と目上の人への従順、そして神への敬虔な態度を重視した時代の人々の警告が込められていて、進歩した文明の時代に生きていると確信していたヴィクトリア時代の人々の思想や考え方が、読者である子供に向かって語りかけられている。

ところで、劇の台詞をうまく覚えることができないアーサーがガイルズによって体罰を与えられる場面は次のように描写されている。

> "He is an idle scoundrel," said Gyles, growing more indignant at the

第四章　『チャペルの子供たち』

delay, "... Bring me the rod, I say ... I have that in hand that shall wake him up. Strip, sir," and he turned to the trembling Arthur, who now fully awakened, was crying bitterly. ... Arthur was held by two bigger boys, and received the severest chastisement that had ever fallen to his lot. In vain he screamed and roared for mercy: there was none for him.

(*CC*, 28)

「この子はどうしようもない怠け者だ」と、覚え方が遅いことに一段と腹を立てて、ガイルズが言いました。「……鞭を持って来いと言っているんだ……これでこいつの目を覚まさせてやる。さあ服を取るんだ」そう言って彼はぶるぶる震えているアーサーのほうに向き直りました。すっかり目が覚めたアーサーは激しく泣き叫んでいました……アーサーは二人の年長の男の子に体を支えられました、そして彼はこれまでに受けたこともないような激しい体罰を受けました。お願いだから助けてくださいと、彼は大きな声で泣き叫びましたが無駄でした。誰も助けてはくれませんでした。

　このようにしてアーサー達が何度も受ける苛酷な体罰は、未熟な子供の悪い行いを矯正し、男らしい紳士を作り上げるために必要なものとして、ヴィクトリア時代にも当然のこととして広く行われていた（*CC*, xxxiii-xxxiv）。さらに下って1930年代でもこのような体罰が普通に行われていたことは、たとえば、ダールが『少年：子供時代の物語集』の中で繰り返し克明に描写しているところからも判断できる。[6] 鞭打ちの体罰は紳士教育に必要なものとして、英国の学校で長く温存されてきた制度であった。だがしかし、「鞭打ち体罰」そのものに対する英国人の興味や嗜好が「英国の悪習」（《le vice anglais》）として広く知られるようになったのは、ヴィクトリア時代になってからであった。[7] そして「子供が叩かれる」のをテーマにした＜鞭打ち文学＞（"the literature of flagellation"）がアンダーワールドで大量に出版されたのもこの時代になってからであった。[8]
　スウィンバーン自身はすでにミルンズを通してサドの文学に親しみ、「鞭打ち台：序詞と十二の牧歌による叙事詩」（"The Flogging Block: An Epic Poem in a Prologue and Twelve Eclogues"）や「ホイッピンガム文書」（"The

63

Whippingham Papers")等、「鞭打ち体罰」を扱った作品を密かに書いていた（Chew, 35-37）。「鞭打ち台」では叩かれる少年の訴えが、「どうかお願いします——僕を叩かないで、どうか、もうこれ以上！／教科書を無視するようなことはもう二度としませんから——／もう決して！お願いですから！次からは——ああ、きっと……」("Please don't sir, – don't whip me, sir, please, any more! / O, I'll never not look at my lesson again – / No, never, sir! Please, sir! Next time, sir – oh then ...")（*LB*, 510 n18）と描写されている。そして未完の小説『レズビア・ブランドン』では、スウィンバーンは体罰を与える教師を描写して、「指導教師は激しく仕事に取りかかり、鞭で彼を叩いたのでしなやかな鞭の木の枝が生徒の体に絡みついて曲がり、やわらかい肉の部分まで食い込んでミミズ腫れとなってひりひりと痛んだ」("His tutor fell vigorously to work, lashing him till the supple twigs bent round upon the flesh, biting well into the tenderest part and stinging with all their buds")と書き、体罰を受ける生徒について、「次の鞭で彼は真っ赤になった。三度目の鞭で白い柔肌にミミズ腫れが生じた。さらにもう一二回叩かれると少年は涙をこらえることができなかった」("At the next he reddened with a double blush; the third cut left traces raised in red relief on the smooth pale skin; and after another cut or two the boy could hardly keep his tears in")（*LB*, 511 n21 and n22）と描写している。

　いま引いた三つの文章は、いずれも密かに書かれたもので、正式に出版されたものではない。これらの文章と較べると、先に引用した『チャペル』における体罰の場面は間接的な報告調の描写になっている。しかし、いま上で引用した三つの文章は、マーカスが典型的な鞭打ち小説の例として挙げている次のような場面とよく似ている。（鞭打ちを主題にした小説では、次の例のように体罰を与えるのは通例、女教師になっている。）

"Try me this once, my dearest mistress! Oh, gracious! try me! Oh, I'm killed! let me down! let me down! let me down! Nurse! Nurse! Nurse!"
"You may roar, and cry, and kick, and plunge, and implore, my pretty

gentleman, but all will not do; I'll whip you till the blood runs to your heels! You shall feel the tuition of this excellent rod!"[9]

「先生、もう一度チャンスをください！ああ、お願いです！もう一度だけ！ああ、僕は死ぬ！僕をおろして！僕をおろして！僕をおろして！ねえや！ねえや！ねえやったら！」「大声を出しても、泣き叫んでも、じたばたしても、突っかかってきても、泣きついても、構わないわよ、可愛い坊や。でもそんなことをしても無駄よ。血が足元に流れるまで叩きます！この見事な鞭の教えを肌で感じさせてあげるわ！」

V

すでに述べたように、『チャペル』の第1版と第2版は児童書やキリスト教関係の書物を主に出版してきたジョゼフ・マスターズ社によって出版されていた。ということは、この物語の中で何度も描かれている鞭打ち体罰は、怠惰で大人の言うことを聞かない子供を正すために当然与えられるべきものとして、女性や子供が読んでも何ら差障りのないものと見なされていたと考えられる。しかし、上で引用した例文が示すように、そしてまたラギーも指摘するように、ヴィクトリア時代のアンダーワールドでもてはやされていた鞭打ち文学と『チャペル』に見られる鞭打ちの取り扱い方や描写の仕方の違いは、本質的な差異というよりは、程度の差にすぎない（*CC*, xxxviii）。無邪気な児童向けの宗教的教訓を含んだ物語ともいうべき『チャペル』から紳士達が密かに読み耽っていたアンダーワールドの書物の世界に到る径庭はごく僅かだったといえる。

エリザベス時代の世界を300年後の目から見て、その相違に注目し、ヴィクトリア時代の優位性がこの物語では何度も強調されている。そして、それからさらに150年後の我々が読んでみると、当時の人々がおそらく明確には意識しなかった、「敬虔性と残虐性、無邪気と堕落というヴィクトリア時代そのものの縮図」（*CC*, xlv）とも言うべきものを読み取ることができる。かくして、『チャペル』はエリザベス時代の少年歌手とその教育

に関する宗教的教訓に富む物語であると同時に、ヴィクトリア時代そのものについての貴重な情報を間接的に提供している興味深い作品なのである。

注

本章は、「*The Children of the Chapel* 試論──ヴィクトリア時代の『ある少年物語』について──」(*TINKER BELL* No. 38、[日本イギリス児童文学会] 1993年) に大幅な加筆・修正を施したものである。

1) 高橋康也・大場建治・喜志哲雄・村上淑郎共編、『研究社　シェイクスピア辞典』(研究社、2000年)、439頁、参照。
2) Robert E. Lougy, ed. Mary Gordon and Algernon Charles Swinburne, *The Children of the Chapel* (Athens: Ohio University Press, 1982), p. 185. (以下、本書からの引用は、*CC*, 185のようにページ数と共に略記する。) 及び Chew, 52、参照。
3) Mrs. Disney Leith, *The Boyhood of Algernon Charles Swinburne: Personal Recollections by His Cousin* (London: Chatto & Windus, 1917), p. 3.
4) 本書、第三章のIVを参照。1892年6月のリース大佐の死後、スウィンバーンとメアリは手紙のやり取りを再開したり、会ったりしている。二人のユニークな手紙のやり取りは、Terry L. Meyers, ed. *Uncollected Letters of Algernon Charles Swinburne*, 3 vols., (London: Pickering & Chatto Publishers, 2004)の第三巻に収められている、両者が交わした多くの手紙によって興味深く読むことができる。
5) *CC*, 179. Cf. Thomas Carlyle, *On Heroes, Hero-Worship and The Heroic in History* included in *Thomas Carlyle's Works* ("The Standard Edition") 18 vols. (London: Chapman and Hall, 1904), vol. IV, p. 97.
6) Roald Dahl, *Boy: Tales of Childhood* (London: Puffin Books, 1986), pp. 46-50, 86, 116, 119-121, 145-146.
7) Praz, 437-457. 倉智恒夫他訳、547-568頁。
8) Steven Marcus, *The Other Victorians* (London: Weidenfeld and Nicolson, 1966), pp. 252-265. 金塚貞文訳、『もう一つのヴィクトリア時代、性と享楽の英国裏面史』(中央公論社、1990)、331-347頁。
9) Marcus, pp.256-257. 金塚貞文訳、336-337頁参照。(引用部の訳は筆者による。)

第五章

『詩とバラード』（第一集）

I

　1866年7月中旬にスウィンバーンが『詩とバラード』（第一集)[1]を出版した時、この詩集は「この上なく堕落した病的なもの」（"depraved and morbid in the last degree"）[2]で、その作者は「ただ不潔というだけで汚らわしい」（"unclean for the mere sake of uncleanness"）[3]もので、「破滅的な鉄の靴を履き、絶望あるのみと信じている悪意に満ちた軽蔑すべき輩であるか、さもなくば一群の淫らなサテュロスの中の好色な桂冠詩人である」（"He is either the vindictive and scornful apostle of a crushing iron-shod despair, or else he is the libidinous laureate of a pack of satyrs"）[4]という囂々たる非難を浴び、これを出版したモクソン社は告発され裁判にかけられるのを恐れるあまり、すぐさま詩集を回収処分にしてしまった。一方、ブルワー＝リットンの助言を仰いだスウィンバーンはホッテン（John Camden Hotten）という出版業者を紹介され、『詩とバラード』は9月に改めて出版された。このようなスキャンダラスな経緯を経てやっと世に出た詩集であったが、詩集中の多くの作品をスウィンバーンは以前から書きためていて、事あるごとに知人や友人に自作を披露し、批評や意見を求めていた。そして、ロバート・ブラウニング、メレディス、トレヴェリアン夫人、D. G. ロセッティといった人達が、出版に反対したり、あるいは、いくつかの作品を削除するようにと忠告したにもかかわらず、[5] スウィンバーンはあえて出版に踏み切った。彼はこの詩集に託して何を訴えたかったのか、又、その出版の意義を考察するのが本章の目的である。

II

　『詩とバラード』に収められている62の作品の配列についてゴスは、これらの作品のテーマ・製作年代・文体をわざと混乱させるために、スウィンバーンはまるで帽子の中にトランプのカードを入れてごたまぜにしたように、作品をでたらめな順序に並べたようだ、と述べている。[6)] しかしスウィンバーン自身は、非難の的になった作品の全部、あるいは一部を削除してはどうかという提案に対して、「個々の詩行や詩を削除することについては、もしそのようなことをすれば、詩集全体の構成を損なうことになります。この本のあらゆる部分が可能な限りの細やかな配慮の下に配列されているからなのです」("As to the suppression of separate passages or poems, it could not be done without injuring the whole structure of the book, where every part has been as carefully considered and arranged as I could manage") と述べて (Letters, I, 172)、そのような提案には応ずることはできないとしている。確かにただ漫然とこの詩集を読んだ時には、ゴスのいうように、多様な主題と種々雑多なスタイルをもつこれらの作品が、いかにも、でたらめな順序に並べられていると感じるのは事実である。[7)] だが、『カリドンのアタランタ』や『ブレイク論』を書いていたスウィンバーンが、当時どのようなことを考えていたのかを頭に入れて読み直してみると、その一見、雑然と並んでいるように見える個々の作品の配列は、実は、先ほどスウィンバーン自身が述べていたように、「可能な限りの細やかな配慮の下に」なされていることが分る。それゆえに、巻頭を飾る二つの対照的な作品、すなわち、「生のバラード」("A Ballad of Life") と「死のバラード」("A Ballad of Death") は、作者がこの詩集全体のテーマを二つのバラードに集約して語らせるために巻頭に並べた、という意味において極めて重要であるといえる。先ずこの二つのバラードから検討してみよう。

　「生のバラード」は次のような一節と共に始まる。

I found in dreams a place of wind and flowers,
　　Full of sweet trees and colour of glad grass,
　　　In midst whereof there was
A lady clothed like summer with sweet hours.
Her beauty, fervent as a fiery moon,
　　Made my blood burn and swoon
　　　Like a flame rained upon.
Sorrow had filled her shaken eyelids' blue,
And her mouth's sad red heavy rose all through
　　　Seemed sad with glad things gone.　　(*Poems*, I, 1)

夢の中で見たのは風に花々が揺れる場所、
　　甘美な木々と嬉しげな草の色があふれ、
　　　その中に一人の女性がいて
彼女は甘美な時間が流れる夏のような装いに包まれていた。
炎に燃える月のように激しい彼女の美しさは、
　　まるで全身に炎を浴びたかのように
　　　僕の血を燃え立たせ気絶させるぐらいだった。
悲しみのために彼女の青ざめた目蓋は打ち震えていた、
そして彼女の悲しげな真っ赤な薔薇のような口は
　　　嬉しいことがすっかりなくなってしまったので悲しげだった。

　上の一節からも明らかなようにこの作品は、古くから民衆の間で歌い継がれてきた民謡ともいうべきいわゆる、「バラッド」("ballad") ではなく、中世の南仏プロヴァンス地方に起源を発する「バラード」("ballade") の形式で書かれている。[8] 引用の部分で歌われているのは、正にラファエル前派の絵を思わせるような妖しい美しさをたたえた女性である。[9]

　そして彼女の正体は、ルネサンス期のイタリアで数奇な生涯をたどったルクレチア・ボルジアであることが詩の後半部で明らかにされる。夢の中の甘美な場所に姿を現した彼女は、昔のリュート奏者で今はもうこの世に居ないある男の髪の毛で作られた弦を張ったハート形の楽器「シサーン」

("cithern")を手に持ち、三人の男を従えて、罪と死と愛欲の雰囲気の中で、「異国の耳慣れぬ言葉で妙なる歌を歌ってきかせる」(*Poems*, I, 2)。それを聞いて語り手は、「僕のこの女性はまったく完全で、／すべての罪と悲しみと死を、／彼女自身の目蓋や唇のように美しいものに変えてしまう」(*Poems*, I, 3) ことを知る。そして彼は詩芸術の一つの形態であるバラードに向かって次のように命じる。

> Forth, ballad, and take roses in both arms,
>   Even till the top rose touch thee in the throat
> Where the least thornprick harms;
>   And girdled in thy golden singing-coat,
> Come thou before my lady and say this;
>   Borgia, thy gold hair's colour burns in me,
>   Thy mouth makes beat my blood in feverish rhymes;
>   Therefore so many as these roses be,
>   Kiss me so many times.　　(*Poems*, I, 3)

> さあバラードよ、両腕で薔薇の花を取れ、
>   一番上の薔薇がお前の喉に触れて
> 小さな棘でもちくちく刺すまで。
>   黄金の歌の衣を着て、
> 彼女の前に出て次のように言うのだ。
>   ボルジアよ、貴女の金髪が僕を燃え立たせ、
>   貴女の口が僕の血を熱っぽい調子で激しく打ちます。
>   それでここにある多くの薔薇の花と
>   同じ数だけ僕にキスをしてください、と。

語り手はバラードに向かって、ボルジアに薔薇の花を捧げ、彼女の美しさを讃える官能的な歌を歌うようにと言挙げする。このボルジアは歴史的に実在したボルジアというよりも、以下で明らかになるように、赤い薔薇の花と肉感的な口が暗示する愛、つまり、愛欲ともいうべき性愛と美の象

徴である。ルクレチア・ボルジアはヴィクリトア時代には、その美貌で次々と男を誘惑して破滅へと導く＜ファム・ファタル＞の典型と信じられていたが、ここでも彼女は、その半ば伝説化され、神話化された＜ファム・ファタル＞の原型として登場している。実際、この詩集には実に多くの＜ファム・ファタル＞が登場するが、彼女らはいずれもこのボルジアの分身なのである。

「生のバラード」に続く「死のバラード」では、ルクレチア・ボルジアの死が歌われている。生前の彼女について、スウィンバーンはキリスト教の教義を連想させる言葉を多く用いて次のように語る。

> Ah! in the days when God did good to me,
> Each part about her was a righteous thing;
> Her mouth an almsgiving,
> The glory of her garments charity,
> The beauty of her bosom a good deed,
> In the good days when God kept sight of us;
> Love lay upon her eyes,
> And on that hair whereof the world takes heed;
> And all her body was more virtuous
> Than souls of women fashioned otherwise.　(*Poems*, I, 7)

> ああ！神が僕によくしてくれたとき、
> 彼女の各部分は正しきものであった。
> 彼女の口は慈善の施しであり、
> 彼女の見事な衣装は慈愛であり、
> 彼女の麗しき胸は善き行いであった、
> 神が僕たちを見守ってくれていたあのよき時代には。
> 愛が彼女の目に輝いていたし、
> 世間の注目を浴びているあの髪にも愛の輝きがあった。
> 他の神によって作られた他の女性たちの精神よりも
> 彼女の肉体のすべてがもっと徳に溢れていたのだ。

このように、キリスト教に関わる言葉やイメージを用いて反キリスト教的なことを述べるのはスウィンバーンの常套手段であり、この傾向は『詩とバラード』はもとより、他の作品についてもあてはまる。ここでは、来世の祝福された神の国に入るために、地上の現世にあっては肉欲をいましめて、精神的な修練を積むことを説く教えとは正反対の、「精神よりも／……肉体がもっと徳に溢れていた」時代に、思いが馳せられている。つまり、肉を極端にいやしめ、霊を重要視し、霊と肉の分離を説く教えにスウィンバーンは真向うから反対して、肉の重視、及び、霊肉の一致を要求する。

しかし、夢の中の花園に姿を見せたあのボルジアは、今は死んでしまっている。そこで語り手は、"Now, ballad, gather poppies in thine hands" (*Poems*, I, 7) とバラードに「ケシの花」を持つように命ずる。先の「生のバラード」では薔薇の花を捧げるように命じたが、ここでは、死と忘却の国に住むプロセルピナの花とされるケシを持つようにと命じている。さらに語り手はバラードに向かって次のように言う。

> And when thy bosom is filled full thereof
> Seek out Death's face ere the light altereth,
> And say "My master that was thrall to Love
> Is become thrall to Death." 　(*Poems*, I, 7)

> そしてお前の胸がケシの花でいっぱいになれば
> 日の光が変わる前に死神を探し出して、
> 「『愛』に仕えていたご主人様は
> 今では『死』に仕える者になってしまいました」と言うのだ。

この引用の後半部、「『愛』に仕えていたご主人様は／今では『死』に仕える者になってしまいました」には、ベアードが指摘するように、[10] 二重の意味が込められている。第一に、語り手は古典的な神話や詩の例にならって、死んでしまった愛する人のあとをずっと追いかけて自分も死者の国に来てしまったと述べている。そして第二に、愛に対する彼の現在の態度は、

死に対するようなものとなっていることを告げている。血を湧き立たせる程に美しく魅力的であった女性も死には勝てないことを語り手は悟り、彼女のいる死者の世界にあこがれる。

　しかし、死者の世界を志向する衝動に駆られながらも、彼はバラードに向かって最後に次のように命じる。

　　Bow down before him, ballad, sigh and groan,
　　But make no sojourn in thy outgoing;
　　For haply it may be
　　That when thy feet return at evening
　　Death shall come in with thee.　　(*Poems*, I, 7)

　　バラードよ、彼の前で頭を垂れ、ため息をついて呻くのだ。
　　だが、出発するのに手間取ってはいけない。
　　そんなことをすれば
　　夕方にお前が戻ってくると
　　『死』がぴたりと寄り添っているかもしれないからだ。

ここでは、死神の所に長く留ることによって、その結果、＜死神に取りつかれて忘却の彼方へ連れ去られることを避けよ＞とバラードに命じる態度、つまり、バラードが象徴する芸術作品の不滅性を願う気持ちが仄めかされている。

　今まで述べてきたことを要約すれば次のようになる。夢の花園で見た美しく魅力的な女性のとりこになった語り手は、キリスト教の教えでは禁じられていた激しく官能的な愛の感情を経験する。そして、その女性に死が訪れ、彼も死者の世界にあこがれる気持ちになる。しかし、死者の国に留まるのではなくて、バラードが暗示する芸術作品としての詩によって、その激しい恋愛感情や、死をあこがれる気持ちを昇華させることを願う。箇条書きにすれば、次の三点に要約できよう。

①霊肉二元論に基き、肉をいやしめ霊のみを重視する教えに対して、霊肉の一致に向かうための肉体の重視、つまりエロスへのあこがれ。
②エロスの激しさとは対照的な、又、人間には避けられないタナトスへの、あるいは、エロスとタナトスの結婚、即ち、「愛死」("Liebestot")へのあこがれ。
③詩（芸術）の不滅性への願い。

　詩集冒頭の二つのバラードから以上の三点を抽出すれば、それで『詩とバラード』という詩集のテーマを取り出したことになる。作品の配列に「注意深い考慮」を払ったスウィンバーンが、「生のバラード」、「死のバラード」という二つの対照的な作品を冒頭に並べることによって、詩集全体のテーマを要約させていると考えられるからである（Baird, 56）。

III

　二つのバラードに続いてさまざまなスタイルの詩が登場し、先に要約した三つのテーマを展開させているが、冒頭部のバラードに続く8篇の作品について概観してみよう。
　二つのバラードのすぐ後に続くのは「ヴィーナス讃歌」である。中世から存在していたタンホイザー伝説に題材を取ったもので、キリスト教信仰と、愛と美の女神ヴィーナスの官能的世界との間に立ち、葛藤に苦しみながらも結局はヴィーナスとの歓楽的生活へ戻って行く騎士タンホイザーの心情が語られている。その次に置かれている作品は、ギリシア神話に題材を求めた「パイドラ」("Phaedra")である。ここでは、義理の息子、ヒポリュートスに激しい欲情を募らせるパイドラの心情が語られている。「ヴィーナス讃歌」でも「パイドラ」でも、官能的エロスの世界に支配される人物の苦悩が語られているが、前者では、女性への欲情にのめり込む男性の心情が吐露されているのに対し、後者では、欲情に駆られるのは女性になっている。

次に、自伝的な要素を含むスウィンバーン独自の個人的神話といえる「時の勝利」が置かれている。ここでは、自分を裏切って他の男性のもとへ走ったかつての恋人に対する思いが歌われている。語り手は、「僕らが今日一緒に死ぬことができればいいのに、／誰にも見られることもなく、姿を消してしまいたい」("I wish we were dead together to-day, / Lost sight of, hidden away out of sight") (*Poems*, I, 37) と述べ、愛する女性との愛死（心中）を願う気持ちを告白し、海における死を願う。つまり、この詩ではタナトスへのあこがれが主として描かれている。次に続くのは、カーライルの『フランス革命』(*The French Revolution*) の記述から題材を得たもので、[11] 革命派の指導者が反革命派の捕虜を溺死させることによって処刑したこと、つまり、男女一組の捕虜の手と手、足と足を括り付けてロワール河へ投げ込んで水死させたという所謂、「共和国的結婚」("Mariage Républicain") をテーマにした「溺死」("Les Noyades") というタイトルの作品である。引き立てられてきた高貴な家柄の美しい娘と一緒に括り付けられることになった身分の卑しい男が、以前から好意をもっていたのにつれない態度しか示さなかったこの娘と一緒に死ぬこと（これも一種の「愛死」である）ができるということで狂喜し、たとえ自分は地獄に落ちてもいいからと、この願ってもない状況を与えてくれた革命軍の将校に対して神の加護を祈る。そして、ロワール河に投げられたあと、しっかりと抱き合ったまま永遠の海に運ばれて「愛死」が成就することに男が満足する状況が語られている。

　次の「いとま乞い」は、「わが歌よ、ここから立ち去ろう。彼女は聞いてくれない」("Let us go hence, my songs; she will not hear") (*Poems*, I, 52) という一行で始まり、自伝的な要素を含む個人的な神話の世界が示されているが、つれなく残酷な恋人に＜いとま乞い＞をし、「愛は不毛の海だ、苦くて深い」("Love is a barren sea, bitter and deep") (*Poems*, I, 53) ということを歌にして残しておこう、と語り手は歌に呼びかける。その次の作品、「イティルス」("Itylus") でも同様に、歌（すなわち、芸術）の不滅性を願う態度が表明されているが、題材はギリシア神話の、ナイティンゲールに

姿を変えられたフィロメラ伝説から取られている。燕に姿を変えられたプロクネは楽しそうに飛び回り、春の訪れを嬉しそうに囀っているが、その燕に＜姉さんはあのいとし子イティルスをテレウスへの復讐のために殺すはめになった、あの悲しい春の日のことを忘れてしまったの？＞とフィロメラが次のように語りかける。

  O sister, sister, thy first-begotten!
   The hands that cling and the feet that follow,
    The voice of the child's blood crying yet
  Who hath remembered me? who hath forgotten?
   Thou hast forgotten, O summer swallow,
    But the world shall end when I forget.　(*Poems*, I, 56)

  ああ、お姉様、お姉様、あなたの最初の子供なのですよ！
   しがみ付くあの子の両手、後について来るあの子の足、
    今なお叫んでいる血まみれのあの子の声、
  誰ガボクヲ覚エテクレテイルノ？誰ガ忘レテシマッタノ？
   あなたは忘れてしまったのです、ああ、夏の燕となったお姉様、
    でも、私が忘れるとこの世が終わるのです。

スウィンバーンの個人的神話体系の中では、ナイティンゲールは、太陽と芸術の神アポロ、古代ギリシアの女流詩人サッフォーと共に、不滅の芸術的精神をもつものという役割を担わされている。この詩の中では、イティルスのことを「忘れ」ずに、「心からの望みにあふれ……燃える炎の激しさで夜をこめて歌う」("fulfilled of my heart's desire ... [f]eed the heart of the night with fire") (*Poems*, I, 54) ナイティンゲールは、ちょうど、キーツのナイティンゲールがそうであったように、芸術としての歌の不滅性を示しているといえる。人々に「忘れ」られることなく、いつまでも「覚エテクレテイル」ということが不滅の芸術の本質なのである。スウィンバーンの作品の中で、"remember", "not forget", "not die", "memory"といった言葉

第五章　『詩とバラード』(第一集)

が芸術の不滅性に関する重要な鍵語になっている場合が多い。

　次の「アナクトリア」は、この詩集中、とりわけ激しい非難が集中的に浴せられた作品で、レスボス島の女流詩人サッフォーが同性の恋人アナクトリアに狂おしいばかりの激しい愛情を訴えかけるという体裁になっている。この不毛の愛の激しい感情は、このようなつらい運命を与える神に対する激しい怒りとなって、「神のところへ行き、打ち据え、神性を剥ぎ取ってやりたい、／人の息を吹きかけて神の冷たい唇を突き刺し、／そして不滅の神を死と混ぜてやりたい」("Him would I reach, him smite, him desecrate, / Pierce the cold lips of God with human breath, / And mix his immortality with death") (*Poems*, I, 63) とサッフォーは述べる。この激しい感情もやがて絶望に変わり、静まってゆく。しかし、この不毛の愛の激しく苦しい心情を歌う彼女の歌が不滅であることを彼女自身は知っている。世界最古の叙情詩人サッフォーの情熱的な愛の歌が何千年もの時の隔りにもかかわらず、人々の胸を打つ不滅の芸術作品であることをスウィンバーンはここで訴えている。そしてその次に、「プロセルピナ讃歌」が置かれているが、万物流転の世界にあって、神々でさえも死を免れることはできないし、ましてや、人の一生は実にはかないことを悟った語り手が、全身を燃え上がらせるような激しい感情を歌うことにも厭きて、しばしプロセルピナが支配する死の眠りの世界をあこがれる気持ちが歌われている。

　以上で詩集の約六分の一にあたる作品をその順序に従って概観したが、これに続く部分でも、先に要約した三つのテーマについて、ギリシアやローマの神話、聖書、その他の書物から、また実在の、あるいは伝説上の事件や人物から、さらに、スウィンバーンが独自に作り上げた個人的な神話の世界から、さまざまな題材が選ばれ、さまざまに異なる環境や雰囲気の中で、多様な詩型を用いて語られている。それらの中で、特に注目しておく必要があるのは、「ドローレス」——「プロセルピナの庭」("The Garden of Proserpine")——「ヘスペリア」という順序で並んでいる三つの作品である。

IV

　「ドローレス」は、その攻撃的なエロティシズム、神への冒瀆という面で激しい非難を浴びた作品であるが、「生のバラード」の夢の花園にいた＜ファム・ファタル＞の象徴としてのルクレチア・ボルジアの分身ともいうべきドローレスが、スウィンバーン独自の神話の世界で次のように描かれている。

O lips full of lust and of laughter,
　　Curled snakes that are fed from my breast,
Bite hard, lest remembrance come after
　　And press with new lips where you pressed.
……
Thou wert fair in the fearless old fashion,
　　And thy limbs are as melodies yet,
And move to the music of passion
　　With lithe and lascivious regret.
What ailed us, O gods, to desert you
　　For creeds that refuse and restrain ?
Come down and redeem us from virtue,
　　Our Lady of Pain.　　（*Poems*, I, 155, 163）

ああ、愛欲と笑い声にあふれた唇は、
　僕の胸に喰らい付くねじれた蛇のようだ、
きつく嚙んでおくれ、あとで思い出して
　同じところを別人にキスしてもらうことがないように。
……
恐れるものなき昔の流儀では貴女は美しかった、
　貴女の手足は今でもメロディのようで、

第五章　『詩とバラード』（第一集）

　　しなやかで淫らな悲しみをこめて
　　　情熱の音楽に合わせて動く。
　　ああ、神々よ、あなた方を捨てて
　　　拒絶と束縛の宗教を求めた僕らを苦しめたのは何？
　　さあ、やってきて、美徳から僕らを救ってください、
　　　苦しみの聖母よ。

『詩とバラード』に寄せられた非難に対して、自分の立場を説明するために書いた『詩と評論に関する覚え書』で、スウィンバーンはこの「ドローレス」について次のように述べている。

> I have striven here to express that transient state of spirit through which a man may be supposed to pass, foiled in love and weary of loving, but not yet in sight of rest; seeking refuge in those "violent delights" which "have violent ends," in fierce and frank sensualities which at least profess to be no more than they are…. She [Dolores] is the darker Venus, fed with burnt-offering and blood-sacrifice; the veiled image of that pleasure which men impelled by satiety and perverted by power have sought through ways as strange as Nero's before and since his time; the daughter of lust and death, and holding of both her parents; Our Lady of Pain, antagonist alike of trivial sins and virtues; no Virgin, and unblessed of men; no mother of the Gods or God.
> 　　　　　　　　　　　　　　　　　　　　　　　　(*Notes*, 22-23)

僕がここで表現しようとしたのは、恋に破れて女性を愛することに疲れたけれども、まだ安らぎが得られない男が経験する一時的な精神状態です。つまり、「激しい破局を迎える」［シェイクスピア、『ロメオとジュリエット』(2幕6場9行目)からの引用］ことになる「激しい喜び」［『ロメオとジュリエット』(同上)からの引用］の世界に逃れ、まさに熱狂的であからさまな官能そのものに浸るという状況です。……彼女［ドローレス］は燔祭と血の生贄で養われた暗黒のヴィーナスなのです。ネロのような人物が彼以前

にも以降にも求めたように、飽き飽きした男たちが力づくでさまざまな奇行によって求めたあの喜びのイメージをベールの下に隠している女性。愛欲と死という両親にしっかりと守られている娘。つまらない罪や美徳を等しく敵視するわれらが苦しみの女性です。処女なる聖母でもなく、男たちの祝福を受ける女性でもなく、神々を生んだ母などではありません。

この作品が激しい衝動的な性的情熱のことを歌ったものであることを、ここでスウィンバーンは説明している。

　すぐあとに続けて彼は、「ドローレス」において描かれたような、「肉欲の賛美も終わり、官能の狂乱的な嵐も収まって」、新たな次の段階として「ヘスペリア」の世界が現れると述べる。このヘスペリアとは、「西方の『祝福された人々の列島』に生まれたこの上なく優しいタイプの女性、あるいは夢であり、その場所では幸福で清らかなものたちの影が日没のかなたで聖なる永遠の目覚めの生を送っている」("the tenderest type of woman or of dream, born in the westward 'islands of the blest,' where the shadows of all happy and holy things live beyond the sunset a sacred and a sleepless life")(*Notes*, 23) と説明される。つまり、ヘスペリアは不滅の魂を待つ芸術の象徴と言えるが、そのような彼女が住む所までも、ドローレスが象徴する＜ファム・ファタル＞的誘惑者が詩人を捕まえようと追いかけてくる。しかし、「（ヘスペリアが象徴する）救いの女神と手に手を取って、生涯をかけて逃がれることによってのみ、（ドローレスが象徴する）破滅の女神から、かつて彼女の奴隷であった者は脱出することができる」(*Notes*, 24) とスウィンバーンは述べ、「ヘスペリア」の中で次のように歌う。

> Ah daughter of sunset and slumber [Hesperia], if now
> 　　it [my soul] return into prison [of Dolores],
> Who shall redeem it anew? but we, if thou wilt, let us fly;
> Let us take to us, now that the white skies thrill with a moon unarisen,
> 　　Swift horses of fear or of love, take flight and depart and not die.
> 　　　　　　　　　　　　　　　　　(*Poems*, I, 177)

第五章　『詩とバラード』（第一集）

　　日没と眠りの娘［ヘスペリア］よ、今もしそれ［僕の魂］が［ドローレスの］牢獄に戻れば、
　　誰が新たに贖ってくれるのか？だが、あなたがよければ、僕たちは逃げよう。
　　白い空にまだ月が出ていない今のうちに恐れや愛の駿馬を手に入れて、
　　ここから逃れて出発し、生き延びよう。

　ドローレスの激しいエロスの世界を経験した後で、そのドローレスを振り切って逃れ、「生き延び」て、不滅の芸術の世界に通じる希望であるヘスペリアと行動を共にすることの重要性をスウィンバーンは訴えている。
　しかし、「ドローレス」と「ヘスペリア」との間には、すでに述べたように、「プロセルピナの庭」が置かれていて、そこには次のような一節がある。

　　From too much love of living,
　　　　From hope and fear set free,
　　We thank with brief thanksgiving
　　　　Whatever gods may be
　　That no life lives for ever;
　　That dead men rise up never;
　　That even the weariest river
　　　　Winds somewhere safe to sea.　　(*Poems*, I, 171)

　生への執着や、
　　望みや恐れからも開放されて、
　神々がどのようなものであるにせよ
　　僕らは手短に祈りを捧げて感謝する
　人生には終わりがあること、
　死者がよみがえることは決してないこと、
　退屈そうにくねくねと流れる川でさえ
　　最期には無事に海に注ぎ込むことを。

スウィンバーンはここで、プロセルピナが支配する「永遠の夜の／永遠の眠り」("the sleep eternal / In an eternal night")（*Poems*, I, 172）に対するあこがれを述べているのだが、この作品に関して『詩と評論に関する覚え書』で次のように解説している。

> ... and it is not without design that I have slipped in between the first ["Dolores"] and the second part ["Hesperia"], the verses called *The Garden of Proserpine*, expressive, as I meant they should be, of that brief total pause of passion and of thought, when the spirit, without fear or hope of good things or evil, hungers and thirsts only after the perfect sleep.　（*Notes*, 24）

> ……最初の部分［「ドローレス」］と二番目［「ヘスペリア」］の間に「プロセルピナの庭」と題する詩を差し入れたのはそれなりの意図があるのです。つまり、善きことや悪しきことへの恐れや希望から解放された精神が、完全な眠りの世界を渇望して、情熱や思念をしばしの間全面的に停止させる状態を表現したつもりなのです。

このようにして「ドローレス」——「プロセルピナの庭」——「ヘスペリア」と続く三つの作品は、詩集を貫く三つのテーマ、即ち、①エロスへのあこがれ、②タナトスへのあこがれ、③芸術の不滅性を指向する態度をはっきりと表現している。詩集のほぼ中央にあたる場所にこれら三つの作品を並べることによってスウィンバーンは、この詩集の三つのテーマを読者に改めて訴えている。

V

これまで述べてきた三つの主要テーマのうち、詩人であるスウィンバーンにとって最も重要なものは、いうまでもなく、芸術の不滅性に関するテーマである。この詩集の作品と並行して、彼は、1868年に出版される

第五章　『詩とバラード』（第一集）

ことになる『ウィリアム・ブレイク』の原稿を書き進めていたが、そのブレイク論の中で次のように、「芸術のための芸術」の考え方をはっきり述べている。

> Handmaid of religion, exponent of duty, servant of fact, pioneer of morality, she [art] cannot in any way become.... Her business is not to do good on other grounds, but to be good on her own.... Art for art's sake first of all, and afterwards we may suppose all the rest shall be added to her.　(*Works*, XVI, 137-138)

> 宗教の小間使、義務の解説者、事実の召使、道徳の開拓者、彼女［芸術］はこのようなものにはなり得ない……。彼女の成すべきことは他の事で役立つのではなく、自らそれ自体で役に立つこと……。第一に芸術のための芸術、先ずそれさえあれば、そのあとはすべてのものが付け加えられると考えてよい。

　この一節は「芸術至上主義」の英国における最初のマニフェストとして知られているものであるが (Johnson, 59)、芸術が宗教・科学・道徳等から独立した自立的なものであるという考えはスウィンバーンが生涯もち続けた不変のものであった。このような考えに基づいて彼は、「いかなるものも主題として扱える詩人の権利」("the poet's right to treat any subject") (McGann, 209) を主張し、『詩とバラード』の中の作品がいかに非道徳的な、あるいは反宗教的な要素があるとしても、それがすなわち作者の見解であると考えてもらっては困ると、『詩と評論に関する覚え書』の中で次のように訴える。

> ... the book is dramatic, many-faced, multifarious; and no utterance of enjoyment or despair, belief or unbelief, can properly be assumed as the assertion of its author's personal feeling or faith.　(*Notes*, 18)

……本書は芝居のようなもので、多くの違った顔の、多様な人物が登場する。あることを楽しんでいるとか、絶望しているとか、あるものを信じているとか、信じないとかいったとしても、それが著者の個人的な思いや信条の主張であると見做すのは正しくない。

　これはスウィンバーン自身が上の引用部分のもう少し後でいみじくも述べている「情熱に関する叙情的な一人芝居」("lyrical monodrame [sic] of passion") (*Notes*, 23) の考え方を説明したものである。「一人芝居」とは、一人の人物がいろいろな状況のもとにおけるさまざまに異なる場面を演ずるもので、所謂、「劇的独白」を多く取り入れたものである。

　古今東西の書物がスウィンバーンの詩作に霊感を吹き込む重要な源であったが、『詩とバラード』中の個々の詩に影響を与えたものとして、ヴィヨンのバラードを含む作品、サドの作品、ブレイクの予言書を含む作品、フィッツジェラルドの『ルバイヤート』、ボードレールの『悪の華』、ホイットマンの『草の葉』等が挙げられる。[12] また芸術と一般社会の対立を端的に示すものとして、『草の葉』や『悪の華』の出版後、その作者達がアメリカとフランスの無理解な社会から禁書処分などのさまざまな迫害を受けたことを、つい最近の生々しい出来事として、スウィンバーンは知っていたはずであり、『詩とバラード』のような詩集を出せば、「呪われた詩人」("poète maudit") として、社会からどのような扱いを受けるかは充分承知の上で、友人達の忠告にもかかわらず、あえて出版に踏み切ったのである。この詩集は、以上述べてきたように、「芸術のための芸術」の立場の主張であり実践である以上、どうしても出版する必要があると彼は感じていたに違いない。

　ところで、「エロス」と「タナトス」の対立の概念は、ブレイクの「無垢」("innocence") と「経験」("experience") の対立、あるいは、「天国」("heaven") と「地獄」("hell") の対立の概念の応用と考えることができるし、「肉体」("body") と「霊魂」("soul") を分ける伝統的な二元論や既成宗教に対する激しい批判にも、ブレイクとの共通性が見られる。さらに、ブレイクが「予言書」の中でユリゼン (Urizen) やエニサーモン

第五章　『詩とバラード』（第一集）

（Enitharmon）等、独自に考案したペルソナ達が展開する独特の個人的神話の世界を作り上げたように、スウィンバーンも『詩とバラード』の中で、ドローレス、プロセルピナ、ヘスペリア達が織りなす彼独自の個人的な神話の世界を作り上げた。つまり彼は、「神話作成」("myth-making"; "mythopoesis") の方法をブレイクから学んだといえよう。[13] 半ば狂人と当時は見做されていたブレイクの作品を「予言書」も含めて本格的に初めて取り上げ、彼の作品は「寓話」("allegory") ではなく、「神話」("myth") として読まれるべきだと最初に説いたのも、他ならぬスウィンバーンであった。[14]

『詩とバラード』でスウィンバーンが主張した思想や世界観はハーディに影響を与え、そして、そのスウィンバーンとハーディの両者が共にD. H. ロレンスに影響を与えている。[15] また、スウィンバーンの唱えた「芸術のための芸術」の思想はペイターやワイルドの先駆けをなすと同時に、ヴィクトリア時代の審美主義的絵画の礎となるものであった。[16] 一見すると、スキャンダラスなセンセーションを引き起こしただけだと思われがちな『詩とバラード』は、実は、いま上で述べてきたように一貫した主張をもつ意義深い詩集であり、それ以後の、詩人としてのスウィンバーンが進むべき道をはっきりと方向づけた重要な詩集なのであった。

注

　本章は、「『詩とバラード』（第一集）試論」（『奈良教育大学紀要』第32巻　第1号［人文・社会科学］、1983年）に加筆・修正を施したものである。

1) 本章では以下、『詩とバラード』と略記する。ちなみにスウィンバーンは *Poems and Ballads, Second Series* を1878年に、*Poems and Ballads, Third Series* を1889年にそれぞれ出版している。
2) Unsigned review in *London Review* (4 August 1866, xiii) included in *Heritage*, 37.
3) Robert Buchanan in *Athenaeum* (4 August 1866) included in *Heritage*, 31.
4) John Morley in *Saturday Review* (4 August 1866, xxii) included in *Heritage*, 29.

5) Donald Thomas, *Swinburne: The Poet in his World* (London: Weidenfeld and Nicolson, 1979), pp. 113-14, 122-23.
6) Edmund Gosse, *The Life of Algernon Charles Swinburne* (1925; rpt. New York: Russell & Russell, 1968), p. 133.
7) Humphrey Hare, *Swinburne: A Biographical Approach* (1949; rpt. New York: Kennikat Press, 1970), p. 122.
8) See "Ballade" in Alex Preminger, ed. *Princeton Encyclopedia of Poetry and Poetics* (New Jersey: Princeton University Press, 1974), p. 65.
9) Kerry McSweeney, *Tennyson and Swinburne as Romantic Naturalists* (Toronto: University of Toronto Press, 1981), p. 125.
10) Julian Baird, "Swinburne, Sade, and Blake: The Pleasure-Pain Paradox," *Victorian Poetry*, vol. 9, 1-2 (1971), 63.
11) See Thomas Carlyle, *The French Revolution* (Everyman's Library, 1980), Pt. III, Bk. V, Ch. III, pp. 307-308.
12) Georges Lafourcade, *Swinburne: A Literary Biography* (1932; rpt. New York: Russell & Russell, 1967), pp. 92, 97.
13) Baird, pp. 49-75; David G. Riede, *Swinburne: A Study of Romantic Mythmaking* (Charlottesville: University Press of Virginia, 1978), pp. 13-40.
14) Hugh J. Luke, ed. A. C. Swinburne, *William Blake: A Critical Essay* (Lincoln: University of Nebraska Press, 1970), p. xiv.
15) Ross C. Murfin, *Swinburne, Hardy, Lawrence and the Burden of Belief* (Chicago: The University of Chicago Press, 1978), p. xi.
16) Elizabeth Prettejohn, *Art for Art's Sake: Aestheticism in Victorian Painting* (New Haven and London: Yale University Press, 2007), pp. 37-69.

第六章

『日の出前の歌』

I

　スウィンバーンは1871年1月に『日の出前の歌』（*Songs before Sunrise*）を出版した。その五年前（1866年）に『詩とバラード』を発表した時、社会のモラルに挑戦する堕落的な詩集の作者として囂囂たる非難を浴せられたが、そのことがこの新しい詩集の評価に対しても、かなりの影響を与えていた。例えば、出版直後の『サタディ・レヴュー』誌の1月14日号において、匿名の書評担当者は、泥水の中へ入り転げ回ると、他の子供達が喜んで囃したてるのでますますいい気になり、さらに全身を泥だらけにして得意がる腕白小僧にスウィンバーンを喩えることによって、先ず、『詩とバラード』がいかに高貴なイギリスの詩の伝統を汚したかと非難し、そして、『日の出前の歌』の「比較的な清らかさ」（"comparative purity"）は決して詩人の本心からのものではなく、詩集を献呈しているマッツィーニに詩の制作を依頼されたからであるとしている。そして、自由を渇望する気持をいかに謳おうとも、スウィンバーンはある一つの自由、つまり、泥を投げつけるという自由を存分に行使している、と皮肉たっぷりに論じた。[1]

　その数か月後の『エディンバラ・レヴュー』誌では、やはり匿名の書評子（但し、これはトマス・スペンサー・ベインズ（Thomas Spencer Baynes）が書いたことが分っている）が、スウィンバーンが「極端な扇情主義派」（"the extreme sensationalist school"）の詩人で、詩集で賛美されている概念は、「放縦、無法とでも呼ばれるべきもので、自由ではない」（"ought to be called licence, lawlessness, not liberty"）とし、「彼が冒瀆的な言葉使いで、人々の崇拝している神を罵倒するのは、許し難い罪である」（"that he should revile in blasphemous language the object of their worship is an offence of far deeper dye")と断じている。そして、このようなけしからぬ無神論を展開させるスウィンバーンの作品は、「堕落したフランスの芸術、及び詩の一派」("the corrupted school of French art and French poetry")から派生していると述べたあと、もしこのような作品が社会に受け入れられるのであれば、それは、キリスト教に対して敬虔な信仰心をもち、秩序と安寧を尊重する英国の社会を転覆させ、遂には、その芸術・文学・文明をも死に至らしめることになろう、と激しい調子で、詩集の存在価値を否定している。[2]

一方、フランツ・ヒュッファー（Franz Hüffer）は、『アカデミー』誌の1月15日号でこの詩集を取り上げ、この作品は前回の詩集と「基本的には同一の思想の上に立ち、何物にも束縛されない熱き情熱の迸り」("the continuation of those eruptions of hot and unfettered passion with which they share the same fundamental idea")であり、「人間の思想・行動の限りなき自由がスウィンバーンの哲学の第1原理であり、それ故に、この至高の『人間の権利』を束縛しているように思われるあらゆる信仰や制度を最大限の激しさで彼は攻撃する」("Unlimited freedom of human thought and action is Swinburne's first principle of philosophy, and he therefore attacks with the utmost ferocity every belief or institution which seems to restrain this supreme *droit de l'homme*")と述べ、さらに、韻律の美しさを強調しようとするために、時として意味が曖昧になり、また余りにも長すぎるのが、彼の詩の最大の欠点であると指摘しながらも、かなり好意的な論評を与えている。[3]

20世紀に入ってからのこの詩集に対する評価はどのようなものだろうか。ウェルビーは、『詩とバラード』に比べて優れたものであり、「英詩の中でも特別な場所を占めている」("in English poetry it has a place apart")と高く評価し、[4] ブラウンは、「予言者、知性派の詩人としてスウィンバーンが評価されているのは……この詩集のおかげである」("It is upon them [*Songs before Sunrise*] that his [Swinburne's] reputation as a prophet, an intellectual poet ... chiefly rests")としている。[5] またチューは、「僕の書いた他の書物は単なる書物だが、『日の出前の歌』は僕自身だ」("My other books are books; 'Songs before Sunrise' is myself")とスウィンバーンが語ったことに触れて、「この崇高な詩集の独自性は彼の発言の誠実さを証明している」("The unique quality of these noble poems witnesses to the sincerity of the remark")と述べている(Chew, 119)。他方、スウィンバーンの伝記を書いたヘンダーソンは、『日の出前の歌』は「読者をまごつかせるほどに大げさな美辞麗句が多い」("embarrassingly rhetorical")と述べて、あまり高く評価していない(Henderson, 134)。またマクスウィーニーは、この詩集は「実証主義的教義」("the positivist doctrines")を説いてはいるが、その「自由」の概念は抽象的に歌われているだけのつまらない作品だとして、まともに取り上げようとはしない。[6] さらにトマスは、この詩集の中では詩人の「詩的天分が(イタリア統一の願望を歌わねばならないという)政治的義務感の犠牲になっていたのは……明白であった」("it was evident ... that poetic instinct had been sacrificed to a sense of political obligation")と述べて、詩集の価値を認めていない。[7]

以上の概観から浮かび上がるように、『日の出前の歌』に対する評価は今もって定まってはいない。しかしスウィンバーン自身は、彼の多くの作品中でもこの詩集をとり分け重要視し、自己の大切な部分を収めている大事な作品だと見做していた(*Heritage*, xxx)。この詩集は一体どのようなものなのか、その中で詩人は何を訴えているのか、さらにスウィンバーンの詩学との関係で詩集がどのような存在意義をもつのか、これらのことを本章で検討する。

II

『日の出前の歌』は「序曲」("Prelude")によって始まる。詩集の冒頭を飾るこの詩はそのタイトルが示すように、詩集全体の基本的なテーマを導入するものとして、次のような一節と共に歌い出される。

Between the green bud and the red

> Youth sat and sang by Time, and shed
> > From eyes and tresses flowers and tears,
> > From heart and spirit hopes and fears,
> Upon the hollow stream whose bed
> > Is channelled by the foamless years;
> And with the white the gold-haired head
> > Mixed running locks, and in Time's ears
> Youth's dreams hung singing, and Time's truth
> Was half not harsh in the ears of Youth.　　(*Poems*, II, 3)

　緑のままの蕾と赤くなった蕾の間で
＜若者＞が＜時の翁＞のそばに坐って歌い、目から
　　涙を、髪からは花びらを流した、
　　心と魂からはさまざまな望みと恐れを、
空ろな川に流したが、その川床には
　　泡を立てることもなく歳月が流れている。
そして白髪の老人と金髪の若者の頭が一緒になって
　　流れる髪が混ざり合い、＜時の翁＞の耳元には
＜若者＞の歌うさまざまな夢が留まり、＜時の翁＞の語る真理は
＜若者＞の耳にはさほど不快ではなかった

　歌を歌った若者とは、詩人自身を指しているとも考えられるが、スウィンバーンは、一つの物語、あるいは神話を語るように、あえて＜若者＞という普通名詞を用いることによって、普遍的な詩人の魂の物語として、理想化された詩人像を描こうとする。"Time"と大文字で書かれ擬人化されているのは、中世以来多くの寓意画の中に描かれてきた＜時の翁＞（Father Time）である。上に引用した一節が述べているように、この詩の、いや、この詩集全体のテーマは、生命あるすべてのものを忘却の彼方へと流し去る＜時＞と、魂を込めて歌う歌人(うたびと)としての詩人（芸術家）との関係なのである。
　若者は「知識と忍耐力」("knowledge and patience")をサンダルとして履

き、「自由」("freedom")を精神の糧とし、「力」("strength")で作られた杖をもち、「思想」("thought")で織られた外套を身につけているがゆえに、懐疑的悲観主義者、つまり、人間の無力、はかなさを悲しむあまり、やみくもに神に「祈りを捧げ、希望を託し、(神を信じない人を)憎み、／自分など生まれてこなければよかったのにと疑う人々」("souls that pray and hope and hate, / and doubt they had better not been born")(*Poems*, II, 5)の仲間入りをしようとは考えない。古代ギリシアで、バッカスを崇め太鼓やシンバルを騒々しく打ち鳴らして踊り狂い、馬鹿騒ぎをした人々がいたが、やがて時が経つと、彼らも跡形もなく消え去ってしまった。そのように、「生命という衣服を織り成してはそれを引き裂き／そして、別の人のために別の衣服を、その人の生命が尽きるまで織ってやる／(仕立屋とも言うべき)変化はとても鋭く、歳月はとても強力である」("So keen is change, and time so strong, / To weave the robes of life and rend / And weave again till life have end")(*Poems*, II, 7)。

強力な＜時＞と共に変化は避けられないものであり、「万物は流転する」という思想が、ここでも示されている。しかし、その強力な変化や歳月にも支配できないものがある。それは、人間の不滅の「魂」("the soul")だ。若者の「魂は太陽に匹敵する」("His soul is even with the sun")(*Poems*, II, 4)、そして、「彼の心は、海と／海の風の心に等しい」("His heart is equal with the sea's / And with the sea-wind's,")(*Poems*, II, 4)と謳われる。スウィンバーンが太陽のイメージを用いる時、常にその中に太陽と芸術の神＜アポロ＞を見ていた。その眩しく輝く太陽は不滅の芸術の精神である。また海は、＜自由＞の概念を象徴するものとして、彼の作品で常に用いられるイメージである。[8)] 歌人(うたびと)である若者の魂には、そのような不滅の太陽と自由な海の属性がある。そして、「それ自らが放つ光によって存在し、万物の流転を見守り／いつまでも存在し続ける魂だけが／どのような他の魂に対しても投げかけることのできる光をもつゆえに」("Since only souls that keep their place / By their own light, and watch things roll, / And stand, have light for any soul")(*Poems*, II, 8)、人間の不滅の魂は人から人へと永遠に伝えら

れて行く。

　自由になって解放されたり、あるいは束縛の中で苦しんだりして終える人間の生涯はまことに短い、と述べた後、この「序曲」は次のような詩行で終わる。

>　By rose-hung river and light-foot rill
>　　There are who rest not; who think long
>　Till they discern as from a hill
>　　At the sun's hour of morning song,
>　Known of souls only, and those souls free,
>　The sacred spaces of the sea.　(*Poems*, II, 9)

　薔薇の花が寄りかかる川のほとり、軽やかな小川のほとりに
　　休むことなく働き続ける人々がいる。彼らは、長い時間をかけて考え続け
　ついに、まるで丘の上から見つけるように
　　朝の太陽が歌う時間に、
　自由な魂を持っている人々だけが知っているものを見つける、
　つまりそれは、聖なる海の広々とした世界だ。

　最後の2行の脚韻を構成する語を "free" と "sea" にすることによって、「自由な海」の概念が脚韻によっても示される。「休むことなく……考え続け」る人々とは、無為な生を送る人々を後目に、いち早く、自由の概念を実感的に体得し、それを不滅のものとして、伝えて行く仕事を絶え間なく続ける人々、つまり、不滅の自由の魂を記録し、後代の人々にその精神を譲り渡すという連綿たる仕事に携わる一連の芸術家のことである。かくして＜太陽＞、＜海＞という、スウィンバーンの個人的神話の世界において重要な概念を示す鍵語(キー・ワード)を用いることによって、詩集全体のテーマをこの「序曲」は神話的な精神の物語という枠組の中で歌い上げている。

　次に続く「革命前夜」("The Eve of Revolution") は、「ああ自由の魂よ、神よ、栄光よ」("O soul, O God, O glory of liberty") (*Poems*, II, 16) という呼

びかけが示すように、自由の精神に基く革命によって共和制がもたらされるべきであるということにおいて正に＜革命前夜＞の状態にあったヨーロッパ諸国に捧げられた作品で、共和制国家を実現させる革命という＜日の出＞を＜前＞にした＜歌＞である。「恐怖や驚異の念によって作り出され、(本来自由な)目や手や精神を／一つの拘束状態にしてしまうすべての雲や鎖を／バラバラに破壊し去るべき光、光、光よ！」("Light, light, and light! to break and melt in sunder / All clouds and chains that in one bondage bind / Eyes, hands, and spirits, forged by fear and wonder") (*Poems*, II, 15)、(自由な人の精神を)「閉塞させ、固定させる君主や僧侶」("prince that clogs and priest that clings") (*Poems*, II, 21)、というような言い回しには、明らかにブレイクの影響が認められる。

そして、下に引用した一節にあるような、「時や変化や死があるからこそ、人間の不滅の魂は、人から人へ、歌から歌へと伝えられて行く」という思想は、マガンも指摘するように、ブレイクやホイットマンの基本的な考え方と同じものである（McGann, 249）。

    O time, O change and death,
       Whose now not hateful breath
But gives the music swifter feet to move
       Through sharp remeasuring tones
       Of refluent antiphones
More tender-tuned than heart or throat of dove,
  Soul into soul, song into song,
Life changing into life, by laws that work not wrong;   (*Poems*, II, 24)

    ああ時よ、変化よ、死よ、
      今や忌むべきものでないその息吹は
寄せては返す交唱歌の鋭い
      見直しの調べを通じて
      音楽にいっそう軽やかな詩脚を与えるが

その調べは鳩の心や喉よりも優しく、
　　　誤ることのない法則によって、魂から魂へと、
　　歌から歌へと、生から新たな生へと変化していく。

「万物は流転する」というヘラクレイトス風の世界観に対して、詩人が憎しみや恐れを感じていないのは、上の引用の2行目に "not hateful" と書かれていることからも明らかである。(「序曲」においても、＜若者＞と＜時の翁＞は仲よく肩を並べて坐っていたし、＜時の翁＞の語る真理も＜若者＞には決して不快ではなかったと述べられていた。)そして、自由な魂の歌を後世の人々に歌い継ぐべき＜歌人(うたびと)＞としての、理想的な芸術家のあるべき姿がここでも謳われている。

　自由な共和国という＜日の出＞を目前にした夜の世界の情況を対話形式で展開させる「夜の見張り」("A Watch in the Night")に続いて、有名な「ばびろんノ川ノホトリデ」("Super Flumina Babylonis")が置かれている。この詩のタイトルは旧約聖書の『詩篇』(*Psalms*)、137章、1節の「われらはバビロンの川のほとりにすわり、シオンを思い出して涙を流した」に由来するもので、そのラテン語のタイトルは『ウルガタ聖書』(*Vulgate Version*)によるものである。バビロンに囚われたイスラエルの民が祖国を思い、涙して歌った故事をふまえ、そのイスラエルの民のように、自由を奪われた精神(特にイタリア)に対して歌いかけることによってこの詩は始まる。そして、「各人に自らの手が成すべき仕事、各人に載くべき栄冠を、／正しき運命の神は与える。／世界の生命を一身に担って自らの生命を投げ捨てる者は、／そのように死ぬことによって生きる」("Unto each man his handiwork, unto each his crown, / The just Fate gives; / Whoso takes the world's life on him and his own lays down, / He, dying so, lives") (*Poems*, II, 38)と歌う一節は、新約聖書『マタイ伝』(*Matthew*)、10章、39節の有名な言葉、「自分の命を得ている者はそれを失い、わたしのために自分の命を失っている者は、それを得るであろう」をふまえている。[9]

　このようにキリスト教の言葉使いを巧みにもじりながら、詩人は、自由(ここでは、イタリア共和国の独立)という大義名分のために、自らの生

命を懸けるものは、たとえ死んでも、その精神が永遠に生き続ける、と述べる。それと同時に、その不滅の自由の精神を歌う芸術（詩）も永遠に生き続けるという主張がなされていることは、次の一節から推測できる。

On the mountains of memory, by the world's well-springs,
　In all men's eyes,
Where the light of the life of him is on all past things,
　Death only dies. 　(*Poems*, II, 39)

（人類の）記憶の山の上、世界の起源の泉のほとり、
　すべての人々が見守る中、
（命を捧げる）人の命を懸けた光が過去のすべてのものを照らすが、
　死ぬのは死のみである。

/m/, /w/, /l/, /d/といった頭韻を響かせながら、スウィンバーンは、自由の精神を体現する芸術の不滅性を歌っている。「世界の起源の泉」ともいうべき古代ギリシア以来の人間の精神を、人々の「記憶の山の上」に築き、後代の「すべての人々が見守る」のは、例えば、サッフォーのような不滅の魂を持つ芸術家によって残された作品である。

　＜日の出＞を妨げる夜の闇になぞらえて歌われている「ローマを目前にしての停止」("The Halt before Rome")、＜日の出＞がやってくるまで自由という真理のために生命を懸けることを説く「メンターナ：一周年記念日」("Mentana: First Anniversary")、救世主となる神の子を宿した聖母マリアのように、祖国の自由のために生命を捧げた「神のごとき救世主的兵士」("godlike soldier-saviour") を4人も息子に持った母親のことを歌う「祝福されるべき女性」("Blessed among Women")、「生まれよ、と人にお命じになったあなた、自由であれ、と人に命じてください」("Thou that badest man be born, bid man be free") (*Poems*, II, 65) とヨーロッパ諸国が母なる大地に、連祷の形式を用いて祈る「国々の連祷」("The Litany of Nations") と続くが、「国々の連祷」以外は、いずれも単調で冗長な作品である。そし

て、その次に置かれているのが「ハーサ」("Hertha") である。

　この詩は『日の出前の歌』を含むスウィンバーンの全作品中、代表的な詩の一つと見做されているが、また詩人自身も、「僕が書いたすべての詩の中で、一つの作品としては『ハーサ』が最も優れていると思います。というのも、この作品では最高の叙情性と音楽性が、凝縮された明快な思想と最大限に結合しているからです」("Of all I have done I rate *Hertha* highest as a single piece, finding in it the most of lyric force and music combined with the most of condensed and clarified thought") (*Letters*, III, 15) と述べている。[10] 「私が最初に存在したものであり、／私から歳月が流れ出し、／神も人も私から生ずる。／私は常に変わらず、あまねく存在するもの。／神や人も移ろい、その姿は体ごと変化する。私は（変化し、移ろうことなどない）魂なのだ」("I am that which began; / Out of me the years roll; / Out of me God and man; / I am equal and whole; / God changes, and man, and the form of them bodily; I am the soul") (*Poems*, II, 72)、とハーサ自身が語り出すスタンザと共にこの詩は始まる。

　自由の精神そのものとしての「母なる大地」への祈りが歌われている「国々の連祷」のすぐ後に置かれていることからも判断できるように、「ハーサ」では、その母なる大地（地球）に最初に存在し、森羅万象を生ぜしめたものとして、ハーサが描かれている。上に引いたスタンザの最初の2行はまさにそのことを述べている。スウィンバーンにとって、キリスト教の神も含めておよそ神というものはすべて、「人が自分で勝手に作り上げたもの」("the God of their fashion") (*Poems*, II, 74) なので、「神や人も移ろい……変化する」（上の引用の5行目）のである。しかしハーサは、「常に変わらず、あまねく存在する……魂」（上記引用、4-5行目）として不滅である。

　「あの騒々しい音は、／『時』が翼を広げて／頭上の枝を登って行こうと／足をかける時にたてるもの。／それで回りに生えている多くの私の葉はザワザワと音を出し、彼に踏まれて枝が折れ曲がる」("That noise is of Time, / As his feathers are spread / And his feet set to climb / Through the boughs overhead, / And my foliage rings round him and rustles, and branches are bent with his tread") (*Poems*, II, 76)、と歌われるスタンザでは、「序曲」で若者と肩を並べて歳月の川のほとりに坐っていた＜時の翁＞が再び登場し、「世界の木」、つまり、ユグドラシル（Yggdrasil、ここでは、ハーサが支配する世界の象徴として用いられている）に、翼を広げた鷲のように、取りついている。そしてそのために、ザワザワと不安げな音を出して揺れている葉は、＜時＞に対して無力な人間を象徴しているといえよう。永遠の自由の世界に参入する人にとっても、死は避けられないが、その死を恐れ怖がるあまりに、「教義が鞭である」("A creed is a rod") (*Poems*, II, 75) 信仰の世界に逃れても何にもならないことがここでも示されている。

　ハーサはさらに、「私はあなた達に、ただ、存在せよ、とのみ命じます。／私には祈りなど不要なのです。／あなた達が自由でさえあればよいのです。／ちょうどあなた達の口が、私の（自由な）空気を必要としているように。／それで、私から生まれた果実（であるあなた達）が美しく育つのを見て、私の心はより大きなものとなるのです」("I bid you but be; / I have need not of prayer; / I have need of you free / As your mouths of mine air; / That my heart may be greater within me, beholding the fruits of me fair") (*Poems*, II, 78) と語る。ここでは、1行目と3行目の脚韻が効いていて、「存在することは自由そのものである」と信じ、「自由であれよかし」と願うハーサの気持が、効果的に歌われている。そのような自由な不滅の魂を持つ人のみが「世界の木」の葉の一つとなり、世界の木はそれだけ豊かになって後世の人々の役に立ち、その後の世の人々がまた新たな葉となり、かくして、「世界の木」は無限に成長してゆくのである。[11]

　神も移ろうものであり、「神のたそがれがやって来た」("his [God's] twilight is come on him") (*Poems*, II, 79) と「ハーサ」で歌った詩人は、キリスト教の神も、堕落した「聖職者達」("high priests") (*Poems*, II, 85) のために今では死んでしまったと、次の作品、「十字架の前で」("Before a Crucifix") において言明する。そして夜の闇の幻の中で、キリスト教の神の亡きあと、＜最も聖なる人間の精神＞ ("O spirit of man, most holy")

(*Poems*, II, 91)、すなわち、＜神である人間の魂＞（"the soul of a man, which is God"）(*Poems*, II, 91) が現れるのを祈る声が聞こえたと歌う「暗闇」("Tenebrae") に続いて、「人間讃歌」("Hymn of Man") では、その＜神である人間の魂＞について、次のように説明される。

> But God, if a God there be, is the substance of men which is man.
> Our lives are as pulses or pores of his manifold body and breath;
> As waves of his sea on the shores where birth is the beacon of death.
>
> (*Poems*, II, 95)

> だが、もし神が存在するのであれば、神は人類の本質としての人のことである。
> 僕らの生命は多様な人類の総体的な身体と呼吸の脈拍や毛穴のようなもので、
> 生まれると死の印を付けられて、海岸に打ち寄せては消える波のようなものだ。

＜誕生――生――死＞を限りなく繰り返しながら連綿と続く、＜人類の本質としての人＞が神なのである。個々の人間の生は、その＜人類の本質としての人＞の体から見れば、全くささやかな一つの「脈搏」("pulse")、一つの「毛穴」("pore") のような存在であり、海のイメージでいえば、生まれては消えていく「波」("wave") のようなささやかなものである。ここでも、スウィンバーンは各個人が生まれた瞬間から死を免れ得ないことをはっきりと認識した上で、いかにささやかな貢献ではあっても、人類の本質としての不滅の魂の世界に参入することの必要性を説いている。彼はさらに、「個々の人間が神なのではなくて、神はすべてのものが結実したものなのだ」("Not each man of all men is God, but God is the fruit of the whole") (*Poems*, II, 96)、「個々の人間は死滅するが、人類としての人は永続する。個々の生命は死ぬが、人類の生命は死ぬことはない」("Men perish, but man shall endure; lives die, but the life is not dead") (*Poems*, II, 102) と述べる。

第六章　『日の出前の歌』

　次の「巡礼者」("The Pilgrims") は、自由の魂を聖母として崇めながら旅を続ける巡礼達と、彼らにさまざまな質問を発する人とが交わす対話詩になっている。これまでさまざまな角度から述べられてきた＜人類総体の本質である人＞の不滅の魂が、さらに別の状況（つまり巡礼者と質問者）において歌われている。自由の魂のためにそのように献身しても、「人々はあなた達のことを忘れてしまうだろう」("And these men shall forget you") (*Poems*, II, 106) と質問者がいうのに対して、巡礼は「確かにそうだが、我々は／大地や海、／そして大気や炎（つまり、地・水・火・風という、世界を構成する4大元素）、／および（それらが織り成す）すべての善きものの一部分となるのです。我々の流した血が／多少なりともその心臓を活気づけることなしには、未来の人は存在しえないのです。それはちょうど、／自由の魂を求める途上で殺された人々の血や、／その人達が生命を懸けた望みとまったく同じものが我々の中にあって、／それが、炎のごとく燃える彼らの足跡を追いかける我々を駆りたてているのと同じことなのです」("Yea, but we / Shall be a part of the earth and the ancient sea, / And heaven-high air august, and awful fire, / And all things good; and no man's heart shall beat / But somewhat in it of our blood once shed / Shall quiver and quicken, as now in us the dead / Blood of men slain and the old same life's desire / Plants in their fiery footprints our fresh feet") (*Poems*, II, 106) と答え、不滅の魂の火は、＜過去——現在——未来＞にわたって、人から人へ途絶えることなく続くと説明する。

　以上のように、哲学的ともいえる内容の一連の詩が続いたあと、フランスの革命主義者のことを歌った「アルマン・バルベ」("Armand Barbès")、共和制の精神を忘れてしまったフランスへの思いを述べた「彼女ハ多クヲ愛シタガ故ニ」("Quia Multum Amavit") が置かれているが、これらはいずれも空疎な作品といえる。というのも、マガンの指摘するように、この詩集でスウィンバーンが訴える自由が本質的に政治体制としての自由ではなく、さまざまに異なる時空の下にいる人間に共通する普遍的な＜心の状態としての自由＞であるゆえに (McGann, 241)、時事的な個別の事件のみが

テーマとして扱われる作品は普遍的な要素が欠けてしまうからである。

III

「世界の生成」("Genesis")と題する詩で、スウィンバーンは＜世界の発生＞について、聖書の「創世記」(*Genesis*)とは異なる独自の説明を与えている。彼によれば、地球をはじめとするすべての空間や万物が生じる前に、また光や「神と呼ばれるもの」("anything called God") (*Poems*, II, 117) や人も存在する前に、夜が、出産の苦しみに身もだえした後に、＜生と死を合わせもつ強力なもの＞("the strength of life and death") (*Poems*, II, 117) を生み落とした。そして、神によって作られたのではないその悲しげな、形を持たない恐ろしいもの（すなわち、＜生と死を合わせもつ強力なもの＞）が分かれて、光と闇・地・水・火・風となって万物が生じ、その中にまじって、「生という広い翼によって投げかけられた影である死」("death, the shadow cast by life's wide wings") (*Poems*, II, 117) も、「人間の魂によって投げかけられた影である神」("God, the shade cast by the soul of man") (*Poems*, II, 117) も存在するようになったという。ここでスウィンバーンは、生と死が表裏一体を成す一つのものの両面にすぎないことを指摘し、神も人間の魂によって生み出された影であると述べることによって、造物主としての神による天地創造を否定し、神と人の立場を逆転させている。

さらに詩人は続けて、しかし、これらは一見、多様に見えるけれども、あくまでも一つのもの（つまり、＜生と死を合わせ持つ強力なもの＞）の一部分であって、万物は、「死すべきものが永遠に続ける戦い」("the immortal war of mortal things") (*Poems*, II, 118)、つまり、生と死という「生命の聖なる対立」("the divine contraries of life") (*Poems*, II, 118) を避けることはできないと歌う。このように、個々の生命には必ず死が訪れることを強調したあと、「この世に生まれた時から、先人（の魂）が人（の魂）に宿っていたように、昔に死んだ人々の中に、未来の人（の魂）も宿っている」("And as a man before was from his birth, / So shall a man be after among the dead") (*Poems*, II, 119) と述べて、不滅の人間の魂が時間を超越して存在することを改めて指摘する。生と死、光と影、昼と夜のように、対立するものの絶えざる交代によって永遠に変化し続けるのが万物を支配する法則であるという認識に基いて、哲学的世界観を披歴するこの作品でスウィンバーンは、＜現世においても、来世においても永遠の生命などというものは人には与えられてはいない。必ず死がやってくるのが世界の真の姿だと知らねばならない。しかし、人の魂の自由な活動は、人類が存続する限り不滅であり、そのような自由な精神を充分に働かせた人の魂が、後から来る人々にも確実に受け継がれる万古不易なものであり、逆に言えば、その本来自由な魂は、昔の人の中に、将来やってくる人々のものとして、すでに備わっていたことになる＞と述べることによって、＜現世において徳を積み、心正しい行いをすれば、来世に神の永遠の世界に入ることが約束される＞と説くような教えを排除する。

次の作品、「アメリカのウォルト・ホイットマンに寄せる」では、アメリカの民主派詩人ホイットマンに、＜諸国民の本質である魂＞ ("the soul that is substance of nations") (*Poems*, II, 124)、つまり＜大地の神たる自由＞ ("the earth-god Freedom") (*Poems*, II, 124) を大西洋の彼方からヨーロッパまで波及させてくれるようにと願う気持が歌われている。それに続く、「クリスマスの唱和」("Christmas Antiphones") は、3部構成になっている。第1部「教会内」("In Church") で、人々がキリストに平和の到来を訴えていることが歌われ、第2部「教会の外」("Outside Church") で、キリストの教えとその死にも拘らず、圧制と暴力が依然として存在し、苦しみに打ちひしがれた人々が涙を流し、キリストに対する不満と怒りが歌われ、第3部「教会を越えて」("Beyond Church") では、神に選ばれた人だけが救われるという選別・差別をする教会を越えた所に、暗黒の夜が明け、自由な魂の日の出が現れるのを待ち望む人々の気持が歌われているが、いずれも祈りの際の唱和の形式で語られている。ここでもスウィンバーンはキリスト教の言葉使いや祈りの形式を借用しながら、キリスト教を越えた思想を歌っている (Fletcher, 39)。続く、「新年のメッセージ」("A New Year's

Message")でも、自由な魂の共和国の到来を願う気持が述べられている。

「悲シミノ母」("Mater Dolorosa")、「勝利スル母」("Mater Triumphalis")と続く作品は、タイトルが示すように一対の作品で、人々に顧みられずに見捨てられ、蔑まれている＜悲しみの母＞のごとき、現在の＜自由の精神＞は実は、＜勝利する母＞とも言うべき不滅の存在であることが語られている。次に引いた「勝利スル母」の一節は、この詩集に対する著者の考え方の要約といえるだろう。

> Darkness to daylight shall lift up thy paean,
>   Hill to hill thunder, vale cry back to vale,
> With wind-notes as of eagles Aeschylean,
>   And Sappho singing in the nightingale.　　(*Poems*, II, 149)

闇は夜明けの光に対して貴方の勝利の歌を高らかに歌い、
　丘から丘へととどろかせ、谷から谷へとこだまさせる、
風のようなその調べはアイスキュロスの鷲のようであり、
　ナイティンゲールとなって歌うサッフォーのようなもの。

ここで「貴方の」("thy")と呼びかけられているのは＜自由の精神＞である。その自由の精神の＜勝利の歌＞("paean")を、夜の闇が日の出に対して捧げ、山から山へ、谷から谷へとその＜勝利する母の歌＞は轟き渡り、こだまを返しながら拡がって行く。その際、風の中の歌声のように聞こえてくるのがアイスキュロスの劇に登場する鷲の鳴き声、あるいは、夜鳴き鶯となって歌い続けるサッフォーの不滅の歌の調べである。スウィンバーンは一貫してアイスキュロスやサッフォーを、不滅の魂をもつ代表的な芸術家と見做していたが、引用の最後の＜夜鳴き鶯（ナイティンゲール）＞のイメージは、この詩だけでなく、『日の出前の歌』という詩集全体の意味を考察する上で、巧みに用いられているといえる。というのは、＜夜鳴き鶯＞とは文字通り、夜に鳴く鳥（しかも、不滅の魂を持つ芸術家としてのサッフォーの化身）であって、その鳥が、＜日の出前の＞夜の世界の中で、不滅の魂を込めて精一杯に

＜歌＞っているからである。ここでは、「何世代にもわたって時を旅して行く人間の母であり、／人間の息、そしてその心臓の血」("Mother of man's time-travelling generations, / Breath of his nostrils, heartblood of his heart")(*Poems*, II, 144) である＜自由の魂＞のことが歌われているのはもちろんであるが、同時に、その魂を後世に伝える媒体となる不滅の芸術作品を生み出したアイスキュロスやサッフォーのような芸術家の不滅の精神も強調されている。

「行進の歌」("A Marching Song") でも自由な世界の夜明けが、激しい口調で歌われており、それに続く「シエナ」("Siena") では、聖女キャサリンの故事を踏まえて、「ああイタリアよ、光をあらしめよ」("Let there be light, O Italy!")(*Poems*, II, 169) と歌われ、「心ノ中ノマコトノ心」("Cor Cordium") では、自由の歌を高らかに歌い、そして今はイタリアの海に眠るシェリーに対して、後輩の詩人としての敬意が表わされ、「サン・ロレンツォにて」("In San Lorenzo") では、眠り続ける夜に、＜目覚めるべき時はまだ来ないのか＞という問いが投げかけられる。

そして、その＜日の出＞が始まる一時間前のこととして、「ティレシアス」("Tiresias") が歌い出される。ここでは、盲目の予言者ティレシアスと、兄を手厚く葬るために自らの生命を投げ捨てたアンティゴネの物語を踏まえながら、自由の魂を持つ人間と雖も、運命が与える死を逃れることはできないことが強調され、さらにイタリア統一による共和国の成立という時事的なテーマが絡められている。ギリシア神話の錯綜したエピソードが至る所に嵌め込まれているこの作品は、読み易いとは決していえないが、本章に関わりのあるものとして、次の一節を引用する。

    Yea, they are dead, men much more worth than thou [man];
      The savour of heroic lives that were,
        Is it not mixed into thy common air?
    The sense of them is shed about thee now:
      Feel not thy brows a wind blowing from far?

Aches not thy forehead with a future star?

The light that thou may'st make out of thy name
　　Is in the wind of this same hour that drives,
　　Blown within reach but once of all men's lives.　　(*Poems*, II, 181-182)

　　そう、[人類総体の人間である]貴方以上に価値のある人々は死んだ。
　　　英雄的な生を生きたそのような人々の特質は、
　　　貴方が吸っている空気に混ざっているのではないのか？
　そのような人々の感覚がいま貴方の周りに流れている。
　　　貴方の眉は遠くから吹いてくる風を感じないのか？
　　　貴方の額は未来の星で痛むことはないのか？

　貴方の名前から貴方が成し遂げる光は
　　いま吹き付けてくる風の中にあって、
　　すべての人々のただ一度だけの生涯の手の届くところで吹いているのだ。

　　偉大な先人の自由な不滅の精神は、後からやってくる人間の世界に吹き渡る風となり、そしてその後代の人間が、さらに後の時代の人間にとって光となるべきものを作り出し、その光は、すべて、これまでの偉大な先人が吹き寄こし、今もすべての人のところに吹き込まれている風の中に存在する。つまり、偉大な魂の伝統は永劫不滅で、後からやってくる人間は、その同じ不滅の精神を発揮することにより、偉大な魂の系列が織り成す伝統の中に組み込まれ、かくして、その自由な精神は、あの「ハーサ」の中の＜世界の木＞のように、永遠に成長し続けるが、ここでは、風や光という新たなイマジェリーが用いられている。一般的に、＜風＞は、詩人の霊感の象徴と考えられているし、さらに＜光＞は、太陽（つまり、太陽と芸術の神、アポロ）に属するものである。この作品でも、＜時事的な状況＞（"states of affairs"）よりもむしろ、＜精神の状況＞（"states of mind"）が歌われている（McGann, 254）。

「国旗の歌」("The Song of the Standard")では、「希望（の色）としての緑、信念（の色）としての白、愛（の色）としての赤」("Green as our hope in it [the banner of Italy], white as our faith in it, red as our love")（*Poems*, II, 187）を表わしている共和国の旗を取るようにと、イタリアに命じているが、この詩は＜精神の状況＞というよりも、表層的な＜時事的な状況＞のみを歌っているために、作品としてはすぐれているとはいい難い。

それに反して、次に続く「草丘にて」("On the Downs")は、マガンも指摘するように、「精神的自伝」("spiritual autobiography")的な作品であり、正に＜精神の状況＞を自伝風に述べているゆえに、重要な作品である(McGann, 244)。風も太陽もなく、海も、空も、陸もまったくおぼろげな日の出前の時刻に、荒涼としたイギリス南部の草丘に立っていた時のことを、語り手はあたかも眼前のことのように回想しながら、今その荒涼たる風景の中に、人の世の空しさを感じている。そして、苦しんでいる人を救うべき「神などまったく存在しないのだろうか？」と語り手の魂が問いを発して泣き崩れる時、母なる大地が啓示の如く、「我が子よ、もしあなたが正にそれでなければ、神など存在しない」("There is no God, O son, / If thou be none")（*Poems*, II, 194）と語って聞かせる。

この言葉は、すでに述べた「人間讃歌」の "But God, if a God there be, is the substance of men which is man"（*Poems*, II, 95）や、「アメリカのウォルト・ホイットマンに寄せる」の中の "The great god Man, which is God"（*Poems*, II, 124）と同じものである。語り手はこの言葉によって夢から覚めた人のように啓示を受け、「人間界、植物界、動物界、鉱物界、深海、川、そして人々が愛し、憎むすべてのものの中に、多様であるけれども、実はひとつの調べ、つまり成長するひとつの神がいる。それは、死、運命、善きもの、悪しきもの、変化、時間と共に成長するあるひとつの強力な勢力ともいえるもので、それは他のいかなるものによっても作られたのではなく、＜崇高に生きよ＞と命ぜられる時が来るまで、全ての人の中に待機して隠れている」（*Poems*, II, 195）という真理を悟る。「多様であるけれども実はひとつの調べ」("A multitudinous monotone")とは、各個人に宿ってい

る不滅の魂のことである。「他のいかなるものによっても作られたのではない」("uncreate") という言葉も重要な意味を帯びていて、聖書で語られるような神がはじめに存在し万物を「創造」("create") したという解釈を否定している。また、「強力な勢力」("One forceful nature") とは、丁度ハーサがそうであるように、世界が始まった時に存在していたもので、生や死や世界の全ての変化を合わせ持つすべてのものの総体としての不滅の魂のことである。すべての人にこの不滅の魂が宿っていて、不滅の崇高な世界に参加すべき時が来れば、その魂を発揮できると詩人は考える。

そのような啓示によって開かれた目で海の方を見れば、「夏の色をした軽やかな海の上に、／まるで巻きつけられた旗が風によってはためき出すように／打ち震えながら出てきたのは日の出の赤い光線で、／その威勢のいい太陽の旗は風下へとなびき／活気付いてきた白い海原をよぎり／喜びに溢れた緑の草丘の方へと拡がった」("Like a furled flag that wind sets free, / On the swift summer-coloured sea / Shook out the red lines of the light, / The live sun's standard, blown to lee / Across the live sea's white / And green delight") (*Poems*, II, 196) のである。この詩の冒頭の、静まり返っていたおぼろげな海を見下ろす世界に、ついに日の出がやって来て、その日の出の輝きを「威勢のいい太陽の旗」と描写することによって、直前の作品、「国旗の歌」との連続性が示される。そして、上の引用の最後の四行において、＜赤・白・緑＞からなるイタリアの三色旗が、日の出の光、海の白波、草丘の描写の中で鮮やかな印象と共に謳われている。

＜今や機が熟したから、鎌を入れて収穫物の刈り取りを始めよう＞と、夜の闇の中で苦しんでいた人々に起ち上がるようにと呼びかける「収穫月」("Messidor") に続く、「カンディアの反乱に寄せる歌」("Ode on the Insurrection in Candia") では、「血は露のごとく滴り、／命が雨のごとく流れ落ちるが、／多くの人が行き延びる代りに自由が殺されるよりは、／一人か二人しか戦いに勝ち抜くことができなくても、まだその方がましだ」("Though blood drip like dew / And life run down like rain, / It is better that war spare but one or two / Than that many live, and liberty be slain") (*Poems*, II, 202)

と歌われる。自由を求める戦いの中で斃れた「これらの人々には不滅の歳月が与えられる。／苦痛、臨終の最後のひと息、苦しみの一瞬と交換に、／地上に栄誉が存在する限り、これらの人々は永遠の栄誉を手に入れる」("these [have] the immortal years. / These for a pang, a breath, a pulse of pain, / Have honour, while that honour on earth shall be") (*Poems*, II, 204) からである。クレタ島のカンディア（イラクリオン）で自由を求める反乱を起こして斃れたギリシアの人々も、古代ギリシアで不朽の栄誉を残した人々と同様に、また、二千年以上もの歳月を超えて自由の精神をその不滅の芸術作品によって我々に伝えているギリシアという名前と同様に、その精神は永遠に続く。不滅の自由の魂を持つ人は死ぬことによって永遠に生きることになると、ここでも詩人は歌う。つまりマガンの表現を借りれば、人間は後代の人々のために光を放つ太陽であり、人々は次々に伝えられていくその太陽の光のごとき自由の精神という霊感の中で生き続けるという、この詩集の重要な主張がここでもなされている (McGann, 242)。

「痛クハナイノダ」("Non Dolet") と題するソネットで、イタリアよ起ち上がれと願う気持が歌われ、次の「エウリディケ」("Eurydice") では＜自由＞が、夜の闇の世界に捕われた神話上の女性エウリディケに喩えられ、彼女を連れ戻すオルフェウスにヴィクトル・ユゴーが喩えられている。（ただしこのソネットでは、オルフェウスが後ろを振り返って見ても、エウリディケは姿を消さないことになっている。）次に続く、「懇願」("An Appeal")、「死者ノ如ク」("Perinde ac Cadaver") はいずれも、かつてはミルトンやクロムウェルを生んだ共和国であり、また自由を求めるマッツィーニのような人々を保護してきたのに、その本来の精神を忘れ、自由を抑制する気配を示している英国を弾劾する作品であるが、テーマが「時事的な状況」のみであるために詩的完成度は低い。次の「単調音」("Monotones") では、不滅の魂をもつ人々が起ち上がるまで、いかに単調で退屈なものであっても、真理も、旗も、光も、ただ一つである故に、＜我々の奏でる調べは、ただ一つの音のみである＞と歌われ、『日の出前の歌』という詩集が、執拗に＜単調音＞を繰り返し奏でねばならないことのアポロギアであること

を訴える。

　続く、「奉納」("The Oblation")では、＜わが心の心＞("Heart of my heart")(*Poems*, II, 221)たる大切なものに対して、＜貴方が生き続けるためであれば、たとえどのようなものであれ、一身に代えてでも僕は捧げるつもりだ＞と歌われ、その次の「一年の歌」("A Year's Burden")では、「希望は死ぬが、それでも信念は生きる。／……／死に生を与え、死者に[圧政を]叩く手を与える／人間の精神は、少くとも大丈夫」("Yet, though hope die, faith lives in hope's despite. /... / The soul of man, the soul is safe at least / That gives death life and dead men hands to smite") (*Poems*, II, 223)と不滅の魂は、死ぬことによって永遠に生き続けることが再度歌われている。

IV

　詩集の最後を飾る「終曲」("Epilogue")は次のようなスタンザと共に歌い出される。

> Between the wave-ridge and the strand
> I let you forth in sight of land,
> 　Songs that with storm-crossed wings and eyes
> 　Strain eastward till the darkness dies;
> Let signs and beacons fall or stand,
> 　And stars and balefires set and rise;
> Ye, till some lordlier lyric hand
> 　Weave the beloved brows their crown,
> 　At the beloved feet lie down.　　(*Poems*, II, 226)

波間と岸辺の間
陸地が見えるところに僕は君らを放つのだ、
　嵐を乗り超えてきた翼と眼を使って
　夜の闇が死に絶える東を目指して進む歌声たちよ。

のろしとなる標識や信号を見え隠れさせ、
　多くの星やかがり火も明滅させるが、
もっと堂々とした歌い手の手によって
　最愛の人［自由のこと］の額を飾る冠が作り出されるまで、
　君らは、さあ行って、愛する人の足元にひれ伏すのだ。

上の引用の第1行と、詩集の冒頭を飾っていた「序曲」の第1行 ("Between the green bud and the red") (*Poems*, II, 3) が同じ構文になっていること、この詩の最後と「序曲」の最後が共に同じ "sea" という単語で終っていること、用いられている韻律が同一であること、そして、これら両作品のタイトルが対照的であること、これらによって明らかなように、この「終曲」は「序曲」と対になるべきものとして書かれている（Saito, 242; McGann, 172）。

「終曲」は「序曲」の最終行、すなわち、「聖なる海の広々とした世界」の描写から始まっていて、「序曲」では「休むことなく働き続け」、そして「長い時間をかけて考え続ける（不滅の自由の魂を持つ）人々」が最後に見つけることになっていた広々とした海に今詩人はやって来ている。「波間」（つまり、自由な海）と、人々の住む陸地に続く岸辺との中間に、詩人は歌を放つ。詩人がいるこの場所は、重要な象徴性を担っている。つまりスウィンバーンにとって、詩人（芸術家）とは、不滅の自由な世界と、死に脅かされ苦しみあえぐ人々の世界とのちょうど中間にいて、自由な（海の）精神を、海を渡る風のごとき霊感によって、（陸の）人々に伝えるために働く人間なのである。

　詩人は、「嵐を乗り超えてきた（霊感の）翼」によって、「陸地が見えるところ」に「歌」を送り出し、その歌の進路を導くのろしや星が明滅するのを見守り、そして自分よりも「もっと堂々とした歌い手」が現れるまで、愛する自由の足元に歌を捧げる。後からやってくるより優れた詩人は、さらに力強く、受け継いだ自由の魂を人々に伝え、このようにして自由の魂は次から次へと譲り渡され豊かになって行く。この考え方は、すでに何度も指摘したように、この詩集でスウィンバーンがさまざまに異るイメージ

や比喩を用いながら、＜単調音＞のごとく、繰り返し表明しているものであるが、上の引用で注目すべきは、＜さあ行って、愛する人（すなわち、自由）の足元にひれ伏すのだ＞と「歌」に言挙げしながら、歌人（うたびと）としての詩人の任務をはっきりと述べていることである。

詩人の放つ歌は、目指すべき最愛の人（つまり自由という不滅の魂）のまばゆいばかりの光に比べれば、取るに足らないが恥じ入ることはない。というのも、弱々しく無力に思われるすべての人の中にあるのは、ただ、「一つの思想 …… 一つの光、／……／一つの調べ……／一つの情熱 ……／一つの心、一つの音楽、一つの力、／一つの炎、一つの祭壇、一つの聖歌」（"One thought ... one light, /... / One chord ... / One heat ... / One heart, one music, and one might, / One flame, one altar, and one choir"）（*Poems*, II, 228）なのだからだ、と歌われている。この"one"の繰り返しは、先に登場した作品「単調音」に連動している。不滅の魂をもつ一人の人間［マッツィーニ］が、混乱の時代の海が泡立っていたさ中に、「（自由なる）ローマをあらしめよ」（"Let there be Rome"）（*Poems*, II, 228）と言った時、そこにローマが現われて、その言葉は、正に、道しるべとして宇宙に輝く一つの星、「目に見える音、耳に聞こえる光」（"Visible sound, light audible"）（*Poems*, II, 228）ともいうべきもので、そのような不滅の魂を持つ＜太陽の神（アポロ）＞（"The sun-god"）（*Poems*, II, 228）が現われたために、夜の闇を支配していた悪しき星の如く、王国が次々と崩れ落ちて行く。

しかし、夜から＜日の出＞への変化を司る＜運命＞が曖昧で不完全であるために、夜明けの光はなかなか見えてこない。それで悲しみに打ちひしがれた人々は待ち切れず、夜の世界が与える「安逸と眠り」（"ease and sleep"）（*Poems*, II, 230）を求めるようになり、やがて絶望が生じ、人々は卑屈になり、争い、裏切り、暴力、恐怖の混乱の世界となる。しかし、すべてのものの外に超然と立ち、じっと我慢強く夜明けを待つことができるものがある。それは「多くの精神をもつ人類の魂」である。つまり、「地球が始まって以来、／多くの精神をもつ人類の魂だけが、／色とりどりの果実を穰らせる／誰にも及びもつかないある一つの根から、／良きにつけ、

悪しきにつけ、／歳月の経過を見守ってきた」("She only, she since earth began, / The many-minded soul of man, / From one incognizable root / That bears such divers-coloured fruit, / Hath ruled for blessing or for ban / The flight of seasons and pursuit") (*Poems*, II, 232) のである。この魂は、「私が最初に存在したものであり、／私から歳月が流れ出し、／神も人も私から生ずる。／私は常に変わらず、あまねく存在するもの。／神や人も移ろい、その姿は体ごと変化する。私は（変化し、移ろうことなどない）魂なのだ」(*Poems*, II, 72) と語ったハーサと同じものである。共和制の精神を支配する魂として、彼女は万物の生生流転を見守る。

そして、次のスタンザで＜時の翁＞がまたしても登場し、「我々を愛する故か、疑う故か、いずれとも分らないが／今しも、強烈で危険な＜時＞が／翼を打ち震わせながら高い所に止まり／日の出前の薄暗い時間を、／光と闇に分けようとして、／はっきりとは見えない翼から／夜の影が、明るく輝く翼から／昼の光が落とされる」("Even now for love or doubt of us / The hour intense and hazardous / Hangs high with pinions vibrating / Whereto the light and darkness cling, / Dividing the dim season thus, / And shakes from one ambiguous wing / Shadow, and one is luminous, / And day falls from it") (*Poems*, II, 232) と歌われる。ここで歌われている＜時＞は、＜羽根を広げた鷲の如く、「世界の木」に止まっている＞ (*Poems*, II, 76) と「ハーサ」で描かれていた＜時の翁＞と同じものである。

すでに触れたように、＜時の翁＞は中世以来の寓意画に数多く描かれ、その後、絵画はもちろんのこと文学作品においても、盛んに用いられたイメージだが、寓意画に描かれる一般的な＜時の翁＞は、背中の翼と共に手に大鎌をもつ破壊者、すなわち、恐ろしく忌むべき＜死神＞として描かれるのに対し、スウィンバーンがここで述べている＜時の翁＞は、鎌はもたずに翼をもつだけとされ、つまり、早く過ぎ去る時間のみを強調しているのであって、＜時＞は確かに、闇のごとき死を人間にもたらしはするけれども、同時に、明るい昼の光のような生をも与えるものであり、忌むべきものとしては描かれてはいない。[12]「序曲」で若者と並んで坐っていた＜時

の翁＞と同様に、＜時＞は＜運命＞("fate")と呼びかえてもいいもので、人間にとって愛すべきものとか忌むべきものではなく（「我々を愛する故か、疑う故か、いずれとも分らないが」、上記引用、1行目［*Poems*, II, 232］)、人間には全く無関心で、闇（死）と光（生）の変遷を支配する存在である。このような＜時の翁＞を登場させることによって、ここでも詩人は、永遠の生などというものは有り得ず、人間には必ず死が訪れるが、しかし、それを恐れ、忌むべきものとして取り扱うべきではないと訴えている。

　戦いや圧制の下で人々は苦しんでいるけれども、「我々よりもはるかに遠くの事物を／見聞きする人間がいる」("men there are who see / And hear things other far than we")(*Poems*, II, 233)のであって、彼らは、「与えるべき生命と恵みを持ち、／（不滅の自由な）魂を見たために、(永遠に）生きる人々」("Men who have life and grace to give, / Men who have seen the soul and live")(*Poems*, II, 233)なのである。そして、「一団となった人々の紛れもない栄光が／さらに高く輝き、より確かに見ることのできる人は、／その中に、どのような光とやすらぎがあるかが分る」("Their mere bare body of glory shines / Higher, and man gazing surelier sees / What light, what comfort is of these")(*Poems*, II, 234)のだ。ここでもスウィンバーンは、＜より確かに見ることのできる人＞が次々に現れることによって、自由の魂が、個々の人間の死にも拘らず、人から人へ伝えられて行くと述べている。その＜より確かに見ることのできる人＞とは、「詩人は非公認のこの世界の立法者である」("Poets are the unacknowledged legislators of the world")[13]とシェリーが述べたような、＜詩人＞と同じような人を指しているといえる。語り手は今じっと目を凝らしているが、やがて感覚に信頼の炎がともされ、太陽の始まる所、つまり、そよとの風もない天空と、風立ち波騒ぐ海を分けながら始まる＜日の出＞の情景が出現する。

　それに続く三つのスタンザで、「とある6月の夜明け前、海へ出かけた人が、優しい暗い海の中に喜ばしげに体を浸し、徐々に明るさを増してくる東の空の方に向かって泳ぎ出すと、まるで花が咲く時のように、日の出の光が射してきて、そして、太陽が充分に昇り切る前に、泳ぎ手と共に、

第六章 『日の出前の歌』

海面をおもむろに広がるさざ波が、パッと火がついたように輝くのを見て、そのすばらしさに心から笑い、そして、頭を上げてゆっくりと泳いでいると、水中ではなくて、光がゆれ動く天空にいるような気になりながら、激しく体に打ち当たる日の出の海の満開の花が、回りを取り囲み、覆い包むのを感じ、徐々に輝きを増す黄金色の波間を憑かれたように泳ぎ進み、全ての波しぶきが赤く輝くのを見ると、自分の魂もそれにつれて輝き出し、海の心をこのように燃え立たせている喜びをあこがれ求めるようになる。ちょうどそのように、暗い世界を、まるで帰るべきノアの方舟を持たない鳩のように、天の方を指して求めて行く自由な不滅の魂は、記憶を磨滅させてしまう歳月の行き過ぎ難い海を超越するであろうし、自由であるべき人々の耳元に、太陽の方に向かって囀る雲雀となって呼びかける。また波がきついという理由で、自ら漕ぎ出そうとせず、妙な舵手（すなわち、暴虐的指導者）を探し求め、自分自身を奴隷にしている人々に対して、その自由の魂は、この日の出前の遊泳者と全く同じように、目指すべき目標としての、太陽の輝く方向を指し示す」、と語られる（*Poems*, II, 235-236）。

　日の出前の海に泳ぎ出す人物を取り囲む情景の描写は、生涯、海を愛し続け、＜海の詩人＞とも言われたスウィンバーンの面目躍如たるものがあり、詩人自身の体験に基いて描かれている。『日の出前の歌』という詩集のクライマックスを飾るのにふさわしい情景が描かれていて、特にこの箇所は「秀逸」である（Saito, 250）。そして、このあと、日の出の方向を指して薄暗い海を泳ぐこの人物に、＜日の出＞が必ず訪れることを確信するとして、次に引いたスタンザと共に、この詩集は閉じられる。

    Yea, if no morning must behold
    Man, other than were they now cold,
        And other deeds than past deeds done,
        Nor any near or far-off sun
    Salute him risen and sunlike-souled,
        Free, boundless, fearless, perfect, one,

> Let man's world die like worlds of old,
>   And here in heaven's sight only be
> The sole sun on the worldless sea.　　(*Poems*, II, 236)

今は冷たくなって眠る昔の人々や
過去になされた偉業に朝が訪れたが、
　人の世に朝がくることがもうないのなら、
　　ここでも遥か遠くの場所でも太陽が、
自由で、何にも束縛されず、恐れを知らない、完全な個人で、
　太陽のごとき魂をもって立ち上がる人の上に訪れないのなら、
死んだ昔のように人間の世界を死なせればよい、
　そしてこの天界の見えるところで
　　死んだ世界の海に孤独な太陽を存在させればよいのだ。

　朝がもはや、「自由で、何にも束縛されず、恐れを知らない、完全な個人で、／太陽のごとき魂をもって立ち上がる人の上に訪れないのなら、／……人間の世界を死なせればよい、／そして……／死んだ世界の海に孤独な太陽を存在させればよい」と、逆説的な言い回しをすることによって、詩人は、人間の自由な魂がある所には必ず＜日の出＞がやって来ることを確信する。

V

　『日の出前の歌』の個々の作品について順次、概観してきたが、この詩集で作者が終始一貫した態度を保持していることは、充分に指摘できたはずである。すでに触れたようにこの詩集に関して批評家の間に意見の対立があるが、その大きな理由の一つは、スウィンバーン独自の神話的世界の存在であり、第二に、独得の文体が、時として韜晦性や冗長感を生じさせ、いらだちと当惑を読者に与えることである。しかし、レイモンドも指摘するように、スウィンバーンの神話的世界や彼の他の作品をも含む全体像を考慮に入れて、「再読」("rereading") し、「分析」("analysis") すること、

つまり、「忍耐」("patience")と「努力」("study")によって、この困難は克服されるはずである（Raymond, 21）。

かつてメレディスが、スウィンバーンには「内的中心」("internal centre")がないと言い、モリスが、スウィンバーンの作品は「天性ではなく、文学に基いている」("founded on literature, not on nature")ようで共感できないと批判したが（*Letters*, I, xix）、スウィンバーンという詩人の全体像を理解した上で読み返せば、ラングの言うように、「スウィンバーンの最良の作品が、文学ではなく、天性の上に基いたものであり」("Swinburne's best work was founded on nature, not on literature")、「彼の『内的中心』が、書物や自由や進歩ではなくて……彼自身の『精神』であった」("his 'internal centre' was not books, liberty, progress, but ... his own φυχή")ことが理解できるはずである（*Letters*, I, xix）。

いま上で述べたことを『日の出前の歌』に引き寄せていえば、この詩集はイタリア独立という個別的かつ政治的な問題だけをモチーフにしているのではなく、繰り返し指摘したように、詩人にとって根本的に重要な関心事である＜普遍的な自由の精神＞を歌っているということになる。『詩とバラード』（第一集）でスウィンバーンは、①エロスを志向する態度、②タナトスを志向する態度、③芸術作品の不滅性、の三点を主要テーマとし、その中で、詩人としての芸術家のなすべきこと、つまり、不滅の芸術作品についての意義を強調したが、この『日の出前の歌』においても、＜時＞と＜芸術家＞との関係が＜不滅の自由な魂＞を鍵概念にして歌い上げられている。

『詩とバラード』（第一集）から『日の出前の歌』に至る間に、スウィンバーンの思想に大きな変化があったと考える研究者もいるが、[14]いま上で指摘したように、筆者はそのような立場を取らない。確かに、『詩とバラード』であれほど執拗に歌われていたエロスを志向する態度、およびタナトスを志向する態度は、『日の出前の歌』には見当らない。しかし、これら二つの詩集で詩人が最も強く訴えているのは、不滅の魂を持つ芸術の意義であり、この点において、詩人の考え方に何ら変化はない。マッ

ツィーニの励ましやイタリア共和国の独立は、不滅の魂をもつ人間精神についての詩を書くきっかけをスウィンバーンに与えたにすぎないのであり、詩人の基本的な芸術観や詩学には何の変化もなかったといえる。『日の出前の歌』においてスウィンバーンは、エロスやタナトスへのあこがれを歌うことを意識的に避け、その代わりに、＜不滅の自由な魂＞を中心的なテーマに据えて、独自の哲学的な洞察を加えながら、芸術（詩）の不滅性を歌った。その意味でこの詩集もやはり、「詩についての詩(メタ・ポエム)」なのである。

注

本章は、「『『日の出前の歌』試論」（『奈良教育大学紀要』第31巻　第1号［人文・社会科学］、1982年）に加筆・修正を施したものである。

1) *Saturday Review*, 14 January 1871, xxxi, 54-55, included in *Heritage*, 127-32.
2) *Edinburgh Review*, July 1871, cxxxiv, 94-99, included in *Heritage*, 133-38.
3) *Academy*, 15 January 1871, ii, 87-89, included in *Heritage*, 139-45.
4) T. Earle Welby, *Swinburne: A Critical Study* (London: Elkin Mathew, 1914), pp. 69-70.
5) E. K. Brown, "Swinburne: A Centenary Estimate," from *University of Toronto Quarterly*, VI (1937), 215-35, included in Austin Wright, ed. *Victorian Literature: Modern Essays in Criticism* (London: Oxford University Press, 1968), p. 303.
6) Kerry McSweeney, *Tennyson and Swinburne as Romantic Naturalists* (Toronto: University of Toronto Press, 1981), p. 133.
7) Donald Thomas, *Swinburne: The Poet in his World* (London: Weidenfeld and Nicolson, 1979), p. 167.
8) 太陽を父に、海を母にして生まれた子供、という神話的な想像的自伝をスウィンバーンは、1880年に出版した「サラッシウス（海カラ生マレシ者）」("Thalassius")の中で描いている。本書、第一章参照。
9) Takeshi Saito, ed. *Select Poems of Algernon Charles Swinburne* (Tokyo: Kenkyusha, 1926), 215; McGann, 246-47; Riede, 109-110.
10) また、この作品を書き上げた翌日(1870年1月15日)の手紙においても、スウィンバーンはこの詩の出来映えに至極満足していることを表明している。*Letters*, II, 85、参照。

11) この詩の中で、スウィンバーンが生物学的な進化論の思想を表明している箇所は確かにあるが（第3スタンザ、第28スタンザ）、ティリャード(E. M. W. Tillyard)の言うような「進歩の宗教」とはいささか異なるものであろう。マガンの言うように、スウィンバーンの世界観は「古典的」("classical")、あるいは「循環的」("cyclical")であり、「死ぬために生まれてくること、限界を知り、苦しむこと、いつの時代になっても、人間的経験が経験し尽くされることがないのを知ること。このような考え方が、スウィンバーンにとって、自由であることが意味するものである。」(E. M. W. Tillyard, *Poetry and its Background* ［藤井治彦訳、『英詩とその背景』、南雲堂、1974年］、179-211頁、及び、McGann, 239, 参照。）
12) 図像学における＜時の翁＞の歴史的変遷については、Erwin Panofsky, *Studies in Iconology: Humanistic Themes in the Art of the Renaissance*（浅野徹、他訳、『イコノロジー研究』、美術出版社、1971年）、65-84頁に詳しい解説がある。
13) P. B. Shelley, *A Defence of Poetry*（森清訳、『詩の弁護』、研究社、1969年）、85頁。
14) 例えば、Humphrey Hare, *Swinburne: A Biographical Approach* (1949; reissued New York: Kennikat Press, 1970), p. 150; Murfin, 48, 50-51 などを参照。

第七章

『詩とバラード』(第二集)

I

　1878年6月にスウィンバーンは『詩とバラード』(第二集) (*Poems and Ballads, Second Series*, 以下『第二集』と略記する) を出版したが、12年前 (1866年) に同じタイトルの詩集『詩とバラード』(第一集) (*Poems and Ballads, First Series*, 以下『第一集』と略記) を出した時のセンセーションや激しい非難がまるで嘘であったかのように、今回は好評をもって受け入れられた。その原因としていくつかの理由が考えられる。まず、友人で後に保護者的な共同生活者となるワッツがいち早く『アシニーアム』誌にこの詩集の書評を匿名で発表したことがあげられる。スウィンバーンに対していつも投げかけられる非難の内容を熟知していたワッツは、この詩人が多用する「頭韻」(alliteration) の効果は「弱弱強格」(anapaestic) や「強弱弱格」(dactylic) 等の韻律と連動する技巧の表われであると説明し、またスウィンバーンの詩が道徳的な目的意識をもつものであると弁護して、世論の機先を制した。[1] そしてスウィンバーン自身も、ヴィヨンの詩を英訳したもののうち、非難されることが予測された数行を伏字にして発表するという慎重な方法をとることによって、攻撃から身を護る態勢を前もって作っていた。さらに、『第一集』以後に出版された、『日の出前の歌』、『ボスウェル』(*Bothwell*)、『エレクテウス』(*Erechtheus*) 等の詩集によってスウィンバーンの詩の世界を理解する人々が増えていたことも、今回の詩集が好意的に受け取られたことの要因になったと考えられる。そしてそれ以降現在に至るまで、スウィンバーンの詩の研究者の多くが、この『第二集』を「彼の詩集中、最もすぐれたもの」("the finest of his volumes of poems")

第七章　『詩とバラード』(第二集)

と見なしてきた (Riede, 130)。このように高い評価を受けている『第二集』の個々の作品を検討することによって、詩集で詩人が何を訴えているのかを探るのが本章の目的である。

II

『第二集』は58の作品から成り立っているが、出版の年以前に書かれていたものが大部分であり、その多くが、すでに雑誌やパンフレット等に発表されたものであった。スウィンバーンが製作年代順、あるいは発表年代順に作品を並べるのではなく、詩集としての首尾一貫性をもたせるために作品の配列に気を配っていたことは、書簡からも明らかである (*Letters*, IV, 43, 48)。一見、何の脈絡もなく、ただ雑然と並べられているように見えるが、熟慮した上で作品を配列することによって、詩人は自分の主張が読者にはっきり伝わることを願っていた。このような配慮は『第一集』やその他の詩集についても同様であった。従って、詩集の冒頭を飾る作品はとりわけ重要である。スウィンバーンが詩集で最も強く訴えたいことが要約されているからである。

その冒頭の作品は「最後の神託」("The Last Oracle") という詩で、タイトルの下に"(A. D. 361)"と記され、さらにその下に次のようなギリシャ語が与えられている。

εἴπατε τῷ βασιλῆϊ, χαμαὶ πέσε δαίδαλος αὐλά·
οὐκέτι Φοῖβος ἔχει καλύβαν, οὐ μάντιδα δάφνην,
οὐ παγὰν λαλέουσαν·ἀπέσβετο καὶ λάλον ὕδωρ.

そして、以下に引用したスタンザと共にこの詩は始まる。

 Years have risen and fallen in darkness or in twilight,
  Ages waxed and waned that knew not thee nor thine,

119

While the world sought light by night and sought not thy light,
　　Since the sad last pilgrim left thy dark mid shrine.
Dark the shrine and dumb the fount of song thence welling,
　　Save for words more sad than tears of blood, that said:
Tell the king, on earth has fallen the glorious dwelling,
　　And the watersprings that spake are quenched and dead.
Not a cell is left the God, no roof, no cover
　　In his hand the prophet laurel flowers no more.
And the great king's high sad heart, thy true last lover,
　　Felt thine answer pierce and cleave it to the core.
And he bowed down his hopeless head
　　In the drift of the wild world's tide,
And dying, *Thou hast conquered*, he said,
　　Galilean; he said it, and died.
And the world that was thine and was ours
When the Graces took hands with the Hours
Grew cold as a winter wave
In the wind from a wide-mouthed grave,
As a gulf wide open to swallow
　　The light that the world held dear.
O father of all of us, Paian, Apollo,
　　Destroyer and healer, hear!　　(*Poems*, III, 5-6)

モーリー宛の手紙の中で、スウィンバーンはこの詩の内容を次のように説明している。「ユリアヌス (Julian) が帝位についた年、デルフォイのアポロ神殿に神託を得るために送った使者から届いた返事（神託など何もなかったという返事なのですが）から、この詩は始まっていて、次に、『回復と破壊をもたらす歌と太陽の神』("the healing and destroying God of song and of the sun") に対する祈願へと移ります。この神は、『思想の光』

("light of thought")の原型として受け取られるべきもので、つまり、時代から時代へと、はっきりした言葉で伝えられていく人間精神の中にある言葉の魂というべきもので、これが神々を作ったり、廃したりするのです。そしてこの神は実際には、クロノスの子のゼウスの子としてのアポロではなく、神話の時代よりも遥かに太古の昔から存在し、人間精神そのものの中から作られたもので、すべての神々のもととなる父なる存在なのです」（*Letters*, III, 130）。つまり、新興宗教として勢力を増しつつあった当時のキリスト教に対して、異教の神々を擁護しようとしたローマ皇帝ユリアヌスから詩の題材が取られているというのだ。[2]

先に触れた"(A. D. 361)"はユリアヌスが帝位についた年、「紀元361年」のことであり、ギリシャ語のモットーは、「王に伝えて下さい、輝かしい神殿は崩れ落ち、そして、かつて話し声のように、にぎやかな音をたてていた泉の水も涸れ果ててしまったと。／神のために残された部屋はただのひとつもなく、屋根も覆いもすべてなくなってしまいました／神の手の中で、予言の月桂樹の花が開くことは、もはやありません」、と廃墟に化したアポロ神殿の様子を伝える使者の言葉なのであった。そしてこれは、上に引用したイタリックスの詩句（7-10行目）に英訳されて組み込まれている。「そして、アポロ神を心から愛していた最後の人物であった偉大な王の気高い悲しい心は、／アポロの返答を聞いて心臓を刺し貫かれたように感じた。／そして、荒々しい世界の波に押し流されて、／希望を失った顔をガックリと落とし、／『汝が勝ったのだ、ガリラヤ人よ』／と言って死んだ」（11-16行目）。"*Thou hast conquered ... Galilean*"（「汝が勝ったのだ、ガリラヤ人よ」）は、ユリアヌスがキリスト教徒に殺害された時、最後に発したとされる言葉で、「ガリラヤ人」（Galilean）とはキリストのことを指している。[3]

ところで、ラテン語による同じ意味の言葉、つまり、"*Vicisti, Galilæe*"（「汝ガ勝ッタノダ、がりらや人ヨ」）をスウィンバーンは、『第一集』の中の「プロセルピナ讃歌」のモットーとしてすでに用いていた。そこでは、「ああ一日にして、廃位させられて死に、投げ捨てられ、抹殺された神々よ！」

("O Gods dethroned and deceased, cast forth, wiped out in a day!") (*Poems*, I, 68) や「あなた方は神々だが、そのあなた方は死んで、ついには波の下に消えるのです」("Ye are Gods, and behold, ye shall die, and the waves be upon you at last") (*Poems*, I, 71) というように、万物流転の世界で神々さえも死を免れることはできないと歌われ、プロセルピナが支配する死の眠りの世界に、しばしあこがれる気持ちが述べられていた。*"Thou hast conquered ... Galilean"* という印象的な言葉が『第二集』の冒頭の作品の第一連に置かれているのを知って、注意深い読者は、『第一集』と『第二集』の連続性、あるいは関連性に気がつくはずである。

「最後の神託」においても、「美の女神達が＜時＞の神と仲良く手を取り合っていたあの昔に／あなたと我々のものであったすばらしい世界も、／もうなくなってしまった。あのすばらしい世界は、／世の人々が大切にしていた光を／呑み込むために広がっている淵のように、／また、大口をあけた墓穴からやってくる風に吹かれる／冬の波のように、冷たくなってしまった」(上記引用、17-22行目)、とかつて存在した異教の神々の栄光の世界が消滅したことが歌われている。そして同時に、「神も次々に退場し、冠を奪われ、聖油を剥ぎ取られる」("God by God goes out, discrowned and disanointed") (*Poems*, III, 8) と語ることによって、異教の神々のあとにやってきたキリスト教の神でさえも、永遠不滅のものではなく、やがては取って代わられる運命にあることが暗示される。

しかし、この作品が「プロセルピナ讃歌」と決定的に異なるのは、「ああ、我らすべての父にして、癒しの神なるアポロよ、／破壊と回復をもたらす御方、我らの呼びかけに耳を傾けたまえ」(上記引用、23-24行目) という、太陽と芸術の神アポロに対する祈願の言葉が、リフレインとして各スタンザに付けられていることである。"Destroyer and healer, hear!" (上記引用、24行目) には、シェリーの「西風に寄せる頌歌」("Ode to the West Wind") の第一連最終行、"Destroyer and Preserver; hear, oh hear!"のエコーが明らかに認められる。また、先に引用したモーリー宛の手紙の中の「思想の光」という言葉も、シェリーの「雲雀に寄せて」("To a Skylark")

の37行目に用いられているものである。

　不滅の詩人の魂を象徴するものとして西風や雲雀にシェリーが呼びかけたように、スウィンバーンは不滅の芸術の神アポロに次のように呼びかける。

> In thy lips the speech of man whence Gods were fashioned,
> In thy soul the thought that makes them and unmakes;
> By thy light and heat incarnate and impassioned,
> Soul to soul of man gives light for light and takes. 　　(*Poems*, III, 10)

> 貴方の唇の中に人の言葉があり、人によって神々が創られたのです。
> 貴方の魂の中に、神々を造ったり廃したりする人間の思想がある。
> 貴方の具体的で情熱的な光と熱によって、
> 人の魂が受け継がれ、光を譲り渡していくのです。

　神々のことが歌われたのは人間の言葉によってであり、人間の思想の中から神々が生まれたり、否定されたりする。そして、人間がそのように言葉を使ったり考えたりできるのは、不滅の詩の精神を支配するアポロのおかげである、と詩人は訴える。そして、ひとりひとりがアポロのように光り輝く星となって、次の世代に光を渡していくことによって、その光は不滅のものになると考える。「人間の生命は他の人に受け継がれて生成していく時にのみ存続するということ。これはおそらく、スウィンバーンが最も執拗に読者に訴えているメッセージである」とマガンは説明する（McGann, 64）。

　不滅の生命を人間に与えてくれるアポロの芸術精神を理解し、そのような不滅の精神を芸術作品によって後の時代に伝えていくことの重要性を、この詩人はたえず主張する。「最後の神託」では、神々をも殺してしまう強力な「破壊者」である「時」を支配するアポロは、「癒し、回復させる」神でもある。「破壊者」であると同時に「癒す者」でもあるアポロに対する「呼びかけ」によって、破壊のあとでも、必ず癒し、回復させてくれる

アポロの不滅の芸術の光に対する信頼が示されている。古代の詩人達がムーサ（Muse）に呼びかけたように、スウィンバーンはアポロに呼びかけているのである。

III

　二番目の作品「入り江にて」("In the Bay") は、日没と夜明けのあわいの静寂な世界、海と空が交わる静かな水平線のかなた、というように、スウィンバーンが重要な意味を込めてしばしば用いる「極限の地点を示唆する境界的状況」(McGann, 171) の描写から始まる。光と闇、海と空のように、相対立するものが一体となって融合するこの「境界的状況」の中に、詩人はしばしば不滅の魂の存在を認めるが、この作品でも「呼び起こしたい魂をもっている人達の場所を探すために」("To find the place of souls that I desire") (Poems, III, 11) 語り手は深い思いを馳せる。そして不滅の魂をもつ芸術家として、マーロー、シェイクスピア、ボーモント、フレッチャー、フォード、シェリーといった、イギリスの詩人達が呼び起こされている。[4]

　マーローをはじめとするこれらエリザベス朝の文学者やシェリーは、「人間の思想によって探られたことのない海」("the thought-unsounded sea") (Poems, III, 20) の中に初めて分け入った自由な魂をもつ芸術家で、アポロの精神を受け継いだ人々であった。その後、何世紀にもわたる暗黒の時代がやってきて、自由である「人間の精神を妨げようとする」("to bar / The spirit of man") (Poems, III, 20) のであるが、アポロのように輝く星となって不滅の光を発する芸術家達の魂の存在を知って、「夜明けも日没も安心する」("The sunrise and the sunset ... seeing one star, / Take heart") (Poems, III, 20)。それは、「陸地に閉じ込められた入り江から海を見る」("Look yet but seaward from a land-locked bay") (Poems, III, 21) 人には、日が上ったり沈んだりするように見えるのだけれども、海の線と空の線が一体となり、光と闇が溶けあっている世界に、これらの輝く星は常に存在しているからである。自由な精神で新しい世界を切り開いたイギリスの文人達の中で、この

詩では主として、共に若くして死んだけれども、不滅の作品を残したマーローとシェリーの魂に対して呼びかけがなされている。

　次の「廃園」("A Forsaken Garden")は、「自分で判断しても、僕が書いた最高の数少ない叙情詩のひとつ」(*Letters*, III, 62)と詩人自ら述べているように、極めてスウィンバーン的な特色に溢れた代表的な作品であるが、内容的には先に見た二作品とはかなり違う世界が歌われている。詩人が幼年時代を過ごした南英のワイト島の風景とおぼしき、海に面した断崖の一角の、今は訪れる人もない薔薇園の描写からこの詩は始まる。百年前、そこには美しい薔薇が咲き誇っていて、深く愛し合ったひと組の男女がいた。その二人がしっかりと手を取り合い、心を結び合わせてそこに立ち、海を見ながら男が言った。「……ほら、あそこを見てごらん。／……薔薇の花から目を向けて海の方を見てごらん。／これらの薔薇の花が枯れても、白い花のように泡立つあの白波は相変わらず存在し続ける。／軽薄な気持ちで愛し合っている人達は死ぬかも知れないが、でも僕達は？（死ぬなんて考えられるだろうか）」("'...Look thither, / ... look forth from the flowers to the sea; / For the foam-flowers endure when the rose-blossoms wither, / And men that love lightly may die — but we?'")(*Poems*, III, 23)。百年前のその時も、「今と同じように風が歌うように吹き、同じような白波を立てていたが、／薔薇園の最後の花びらが枯れ落ちる前に、／愛の言葉をささやいた唇、激しい情熱に燃える目の中にあった／愛は死んでしまった。／／あるいは、二人は生涯ずっと愛し合ったにせよ、その後どこに行ったのか？／最後まで心はひとつだったかも知れないが、どのように生を終えたのか、誰も知らない」("And the same wind sang and the same waves whitened, / And or ever the garden's last petals were shed, / In the lips that had whispered, the eyes that had lightened, / Love was dead. // Or they loved their life through, and then went whither? / And were one to the end – but what end who knows?")(*Poems*, III, 23-24)。

　時の推移と共に、深く契られた愛も消えてしまう、あるいは、たとえ最後まで愛し合ったとしても、恋人達はやがては死んでしまう。この詩では、

愛や愛する人を跡かたもなく消してしまい、すべてを呑み込んでいく強力な「時」のことが歌われている。「海のように深い愛も、薔薇の花の如く消えていく」("Love deep as the sea as a rose must wither") (*Poems*, III, 24) のである。詩集の三番目に置かれたこの作品では、前二作品とは違う世界が歌われている。すでに見たように、前二作品ではアポロの不滅の魂をもつ芸術の重要性が歌われていたが、ここでは、愛や人を死の世界へ追いやってしまう強力な「時」、つまり、すべてに打ち克つ「時の勝利」が歌われている。不滅の芸術（詩）と強力な「時」（死）が、この『第二集』の二大テーマであることがこの詩によって示される。「入り江にて」は海と空が接する場所の描写で閉じられていたが、それに続く「廃園」は、海に臨む荒れ果てた薔薇園の描写から始まる。海という共通のトポスを用いることによって、「入り江にて」から「廃園」へとイメージ的にはなだらかに移行して行くが、歌われている内容は、上で述べたように、アポロの芸術の世界から強力な「時」が支配する世界へと大きく変化する。

　次に続く「形見」("Relics") と「ひと月の終わりに」("At a Month's End") は、いずれもそのタイトルが暗示しているように、強力な「時」の支配の下で移ろい去った愛の思い出が歌われている。それに続く「セスティーナ」("Sestina") は、技巧に富んだ詩型を駆使した作品であるが、最後に、「歌よ、昼の光を存分に手に入れるのだ、／夜がやって来て行く手をさえ切る前に。／できる間に歌うのだ、人に与えられる喜びは束の間なのだから」("Song, have thy day and take thy fill of light / Before the night be fallen across thy way; / Sing while he may, man hath no long delight") (*Poems*, III, 35) と、「時」の支配に屈することなく、アポロの不滅の光を手に入れて歌うことの意義が述べられている。いま上に引いた詩行の中に、「時」(「夜」) に対抗する「芸術」(「歌」「昼の光」)、「死」(「夜」) に打ち克つ「詩」(「歌」) という、詩人の願いが込められている。スウィンバーンはこれに続く作品でも、さまざまな状況を題材にして、「時」と「芸術」の関係をテーマにしながら詩集を展開させている。すなわち、「薔薇の年」("The Year of the Rose") と「無駄に終わった徹夜の祈り」("A Wasted Vigil") では、すべて

を変化させながら進んでいく「時」に裏切られ、愛を失った人の気持ちが歌われている。「リサの嘆き」("The Complaint of Lisa")は、『デカメロン』から題材を得た極めて複雑な「ダブル・セスティーナ」の詩型で書かれている作品であるが、そこで語り手は、日の光を追いかけて、いとしい恋人にこの気持ちを伝えておくれと、「歌」に救いを求める。「ジョルダーノ・ブルーノを祝して」("For the Feast of Giordano Bruno")は、汎神論的見解を唱えたために異端者として火刑にされたイタリアの哲学者を、シェリーと同じような、アポロの不滅の精神をもっていた人物として、ルクレティウスと共に讃えている作品である。

　次にボードレールの死を悼む「イザサラバ、オ別レデス」("Ave atque Vale")が置かれている。この作品は、「ボードレール死す」の誤報（実際の死は四ヶ月以上も後のことであった）を読んで、深く敬愛する詩人のために書かれたエレジーである（*Letters*, I, 164）。スウィンバーンは1862年に、『スペクテイター』誌に「シャルル・ボードレール論」を書き、[5] その中で、『悪の華』を解説し、当時ほとんどまともに理解されていなかったこのフランス象徴派の詩人の「芸術至上主義」、及びその象徴的技法をいち早く紹介していた（Henderson, 63-65）。「呪われた詩人」として、『悪の華』の初版を発禁処分にされながらも、あえて再版を出したこの象徴派詩人の中に、スウィンバーンはアポロの不滅の芸術精神を認めていた。『悪の華』には、「この世に生を受けた最も偉大な詩人」（*Letters*, IV, 123-124）とスウィンバーンが常に考えるサッフォーを讃える「レスボス」("Lesbos")が収められている。この世界最古の女流詩人を讃美するボードレールに対してスウィンバーンは、「兄弟よ」("Brother"; "my brother")（*Poems*, III, 50-51, 57）と呼びかける。このエレジーは、「リシダス」("Lycidas")、「アドネイス」("Adonais")、「サーシス」("Thyrsis")の三大エレジーに比すべき優れた作品という評価が与えられている（Chew, 145; McGann, 292）。

　この詩は『悪の華』の多くの詩篇を踏まえた複雑で巧妙な語り口で書かれているが、詩人が訴えているのは『第二集』のテーマそのものである。つまり、マガンの言葉を借りれば、「死はボードレールの生命を永遠に消

し去るけれども、彼の影響力はいつまでも存続する。後に続く人々の中で、彼は栄光の座に就く。光を支配する神で、すべての光（詩人）の源であるアポロは、後に続く人々がいる限り生き続ける」[6]のである。次に引用した詩行はまさにそのことを歌っている。

> ... he too now at thy soul's sunsetting,
> God of all suns and songs, he too bends down
> To mix his laurel with thy cypress crown,
> And save thy dust from blame and from forgetting.　　(*Poems*, III, 55)

> ……彼、太陽と歌の悉くの神なるアポロも、
> あなたの魂の日没に際してまた、身を屈め、
> あなたの悲しみの糸杉の冠に栄光の月桂樹を交え、
> あなたの身を非難と忘却から救おうとする。[7]

　ボードレールは肉体的には死を免れえないが、その不滅の芸術的精神ゆえにアポロの神木である月桂樹が死の悲しみの木である糸杉に添えて与えられ、人々に非難され忘れ去られることなく、永遠に光り輝く存在となるのだ。アポロの不滅の世界で生きるためには、肉体の死は避けられないことが示されている。スウィンバーンは死を恐ろしく、忌むべきものとして扱うのではなく、誕生や生と共に自然のサイクルを成す避けがたいものとして受け入れる。スウィンバーンはこのような芸術論を折にふれて展開するが、「イザサラバ、オ別レデス」はその芸術論が巧妙に、かつ効果的に歌われているゆえに、極めて重要な作品である（McGann, 310）。
　このあと、いくつかの追悼詩が続くが、いずれも、ボードレールのような不滅の芸術精神をもち、アポロの世界の住民になったとスウィンバーンが考える人々のことが歌われている。「テオフィル・ゴーティエの死に関する追悼の詩」("Memorial Verses on the Death of Théophile Gautier")、「バリー・コーンウォールを追憶して」("In Memory of Barry Cornwall")、「挽歌」("Epicede")、「頌詩」（ておふぃる・ごーてぃえノ墓）("Ode" (Le Tombeau de

Théophile Gautier))、「神ニ愛サレシ詩人ノ死ニ捧ゲル」("In Obitum Theophili Poetæ") は、いずれも死と詩（詩人）との関係を扱ったエレジーである。最後の「神ニ愛サレシ詩人」とはゴーティエのことで、ファーストネームの "Théophile" が、ギリシア語で「神に愛された者」の意味になるからである。この場合、神とはもちろんアポロのことである。

IV

「冬における春の幻影」("A Vision of Spring in Winter") では、自然のサイクルの中を確実に進む「時」と「歌」（芸術）の関係が、詩人自らの状況を踏まえて歌われている。スウィンバーンの生誕の月である春四月が作品のモチーフになっている。ここで歌われている「春」は、自然のサイクルの一部としての「春」だけではなく、詩人にとって、「麗しい時間」("the fair hours") (*Poems*, III, 94) であり「最も華やかなりし時」("The purplest of the prime") (*Poems*, III, 94) であった人生の「春」、つまり青春時代をも指している。巡ってきた「母なる月」("mother-month") (*Poems*, III, 94) を前にして、もう若くはない詩人は青春時代に思いを馳せる。そして、当時まだ「アポロの冠も与えられない無名の詩人だった青年が燃える唇で／太陽に向かって歌った」("youth with burning lips and wreathless hair / Sang toward the sun") (*Poems*, III, 97) 時の夜明け前の「朝の歌」("The morning song") (*Poems*, III, 97) も、「勝利して実現し、そして死んでしまったさまざまな希望、／かつて存在した優しく軽やかな瞳とかずかずの歌」("the hopes that triumphed and fell dead, / The sweet swift eyes and songs of hours that were") (*Poems*, III, 97) も、四月が再び巡って来ても、永遠に失われてしまったことを詩人は知る。そして最後に次のように歌う。

> But flowers thou may'st, and winds, and hours of ease,
>   And all its April to the world thou may'st
>   Give back, and half my April back to me.　(*Poems*, III, 97)

だが色とりどりの花や風やくつろぎの時間、
　　　そして四月に付属するすべてのものを、あなたはまた世界に
　　　　もたらしてくれるが、僕の大切な四月の半分も僕に戻してくれるのだ。

　巡ってきた春は、「花」や「風」や「くつろぎの時間」や「四月」そのものを自然に再び与えてくれる。そのようにしてもたらされた自然の春の光景を目のあたりにして、詩人自身の春も半分は甦る。青春時代との訣別を示すこの作品で、詩人は若いころのほとばしるような詩的情熱が失われたことを認める。しかしそれを嘆くのではなく、再来した四月の美しい自然に触発されて、詩的情熱が甦ってくることが強調されている。自然のサイクルを支配する強力な「時」の中にあっても、それに対抗できる「歌」を歌うことができるのだ。そして語り手自身がアポロの精神を受け継ぐ芸術家であることが暗示されている。

　不滅の魂を有する芸術家についてのエレジーと共に、この詩集で大きな役割を果たしているのは、ヴィヨンについてのバラードとその訳詩である。ヴィヨンに対するスウィンバーンの関心はかなり早くからあったようで、1876年2月5日付のマラルメ宛の手紙に、16才の時からヴィヨンのバラードを英語の詩の形に直したいと思っていて、一時は、D. G. ロセッティと二人でヴィヨンのすべての詩を翻訳するという計画もあった、と書いているが、[8]　その計画は実現しなかった。さらにその手紙で、スウィンバーンはヴィヨンを偉大な詩人と評価し、自分の考えでは、中世を代表する三大詩人のひとりであり、その三大詩人はそれぞれ三つの国と三つの社会階級を代表していると述べ、次のように書いている。

> Dante, type de l'Italie et de l'aristocratie; Chaucer, type de l'Angleterre et de la haute bourgeoisie; Villon, type de la France et du peuple, que je mets aprés Dante et … avant Chaucer.　　(*Letters*, III, 132)

　ダンテはイタリアと貴族階級を代表し、チョーサーはイギリスと上流市民

階級を代表し、そしてヴィヨンはフランスと庶民階級の代表です。僕は、ヴィヨンをダンテに次ぐ偉大な詩人で……チョーサーに勝ると判断します。

つまり、中世イタリアを代表する貴族階級のダンテ、中世イギリスを代表する上流市民階級のチョーサー、そして中世フランスを代表する庶民階級のヴィヨンである。スウィンバーンは、ヴィヨンをダンテに次ぐ偉大な詩人で、チョーサーに勝ると評価している。このように、「詩人であり、スリであり、女衒」("Poet, Pickpurse and Pimp") (*Letters*, III, 270) でもあったこの「大泥棒」("Master Thief") (*Letters*, III, 270) をスウィンバーンは、アポロの不滅の光を放つすぐれた詩人と考える。それは、教会が地上も天国もすべてを支配していた暗黒の時代に、自由な精神をもつ人間として、波瀾万丈の生涯を送り、多くの新しいタイプのバラードを書き残したヴィヨンの中に、暗闇にひときわ輝くアポロの光を認めたからであった。そして、スウィンバーンはヴィヨンに「バラード作者の王」の地位を与える。

「フランソワ・ヴィヨンのバラード」("A Ballad of François Villon") は、「すべてのバラード作者の王」("Prince of All Ballad-Makers") という副題が付き、次のように歌い出される。

> Bird of the bitter bright grey golden morn
> 　　Scarce risen upon the dusk of dolorous years,
> First of us all and sweetest singer born
> 　　Whose far shrill note the world of new men hears
> 　　Cleave the cold shuddering shade as twilight clears;
> When song new-born put off the old world's attire
> And felt its tune on her changed lips expire,
> 　　Writ foremost on the roll of them that came
> Fresh girt for service of the latter lyre,
> 　　Villon, our sad bad glad mad brother's name!　　(*Poems*, III, 88)

陰鬱な歳月が続く中世の闇の世界、未だ明けきってはいないが
　　　ほんのりと明るく、灰色に輝く朝にさえずりを始める鳥のように、
　　はじめて美しい声で歌った詩人が生まれて
　　　遠くまで達するその鋭い声が一筋の光のように
　　冷たく震える中世の黒い影を引き裂くのを新しい時代の人々は耳にする。
　　その新しく生まれた歌は、古い世界の衣を脱ぎ捨て
　　古い歌の調べが自分の唇から消えていくのを感じる。
　　　その歌は、叙情詩人として後に続く人々の役に立つようにと身繕いするが、
　　後の時代の詩人達の書物に最初に記されるのが、
　　　ヴィヨン、我らが悲しき、悪しき、喜ばしき、狂える兄弟の名前なのだ。

このように、ヴィヨン自身が闇に光をもたらすアポロのごとき存在として、はっきりと描かれている。サッフォーと同じようにヴィヨンも、それまでの形式化した詩の様式を打ち破って、強烈で、悲しくて、そしておそろしく個人的な内容の新しい種類の歌の伝統を作った詩人であった。この二人は悲惨な状況の中から美しい詩を作り出し、「遠くまで達する」不滅の光となって、芸術（詩）のあるべき姿を示した偉大な詩人であった (McGann, 90-91)。これらの詩人が、スウィンバーンの詩学あるいは芸術理論を具現する理想的な芸術家であった。

　「フランソワ・ヴィヨンのバラード」は、同じ詩集の後半にまとめて訳出されているヴィヨンの詩の世界（*Poems*, III, 133-153）の紹介と考えれば、訳詩全体を理解するのに役立つ（McGann, 89）。スウィンバーンが英訳しているのは、「兜屋小町長恨歌」[9]（"The Complaint of the Fair Armouress," 原題、"Les Regrets de la Belle Heaumière"）[10] の10篇、「二重バラッド」（"A Double Ballad of Good Counsel," 原題、"Double Ballade"）、「（ヴィヨン遺言詩集）四十、四十一」（"Fragment on Death," 原題、"(Le Testament) XL, XLI"）、「疇昔の王侯貴人の賦」（"Ballad of the Lords of Old Time," 原題、"Ballade des Seigneurs du Temps Jadis"）、「巴里女のバラッド」（"Ballad of the Women of Paris," 原題、"Ballade des Femmes de Paris"）、「ロベール・デストゥートヴィーユのための賦」（"Ballad Written for a Bridegroom," 原題、"Ballade pour Robert D'Estouteville"）、「フランスの敵に對する歌」（"Ballad against the

Enemies of France" 原題、"Ballade contre les Ennemis de la France")、「ヴィヨンの心と肉體と諍論の歌」("The Dispute of the Heart and Body of François Villon," 原題、"Le Débat du Coeur et du Corp de Villon")、「手紙の詩」("Epistle in Form of a Ballad to his Friends," 原題、"Épître à mes Amis")、そして、「ヴィヨン墓碑銘」("The Epitaph in Form of a Ballad," 原題、"L'Épitaphe de Villon en Forme de Ballade")である。個々の訳詩について検討する余裕はないが、"But where are the snows of yester-year?" とロセッティが英訳した、[11]「さはれさはれ　去年(こぞ)の雪　いまは何処(いづこ)」("Mais ou sont les neiges d'antan?")(「疇昔の美姫の賦」)という詩句に代表されるような、すべてを忘却の彼方へと押し流す強力な「時」、はかなく移ろいやすい人間、そして常に人間を脅かす死の恐怖等、ヴィヨンの特質を示すスウィンバーン好みの詩が訳出されている。そして先に述べたように(本章、第Ⅰ部)、「兜屋小町長恨歌」中の4行については、『第二集』が発禁処分にされないための予防線として、スウィンバーンは最初から伏字にして出版するように配慮していた。[12]

　スウィンバーンは、ヴィヨンの原詩に備わる脚韻の数と配列、さらに音節の数をほぼ忠実に英語で再現しようとした(*Letters*, III, 136)。例えば、「手紙の詩」の「反歌」("envoy")の原文は次のようになっている。

　　Princes nommés, anciens, jouvenceaux,
　　Impetrez moi graces et royaux sceaux,
　　Et me montez en quelque corbillon.
　　Ainsi le font, l'un a l'autre, pourceaux,
　　Car, ou l'un brait, ils fuient a monceaux.
　　Le laisserez la, le pauvre Villon?　　(Mary, 145)

　　世に名も高い老若(ろうにゃく)の乞食貴族よ、俺の為に
　　御名玉璽(ぎょめいぎょくじ)のついてゐる赦免状を拝領申し、
　　奈落の底から、簣(もっこ)に乗せて　引き上げてくれ。
　　かういふ風に、豚どもよ、相身互身(あいみたがいみ)、為るものだ、

豚は一匹が啼く時に、小山となって馳せつける。
哀れなヴィヨンを土牢に　このまま捨てて置く氣かえ。

(鈴木訳、『岩波文庫』、p. 242)

これをスウィンバーンは次のように訳している。

> Princes afore-named, old and young foresaid,
> Get me the king's seal and my pardon sped,
> And hoist me in some basket up with care:
> So swine will help each other ill bested,
> For where one squeaks they run in heaps ahead.
> Your poor old friend, what, will you leave him there ?

(*Poems*, III, 151)

現代英語による訳詩を試みるデイルはこの箇所を次のように訳している。

> Princes here named, the young or grey,
> the king's pardon you could sway
> to raise him back into the air
> inside a basket. Pigs, they say,
> will do as much for swine that stray:
> poor Villon, will you leave him there?[13]

二つの訳詩を比べてみると、スウィンバーン訳のほうが、原詩の内容、措辞、雰囲気をはるかによく表現しているのが分かる。スウィンバーンの訳詩は、それ自体で充分鑑賞に耐えるだけの域に達している。

V

　詩集全体のテーマをつきとめるために、重要な作品のみを取り上げて検討してきたが、この詩集には、他に、曲をつけて歌うために依頼された、「別れに際して」("At Parting")等の小品や、幼児の神々しさをテーマにした「ヴィクトル・ユゴーより」("From Victor Hugo")等の作品、さらに、専制主義を非難する「白いロシア皇帝」("The White Czar")等の政治的なテーマの詩が収められている。幼児をテーマにする作品群は、この詩集以後にスウィンバーンがさらに発展させるものであり、政治的内容をからめて自由の意義を歌うのは、『日の出前の歌』のテーマを引き継ぐものである。また、①エロスへのあこがれ、②タナトスへのあこがれ、③芸術の不滅性の願い、という『第一集』の三大テーマのうち、『第二集』では、①のテーマは見られなくなっているが、②と③はそのまま引き継がれている。従って、この『第二集』でスウィンバーンの詩に大きな変化があったと考えるのではなく、この詩集は『第一集』や『日の出前の歌』の延長線上にあると考えるべきであろう。

　上で指摘してきたように、『第二集』ではアポロの不滅の精神を有する者として、サッフォー、ルクレティウス、ヴィヨン、ブルーノ、エリザベス朝の作家、シェリー、ユゴー、ゴーティエ、ボードレール等を讃える歌が、フランス語、ラテン語、ギリシア語をも援用して歌われている。スウィンバーンにとって、アポロの魂は、国・言語・時代を越えて常に輝く光であって、後に続く人々が受け継いでいく限り、消えることのない不滅のものである。ワッツは、この詩集の書評でスウィンバーンを、「『芸術至上主義』理論の英国における主唱者」("the English exponent of the doctrine of *l'art pour l'art*")として紹介したが(*Heritage*, 181)、[14] スウィンバーンの言う「芸術至上主義」とは、本書で繰り返し述べてきたように、先行の芸術家から伝えられる時空を越えたアポロの不滅の光としての、普遍的な人間精神をしっかりと認識することであり、そして、それを後続の人々へ渡

していくことができる質の高い芸術精神のことである。この詩集は、スウィンバーンのそのような芸術観が説得的にしかも技巧的に歌われている詩を多く収めているゆえに優れた詩集とされているのである。

注

　本章は、「『『詩とバラード』』（第二集）試論」（『奈良教育大学紀要』第35巻　第1号〔人文・社会科学〕、1986年）に加筆・修正を施したものである。

1) Unsigned review in *The Athenaeum* (6 July 1878, 7-9) included in *Heritage*, 177-184.
2) 作家の想像力とフィクションの虚構性を駆使して、この皇帝について書かれた小説のひとつとして、辻邦生、『背教者ユリアヌス』（中央公論社、1972年）がある。
3) Morse Peckham, ed. *Swinburne: Poems and Ballads; Atalanta in Calydon* (Indianapolis & New York: The Bobbs-Merrill Company, 1970), p. 71n.
4) *Letters*, VI, 174. 及び L.M. Findlay, ed. *Swinburne: Selected Poems* (Manchester: Carcanet New Press Limited, 1982), pp. 263-264.
5) これは、*Works*, XIII, 417-427 に収められている。
6) McGann, 298. 尚、マガンは、pp. 292-312 でこの詩を詳しく検討している。
7) 永田正夫訳（『世界名詩集大成、9、イギリスⅠ』、平凡社、1959年、403頁）を一部変更して利用させて頂いた。
8) *Letters*, III, 132. 尚、ロセッティは、1870年に出した『詩集』（*Poems*）の中で、三つのヴィヨン作品を英訳している。マラルメ宛のこの手紙の中でスウィンバーンはその英訳詩を高く評価している。
9) 日本語のタイトルは、すべて鈴木信太郎訳、『ヴィヨン全詩集』（岩波文庫、1965年）による。
10) 原題は、André Mary, ed. *François Villon: Oeuvres* (Paris: Garnier Frères, 1970) による。
11) Oswald Doughty, ed. *Rossetti's Poems* (London: Everyman's Library, 1961), pp. 100-101.
12) この伏字の部分のもとの形は、*Works*, XX, 162に載せられているもとの原稿で読むことができる。尚、もとのテクストの異同については、Robert Nye, ed. *A Choice of Swinburne's Verse* (London: Faber and Faber, 1973), p. 9を参照。

13) Peter Dale, tr. *François Villon: Selected Poems* (Harmondsworth: Penguin Books, 1978), p. 211.
14) イギリスにおける芸術との関連で、「芸術至上主義」("art for art's sake") という用語を始めて導入したのはスウィンバーンであり、彼がヴィクトリア時代の審美主義の展開において重要な役割を果たしたことが、Prettejohn, *Art for Art's Sake: Aestheticism in Victorian Painting*, pp. 37-69 で詳しく論じられている。

第八章

スウィンバーンとペイター

I

　スウィンバーンとペイターの二人が、共に同じ場所で時を過ごしたり、談笑したりしたことを伝える記録はあまり多く残されていない。また、この二人が書いた評論や批評の文章中に、相手を名指しで取り上げたり、互いに言及したりする箇所もまったくない。そして書簡は、1872年12月9日付でペイターがスウィンバーンに宛てたものが、ただ一つ残されているだけである。それも極めて短い事務的な内容のもので、スウィンバーンが送ったゴーティエに関する詩に対して礼を述べただけのものである。[1] スウィンバーンも他の人に宛てた書簡の中で、「ペイターに言及することはあまりなく、しかも極めて慎重であった」(*Letters*, II, 58n)。特に晩年は、「彼とは3回か4回位しか会っていないと思います」、「僕はペイターの作品はほとんど何も知りません」(*Letters*, VI, 199, 204) と書いている。この二人の間にはどの程度の親密さや交流があったのか、新たな記録や文書でも発見されない限り、今もってよく分からないのが実情である（Evance, xxxviii）。その数少ない二人の出会いの状況を伝えているのがゴスである。1870年頃のことであるが、二人と親しく接していたゴスは、テムズ河畔、チェルシーのチェイニ・ウォークにあったウィリアム・ベル・スコット邸の二階から、二人乗りの馬車に相乗りしてやって来たこの二人の様子を目撃していて、その状況を印象的なものとして、次のように伝えている。

　　最初は何事もなかったが、やがて淡黄色のキッド（子山羊）皮製の手袋を手にし、洗練された服に身をかためたペイターが優雅に馬車から降りてき

た。続いてスウィンバーンが馬車の踏み台に現れ、勢いよく舗道に向かって跳び下りたが、ぺたりと両手をついてしまった。はずみで、せっかくのエレガントなシルクハットが宙に舞い、大きく外れてドブの中に落ちてしまった。やがてペイターが我々のいた二階の部屋に現れ、例の夢見るような調子で当たり障りのないトピックについて話し始めたが、スウィンバーンはいつまで経っても現れなかった。それで、彼は別室に連れて行かれて服の汚れを落としてもらい、酔いが覚めるまで介護されているのだと、我々は理解した。[2]

　ここでは、二人のスタイル（文体）の違いをそのまま体現するかのように、いかにも優雅で上品なペイターと、へべれけに酔っ払っただらしないスウィンバーンが極めて対照的に描写されていて、両者の共通点はまったく見られない。道中の馬車の中で二人がどのような会話を交わしていたのか、ランダー（Walter Savage Landor）の『想像による会話』（*Imaginary Conversations*）に倣って、想像をたくましくしてみても、あまりにも対照的で、共通点が何もない二人からは何の手がかりも得られないように思われる。しかし、この二人についてもう少し詳しく調べてみると、馬車の中でも、案外、話が弾んでいたかもしれないと思わせる共通性があるのがわかる。先に引いたゴスの報告では天と地のようにまったく対照的に思われる両者の関わりを探るのが本章の目的である。

II

　まず伝記的な部分、つまり二人が関わった大学における共通点が挙げられる。1837年に生まれたスウィンバーンは、1856年にオクスフォードのベイリオル・コレッジに入学し、1860年まで学生として過ごした。一方、1839年生まれのペイターは、1858年にクイーンズ・コレッジに入学し、学生として、また後には教員として大学との関りをもち続けた。スウィンバーンは、学生間の知的親睦を目的とするために親友のジョン・ニコルが中心となって組織した文芸サークル、「オールド・モータリティ」（"Old

Mortality") の設立メンバーとして加わり、1857年にはその機関紙、『学生評論』(*Undergraduate Papers*) に評論や詩を発表した。一方ペイターも1863年にこのサークルの会員に選ばれ、モリスの詩に関する評論や「ディアファネイテ」("Diaphaneitè") の原稿をこのサークルの会合で読み上げたとされている。[3] ペイターがスウィンバーンに出会ったのはおそらく「オールド・モータリティ」の会合を通してであり、そしてそのスウィンバーンを通じてペイターは画家のソロモンを紹介されたのだろうと、レヴィーは推測している (Levey, 106)。

スウィンバーンは在学中、古典学者であったジャウィットに親しく指導を受けたが、退学後もしばしば大学に恩師を訪ね、また一緒にスコットランドやコーンウォールを旅行した。また1866年に『詩とバラード』を出版して激しい非難を浴びたスウィンバーンに対して、ジャウィットは、詩作のテーマをエロス（性愛）賛美から共和国思想の鼓舞へと向けさせようとして、イタリア統一運動の活動家でロンドン滞在中のマッツィーニに会わせようと画策するなど、弟子の文筆活動に転換をもたらそうとしたとされている (Henderson, 137)。また、著名なプラトン学者で欽定講座ギリシア語担当教授でもあり、1870年にベイリオル・コレッジ学寮長となったジャウィットは、ペイターの著作活動に対しても制限を加えようとした。入学以前からペイターの個人指導をしていたジャウィットは、同じ大学の教員になった弟子の著作に絶えず目を光らせ、ペイターの『ルネサンス』の「結語」を読んで、その中に学生に対する悪影響があることを恐れ、彼の文筆活動に圧力をかけ、モンズマンの言葉を借りれば、転向を求めてペイターを「強要した」("blackmailed") とされている。[4] このようにスウィンバーンとペイターは英国の宗教界を揺るがした「オクスフォード運動」の余燼が残る大学に相前後して入学し、共和主義思想に共鳴する学生の文芸サークル「オールド・モータリティ」のメンバーとなり、大学の家父長的権威や圧力を翳すジャウィットの監視下にあったという、似通った背景があった。

ジャウィットに勧められたこともあって、退学後もスウィンバーンは何

第八章　スウィンバーンとペイター

度も大学を訪れたが、1871年のこととして、ゴスは次のようなエピソードを伝えている。

> スウィンバーンはよくベイリオル・コレッジを抜け出してブレイズノーズにやってきた。そのコレッジには、しばらく親しく付き合っていたペイターがいて、快くもてなしてくれたからだった。またエクセター・コレッジにも出かけたが、そこではバイウォーターの歓迎を受けた。そのバイウォーターが面白おかしく語ってくれたことだが、スウィンバーンが遊びに来ていたとき、不意にジャウィットが血相を変えて部屋に飛び込んできて、まるで子守の女性が大切な子供を連れ去るときのように、バイウォーターを睨み付けてからスウィンバーンを連れ去ったことがあったそうだ (*Works*, XIX, 186)。

ここでは、幼児を預かる保護者のように、監視の目を張り巡らせているジャウィットの様子がいささか誇張的に戯画化されて伝えられている。[5] また、1873年にパウエルに宛てた書簡でスウィンバーンは次のように書いている。

> この二週間ずっと僕はオクスフォードにいて、哀れなシメオンの親友であるブレイズノーズのペイターと会っていろいろ話し合いました。ペイターは……ソロモンが最終的には立ち直って社会復帰できるのではないかという希望をもっているようでしたが、［ソロモンに関して］僕の聞いている情報では、とてもそのようなものではなくもっと恐ろしいものでした (*Letters*, II, 253)。

ここでは、ロンドンの公衆トイレで同性愛的破廉恥事件を起こして逮捕されたシメオン・ソロモンのことを心配して、ペイターと話し合ったことが書かれているが、[6] それと同時にこの手紙は、上に引用したゴスが伝えるエピソードと同じように、退学後もスウィンバーンとペイターにかなり親密な接触があったことを如実に伝えている。

　ドイツ語が読めなかったスウィンバーンは、ペイターのように、ヴィンケルマンをはじめ、ゲーテ、ヘーゲル、ハイネ等の原著に親しむことはな

141

く、この点では両者に大きな隔たりが認められるが、ギリシア語やラテン語による古典作品や神話、イタリア語やフランス語で書かれた古今の書物や物語に対する興味の点において、かなりの共通性が見られる。またペイターが説く「審美主義」("aestheticism")の考え方は、ゴーティエやボードレールをいち早く紹介し、『ブレイク論』で「芸術のための芸術」("art for art's sake")という言葉を用いたスウィンバーンを経由したものである。[7] さらに、ペイターによって文芸ジャンルの域にまで高められたルネサンス芸術を中心とする美術評論も実はスウィンバーンが先鞭をつけたものであり、スウィンバーンから影響や刺激を受けたことをペイター自身も認めている。以下で両者の影響関係についての具体的な考察を進めることにする。

III

『詩とバラード』(第一集) でスウィンバーンはファム・ファタルをテーマにした作品を載せているが、その中の一つ「フォスティーン」と題する詩の中で、アウレリウス帝の妃であったフォスティーンは次のように呼びかけられている。

> Lean back, and get some minutes' peace;
>   Let your head lean
> Back to the shoulder with its fleece
>   Of locks, Faustine.   (*Poems*, I, 106)

> 身を反らせて、しばし、おくつろぎ下さい。
>   頭をすこし
> 肩に傾けてください、その豊かな金髪をなびかせて、
>   フォスティーンよ。

第八章　スウィンバーンとペイター

　一方、ペイターは『享楽主義者マリウス』において、ローマの広場で、戦いの練習に励む剣闘士達を見守る群衆の傍らを、駕籠に乗って通り過ぎるファウスティナ（Faustina）をマリウスが目撃するところを次のように描いている。

　… and just then one far more sumptuous than the rest, with dainty appointments of ivory and gold, was carried by, all the town pressing with eagerness to get a glimpse of its most beautiful woman, as she passed rapidly. Yes! there, was the wonder of the world—the empress Faustina herself: Marius could distinguish, could distinguish clearly, the well-known profile, between the floating purple curtains.[8]

　……ちょうどそのとき他のものよりは遥かに立派な駕籠が象牙や金の優雅な装具をつけて通りかかった。町じゅうの人びとはそのなかに乗ったローマ一の美人がすみやかに過ぎてゆくのを、ひとめ見ようとして押しあった。そこには世の嘆称のまと、皇后ファウスティナが居た。そしてマリウスはゆらめく紫のとばりの陰に、あの一般によく知られた横顔を明らかに、そう、はっきりと見わけることができた。

「あの一般によく知られた横顔」（"the well-known profile"）とは、コイン等に彫り込まれて、マリウスはじめ当時のローマの人々に「よく知られた横顔」ということであるが、しかし、先に引いたスウィンバーンの詩を読んでいたヴィクトリア時代の読者やペイターにとってこの "the well-known profile" は、スウィンバーンの詩「フォスティーン」によっても「よく知られた横顔」ということになる。
　レヴィーは、いま述べたフォスティーンをはじめフェリーズやドローレスといったスウィンバーンの詩に登場する典型的な〈ファム・ファタル〉像が、ミケランジェロ作とされる女性画についてスウィンバーンが解説している文章の中にも、同じようなものとして描き込まれていると述べ、さらに、ペイターの有名なモナリザ論の本質的なイメージが〈ファム・ファ

143

タル〉像そのものであることから、美術批評においてスウィンバーンが文体以上の要素、つまり、神々しい美しさを湛えつつも神秘性に包まれた芸術作品の背後に潜む残忍性を指摘するために、作品に対して鑑賞者が感じる気分や感動を幻想のレベルにまで高めることの重要性をペイターに示していたと指摘している（Levey, 109）。

　スウィンバーンは1866年7月に、『フォートナイトリ・レヴュー』誌に「フローレンスの巨匠たちのスケッチに関する覚書」("Notes on Designs of the Old Masters at Florence")と題する美術批評を発表した。これは1864年の春、ウッフィツィ美術館を何日もかけて訪れる機会があった折に、ヴァザーリたちによって収集された大量の素描画が新たに掘り出されたまま、分類・整理もされずに積み上げられているのを見たスウィンバーンが、主だった画家たちの作品について個人的な印象を書き記したものである。ダヴィンチの作品について、スウィンバーンは次のように書いている。

Of Leonardo the samples are choice and few; full of that indefinable grace and grave mystery which belong to his slightest and wildest work. Fair strange faces of women full of dim doubt and faint scorn; touched by the shadow of an obscure fate; eager and weary as it seems at once, pale and fervent with patience or passion; allure and perplex the eyes and thoughts of men.　　(*Works*, XV, 156-157)

レオナルドに関しては、選び抜かれた作品が僅かだがある。なんとも表現できない優美さと深い神秘性に満ちていて、これらはいずれも、彼の取るに足らない、荒削りの作品においても見られる要素である。曖昧な疑いと微かに侮蔑の表情を浮かべた、美しいけれどもどこかよそよそしい女性たちの顔。よく分からない運命の影に怯えているようなのだ。何かに憧れているようでいて同時に物憂い表情、青白くじっと何かに耐えながらも情熱に身を火照らせるといった感じ。このような顔つきで見つめられると、男たちは目が眩み、頭が混乱してしまう。

また、ミケランジェロをはじめとする巨匠たちについて、「善悪に関するすべての神秘、生死に関わるすべての驚異がその手や足に備わっている」("All mysteries of good and evil, all wonders of life and death, lie in their hands or at their feet") (*Works*, XV, 158) と述べ、さらにミケランジェロ作の、ある女性の顔のスケッチについて、「常に欲望を超越した美しさと言葉では表現できない残忍性をもち、天国よりも麗しく地獄よりも恐ろしく、高慢さのゆえに血の気は失せ、悪事に倦み疲れている」("beautiful always beyond desire and cruel beyond words; fairer than heaven and more terrible than hell; pale with pride and weary with wrongdoing") (*Works*, XV, 159) とスウィンバーンは書いている。

さらに続けて、別の女性のスケッチに関してスウィンバーンは次のように書いている。

> Her eyes are full of proud and passionless lust after gold and blood; her hair, close and curled, seems ready to shudder in sunder and divide into snakes .... She is the deadlier Venus incarnate: ―
>
> πολλὴ μὲν ἐν θεοῖσι κοὐκ ἀνώνυμος θεά·
>
> for upon earth also many names might be found for her; Lamia re-transformed, invested now with a fuller beauty ... or Cleopatra, not dying but turning serpent under the serpent's bite; or that queen of the extreme East who with her husband marked every day as it went by some device of a new and wonderful cruelty.[9]

彼女の目は、黄金と血を高慢な冷ややかさで追い求める表情に溢れている。その豊かにカールした髪の毛は、今にも震え出して、蛇となって分裂しそうに見える。……まさしく彼女は、死をもたらすヴィーナスの化身なのだ。

私ハ天上下界ヲ問ワズソノ名ノ隠レモナイ
　　女神ナノデス

地上ではいろいろな名前を彼女に与えることができよう。レイミア、ただし、さらに美しくなって再び人に変身したのだ……クレオパトラ、ただし、蛇に噛まれて死ぬのではなく、蛇に変身したのだ。そして、日毎、珍奇で残忍な責め具を夫と共に工夫したという遥か東洋のあの妃。

比較するために、ペイターの有名なモナリザ論の一節を下に引く。

　　The presence that rose thus so strangely beside the waters, is expressive of what in the ways of a thousand years men had come to desire. Here is the head upon which all "the ends of the world are come," and the eyelids are a little weary. It is a beauty wrought out from within upon the flesh, the deposit, little cell by cell, of strange thoughts and fantastic reveries and exquisite passions. Set it for a moment beside one of those white Greek goddesses or beautiful women of antiquity, and how would they be troubled by this beauty, into which the soul with all its maladies has passed! All the thoughts and experience of the world have etched and moulded there, in that which they have of power to refine and make expressive the outward form, the animalism of Greece, the lust of Rome, the mysticism of the middle age with its spiritual ambition and imaginative loves, the return of the Pagan world, the sins of the Borgias. She is older than the rocks among which she sits; like the vampire, she has been dead many times, and learned the secrets of the grave; and has been a diver in deep seas, and keeps their fallen day about her; and trafficked for strange webs with Eastern merchants: and, as Leda, was the mother of Helen of Troy, and, as Saint Anna, the mother of Mary.[10]

水ぎわに、こうしていとも不思議に立ち現れた姿は、千年ものあいだに男たちが欲望の対象とするにいたったものを表わしている。彼女の顔は、すべての「世の終りにある者」の顔であり、瞼はいささか疲れている。それは、内部から肉体の上に精巧に作られた美であり、妖しい思考や風変わりな夢想や強烈な情熱が、小さな細胞の一つひとつに沈着したものである。これを白いギリシアの女神、あるいは古代の美女のかたわらにしばらく置いて見るならば、魂の病患がすべて移し伝えられたこの美に、それらはどんなに不安を覚えることだろう！この世のすべての思想や経験が、外形をいちだんと優美にし表情豊かにする力を働かせて、ギリシアの肉欲、ローマの淫蕩、霊的な渇望と想像的な愛を伴う中世の神秘主義、異教世界の復帰、ボルジア家の罪業を、そこに刻み象ったのである。彼女は自分の座を取り囲む岩よりも年老いている。吸血鬼のように、何度も死んで、墓の秘密を知った。真珠採りの海女となって深海にもぐり、その没落の日の雰囲気をいつも漂わせている。東洋の商人と珍奇な織物の交易もした。レダとして、トロイのヘレンの母であり、また、聖アンナとして、マリアの母であった。

　このように二人の文章を並べてみると、スウィンバーンには彼の詩と同様の特徴的要素、つまり響き合う音の効果を狙う頭韻や止め処なく流れ出るリズムを生み出す接続詞、"and" の多用が目立つのに対し、ペイターの文章には抑制が効いていて、推敲の跡が窺える引き締まった文体で書かれているという違いはあるものの、内容的には顕著な類似性が認められる。例えば、前者の "All mysteries of good and evil, all wonders of life and death, lie in their hands or at their feet" という表現は、ペイターの "All the thoughts and experience of the world have etched and moulded there" に響き合っているし、スウィンバーンの "Fair strange faces of women full of dim doubt and faint scorn; touched by the shadow of an obscure fate; eager and weary as it seems at once, pale and fervent with patience or passion" は、ペイターの "Here is the head upon which all "the ends of the world are come," and the eyelids are a little weary. It is a beauty wrought out from within upon the flesh, the deposit, little cell by cell, of strange thoughts and fantastic reveries and exquisite passions." に受け継がれている。さらに、

スウィンバーンの "upon earth also many names might be found for her: Lamia re-transformed, invested now with a fuller beauty … or Cleopatra, not dying but turning serpent under the serpent's bite" は、ペイターの "and [she], as Leda, was the mother of Helen of Troy, and, as Saint Anna, the mother of Mary" となって変奏されている。また、スウィンバーンの "that queen of the extreme East who with her husband marked every day as it went by some device of a new and wonderful cruelty" は、ペイターの "[she has] trafficked for strange webs with Eastern merchants" に反映しているといえる。

　ペイターのモナリザ論の初出文献である「レオナルド・ダ・ヴィンチについての覚書」("Notes on Leonardo da Vinci") が1869年11月に『フォートナイトリー・レヴュー』誌に発表された直後の、11月28日付のD. G. ロセッティ宛の書簡でスウィンバーンは、「ペイターのダ・ヴィンチ論はとても気に入りました。確かに貴兄のいうように、僕の文体に少し似ていると僕も思ったのは事実ですが、彼独自の要素がたくさんあるし、とても興味深い内容です」(*Letters*, II, 58) と書いている。そしてその四年後の1873年に、『フォートナイトリー・レヴュー』誌の編集者であったジョン・モーリー宛の書簡でスウィンバーンは次のように述べている。

　　ペイターの作品を僕自身、高く評価して楽しんでいるので、言うのも少し気恥ずかしいのですが、次のようなことがありました。<u>かつてオクスフォードで彼に会った時</u>、僕と同じくロセッティも、『フォートナイトリー・レヴュー』誌の彼の論文をとても高く評価していると彼に言ったのですが、それに対して、同じ分野で僕が書いた作品にヒントを得て、それをモデルにして書いたと彼は言い、<u>彼と会うたびに繰り返しそう言うのです</u>。彼の作品の長所は、同じ分野で僕が書いた作品の文体をよく調べていることによるのだなどと、もちろん誰も夢にも思わないのですが、確かにロセッティのいうように、ペイターのこの分野における作品には僕と同じような影響関係が見られます。ペイターの言ってくれるお世辞には一面の真理があるので、彼の作品の卓越性について、僕としては自由に意見を述べられない一面もあるのです。(*Letters*, II, 240-241)（下線は引用者による）

上の引用の下線部が示すように、スウィンバーンとペイターの二人が顔を合わせて話をする機会が何回もあったことをこの書簡は明確に伝えている。ペイターがスウィンバーンへのリップ・サービスとして単に「お世辞」("compliment") を言っただけなのか、それとも本心からスウィンバーンの影響を認めたのか、はっきり断定できないが、ダ・ヴィンチやミケランジェロの描いた女性像に〈ファム・ファタル〉のイメージがあることを両者が明確に指摘し、"strange"、"weary"、"passion(s)" といった両者に共通の語彙が印象的に用いられていること、さらに二人の文章の内容全体にかなり似通った雰囲気が漂っていることは、確かに認めることができる。そのことを踏まえて、チューやハイダーのようなスウィンバーンの研究者も、ヒルやレヴィーのようなペイター研究の専門家も、いずれも、スウィンバーンのペイターに対する影響を指摘している。[11] また、ロングマン社の「作家と作品」シリーズでペイターとスウィンバーンの両方を担当したフレッチャーは、ペイターを扱った書物の初版（1959年）ではスウィンバーンのことにまったく触れなかったが、改訂版（1971年）ではスウィンバーンのペイターへの少なからぬ影響を指摘する箇所を付け加えている。[12]

IV

　モナリザを説明して、「真珠採りの海女となって深海にもぐり、その没落の日の雰囲気をいつも漂わせている」と書いたペイターは、スウィンバーンの「フェリーズ」からの一節、すなわち、「いかなる海女も愛を再び採ってくることはできないのです／美しいフェリーズよ、愛がそのような／冷たい海にひとたび落とされてしまっては」("No diver brings up love again / Dropped once, my beautiful Félise, / in such cold seas")（*Poems*, I, 191）をおそらく無意識的に反映させているとレヴィーは指摘しているが（Levey, 130）、ペイターが他者のテクストを引用するやり方には彼独自の特徴がある。

先行作家のテクストを引用するペイターのやり方を考察する際に留意すべきことが二つある。一つは、リックスが批判するように、「芸術を芸術の精神で取り扱う」("treat art in the spirit of art")部類の批評家であるペイターは、先行の作家のテクストをあえて「誤用」("misquote")することさえ辞さないことであり、13)先行の作家をそのようにして自己の中に取り込んで同化させることによって、芸術家としての自らの存在を確立することである。つまり、先行テクストを引用することによって、一見、自己を隠し去ってしまったように見せながら、実は、そのテクストを都合のいいように自らの文脈に取り入れる（つまり「誤用」する）ことによって、独自の芸術の世界を確立しようとするのである。14)

　もう一つの点は、ヴィクトリア時代のモラリズムがはびこっていた時期にオクスフォードの教員であったペイターが、反道徳的と見なされていた作家をどのように扱ったかということである。例えば、当時、最も反道徳的で頽廃的と見なされていたボードレールに対してペイターは、大学外の自由な場にいたスウィンバーンのようには、共感を込めて熱っぽく論じたり、引用したりすることができない立場にいた。また、彼独自の控えめな性格による慎重さもあって、ペイターは用意周到な配慮を施したと思われる。『ボードレールと英国の伝統』と題する書物の第二章でこの問題を扱っているクレメンツは、ペイターの文章中に言及されることがほとんどないボードレールこそ、実は、ペイター文学の中枢に関わる大きな影響力をもつ文学者であったという前提に立って、「ごく限られた少数の読者」("a 'select few'")にしか分からないようにペイターが巧妙にボードレールを下敷きにして用いていることをさまざまな角度から論じている。15)ペイターの文章が極めて「潜在的な引用に富む」("allusive")ことに注目して（Clements, 81）、クレメンツは論を展開している。

　英国におけるボードレールの最初の紹介者であり、かつ自らの『詩とバラード』（第一集）の道徳性に関して激しい非難を浴びていたスウィンバーンに対しても、ペイターは当然、極めて慎重な姿勢をとらなければならなかっただろうと推測できる。現にペイターにはラファエル前派の詩に

第八章　スウィンバーンとペイター

関して、モリス論やD. G. ロセッティ論はあっても、スウィンバーンに対しては、作品論はおろか、その名前すらも著作の中で言及することはなく、そこには極めて用心深いペイターの慎重な配慮が働いていたはずである。

しかし、そのペイターがスウィンバーンの作品の詩句を意識的に引用したと考えられる箇所がある。『ルネサンス』の「ヴィンケルマン」論で、ペイターは次のように書いている。

> In Greek thought ... the 'lordship of the soul' is recognised; that lordship gives authority and divinity to human eyes and hands and feet; inanimate nature is thrown into the background.[16]
>
> ギリシア思想では……「霊の支配」が認められており、その支配が人間の目と手足に権威と神性を与えるのであって、無生物は背景に追いやられてしまう。

上で引用されている「霊の支配」('lordship of the soul') は、スウィンバーンの『カリドンのアタランタ』の中でコロスが歌う次に引用した一節から採られている。

> For silence after grievous things is good,
>   And reverence, and the fear that makes men whole,
> And shame, and righteous governance of blood,
>   And lordship of the soul.　　(*Poems*, IV, 289)
>
> 悲しいことのあとには、沈黙がよいのです。
>   そして、神を恐れ敬う態度が身の安全につながるのです。
> 恥を知り、激しく騒ぐ血を正しく抑えること、
> 魂がしっかりと支配することがよいのです。

この引用に関する指摘は、『ルネサンス』の詳細な注釈テクストを著したヒルによってすでになされている (Hill, 431)。二つの原文を比較してみ

ると、ペイターがスウィンバーンの原文とはまったく異なる文脈において"lordship of the soul"という詩句を引用しているのが分かる。すなわち、『アタランタ』では、「魂がしっかりと支配すること」によって、神への暴言を控えるようにとコロスが歌っていて、"of"は〈主格関係〉の前置詞として用いられているのに対して、ペイターは同じ詩句に「霊の支配」(つまり、霊を支配すること) という意味をもたせて、それが古代ギリシアの思想に認められるという論を展開させていて、"of"を〈目的格関係〉の前置詞として用いている。

そしてペイターはこの詩句を用いた一節全体で、ミロのヴィーナスの例に見られるように、「精神はまだ肉体からの独立を誇ることを知っていない」("the mind has not yet learned to boast its independence of the flesh")という状態のギリシア時代の「理想的芸術」("ideal art") について述べるのだが (Hill, 164)、このように精神と肉体の一致が理想の芸術に通じるという考え方は、「明らかに、精神は肉体だ。だが、肉体も精神ではないのか?」("Clearly, the soul is the body; but is not the body the soul?") (*Poems*, V, 374) と、霊と肉の一致を唱えたスウィンバーンの主張に通じている。このように、極めて巧妙な仕掛けによってスウィンバーンはペイターの文章に組み込まれているが、それは"lordship of the soul"という部分が引用符で示されていなければ、スウィンバーンとの連想はほとんど考え付かないようなものである。このわずかな引用符だけが、「ごく限られた少数の読者」にペイターとスウィンバーンの結びつきを示唆する手掛かりを与えているのだ。

ペイターがスウィンバーンからの引用を引用符付きで示している箇所がもうひとつある。ペイターの晩年、1893年に発表された『プラトンとプラトン哲学』の最終章、「プラトンの美学」("Plato's Aesthetics") の「ギリシア人自身がどれほど『半分は全部より多い』と言っていたかを思い起こしていただきたい」("remember how the Greeks themselves were used to say that 'the half is more than the whole'")[17)] という部分である。この引用符付きの部分は、スウィンバーンの「より高き汎神論の要約」("The Higher Pantheism in a Nutshell") と題する詩の15行目「全部は部分より多い、し

かし半分は全部より多い」("More is the whole than a part; but half is more than the whole") (*Poems*, V, 374) から採られている。そしてペイターは、「サー・トマス・ブラウン」("Sir Thomas Brown") でも「部分は確かに全部よりも多いと思えるでしょう」("the part will certainly seem more than the whole")[18] と書いているが、これも上のスウィンバーンの詩句を下敷きにしていると思われる箇所である。スウィンバーンの詩は、テニスンの「より高き汎神論」("The Higher Pantheism") を徹底的に揶揄したパロディ詩であるが、ペイターもこのパロディ詩（あるいはテニスンの原詩）に何らかの執着があったようで、未完の小説『ガストン・ド・ラトゥール』(*Gaston de Latour*) の第七章に「より低き汎神論」("The Lower Pantheism") というタイトルを与えている。[19]

さらに、以下では要点の指摘のみに止めるが、ペイターの「ミケランジェロの詩」("The Poetry of Michelangelo") の中にある「人が作られたこと」("the making of man") という言い回しは (Hill, 58)、スウィンバーンの『カリドンのアタランタ』中の「歳月というものが始まる前、／人が作られた時にやってきたのが／涙の贈り物をもつ『時』」("Before the beginning of years / There came to the making of man / Time, with a gift of tears") (*Poems*, IV, 258) に由来しているし、ペイターが同じ作品のもう少しあとの所で「世の喜び」("the delight of the world") とレダの娘ヘレネを描写しているが (Hill, 59)、この表現もスウィンバーンが『アタランタ』で "a world's delight" (*Poems*, IV, 274) と書き、「ヴィーナス讃歌」で "the world's delight" (*Poems*, I, 11) と書いているのを、ペイターが借用した可能性がある。

V

ドノヒューはペイターがスウィンバーンの作品を読んでいたと述べ、ヒル、ローズバーグ、モンズマンも、ペイターがスウィンバーンの『ブレイク論』を読んでいたと指摘している。[20] さらにマクスウェルは、スウィンバーンの『詩とバラード』（第一集）中の作品「フラゴレッタ」

("Fragoletta")の詩行をペイターが『ギリシア研究』の「ディオニュソス研究」("A Study of Dionysus")の章で引用していることを指摘した。[21] このようにして、意外と思われるほどに、スウィンバーンの作品をペイターが読んでいて、スウィンバーンの詩句や表現を借用、あるいは応用していることが最近、徐々に解明されつつある。

巧妙な仕掛けが施されている上に、きわめて「潜在的な引用に富む」ペイターの文章の中に、上で考察してきたようなスウィンバーンのエコーを探し出す作業は今後も続くことになろうが、その結果としてスウィンバーンからの引用部分がさらに解明され、スウィンバーンとペイターの意外に緊密な関わりがさらに明らかになると思われる。ペイターの文学世界の特質の理解に寄与するものとして、この方面からのアプローチはさらに推し進められるべきものであるといえよう。

注

本章は、「気になる二人――スウィンバーンとペイターの関わりを巡って――」(『自然・人間・社会』[関東学院大学経済学部一般教育論集]第18号、1995年)に大幅な加筆・修正を施したものである。

1) Lawrence Evance, ed. *Letters of Walter Pater* (Oxford: Oxford University Press, 1970), pp. 11-12.
2) Edmund Gosse, "An Essay (With Two Notes) on Swinburne by Sir Edmund Gosse: Based on the Manuscripts in the British Museum Hitherto Unpublished" (June 23, 1920) now included in Swinburne, *Letters*, VI, 242. さらに、Henderson, 162、及び、Ann Thwaite, *Edmund Gosse: A Literary Landscape* (Oxford and New York: Oxford University Press, 1985), p. 95を参照。
3) Michael Levey, *The Case of Walter Pater* (London: Thames and Hudson, 1978), pp. 100-102、及び、Gerald Monsman, *Oxford University's Old Mortality Society: A Study in Victorian Romanticism* (Lewiston, Queenston, Lampeter: The Edwin Mellen Press, 1998), p. 37を参照。
4) Gerald Monsman, "Introduction: On Reading Pater" in Philip Dodd, ed. *Walter Pater: An Imaginative Sense of Fact* (London: Frank Cass, 1981), p. 5.

5) ただしスウィンバーンは生涯、ジャウィットに対して敬意を抱いていたようで、ジャウィットの死（1893年10月1日）に際しても、「ジャウィット教授の追憶」("Recollections of Professor Jowett")（*Works*, XV, 243-259）と題する長い追悼文を書いている。

6) ソロモンをめぐるスウィンバーンとペイターの関わりについては、Simon Reynolds, *The Vision of Simeon Solomon* (Stroud: Catalpa Press, 1985), pp. 2, 13-28, 33-37, 82-86; 前川祐一、「The Quest for Solomon」（小池滋他編、『イギリス／小説／批評』[南雲堂、1986年]）、154-176頁; Richard Dellamora, *Masculine Desire: The Sexual Politics of Victorian Aestheticism* (Chapel Hill and London: University of North Carolina Press, 1990), pp. 91-92; 及び、Colin Cruise et al., 44を参照。

7) Elizabeth Prettejohn, "Introduction" to her edited *After the Pre-Raphaelites: Art and Aestheticism in Victorian England* (New Brunswick, New Jersey: Rutgers University Press, 1999), p. 3.

8) Walter Pater, *Marius the Epicurean* (London: Macmillan, 1910; 1973), vol. I, p. 177. 日本語訳は、工藤訳（ウォルター・ペイター、工藤好美訳『享楽主義者マリウス』[南雲堂、1985年]、174頁）を一部修正して利用させて頂いた。

9) *Works*, XV, 160-161. なお、この引用中のギリシア語はエウリピデスの『ヒュポリュトス』（*Hippolytus*）の冒頭の二行である。(Clyde K. Hyder, ed. *Swinburne as Critic* [London and Boston: Routledge & Kegan Paul, 1972], p. 130n1参照。) 日本語訳は松平千秋訳に基づいている。(『ギリシア悲劇Ⅲ、エウリピデス（上）』[筑摩書房、1986年]、203頁参照。)

10) Donald L. Hill, ed. *Walter Pater: The Renaissance* (Berkeley: University of California Press, 1980), pp. 98-99. 日本語訳は富士川訳（ウォルター・ペイター、富士川義之訳『ルネサンス』[白水社、1986年]、132頁）を一部修正して利用させて頂いた。

11) Chew, 93-95, 265-267; Hyder, ed. *Swinburne as Critic*, 20; Hill, 303, 380, 457-458; Levey, 76-77, 126.

12) Ian Fletcher, *Walter Pater* (Essex: Longman House, 1959; 1971), p. 25.

13) Christopher Ricks, *The Force of Poetry* (Oxford: Clarendon, 1984), p. 408. リックスの批判に対する反論としては、Billie Andrew Inman, *Walter Pater's Reading* (New York: Garland Publishing, Inc.: 1981), p. xxviiを参照。

14) Cf. Wolfgang Iser, *Walter Pater: The Aesthetic Moment*, tr. David Henry Wilson (Cambridge, Cambridge University Press, 1987), p. 59.

15) Patricia Clements, *Baudelaire and the English Tradition* (Princeton: Princeton University Press, 1985), pp. 77-139. ちなみに、この本の第一章（pp. 10-76）

ではスウィンバーンが取り上げられている。
16） Hill, 164. 日本語訳は富士川訳（205頁）による。
17） Pater, *Plato and Platonism* (London: Macmillan, 1910; 1973), p. 278. 日本語訳は澤井訳（富士川義之編、『ウォルター・ペイター全集　第2巻』［筑摩書房、2002年］所収の澤井勇訳、『プラトンとプラトン哲学』、393頁）による。なお、引用符付きの部分の出典は澤井氏によれば、ヘシオドス、『仕事と日』、四一行である（593頁）。ヘシオドスのギリシア語原典の英訳というポーズをとって、ペイターがスウィンバーンの詩句を借用したと考えられる。
18） Pater, *Appreciations* (London: Macmillan, 1910; 1973), p. 145.
19） Gerald Monsman, *Pater's Portraits* (Baltimore: The Johns Hopkins Press, 1967), p. 139n. なお、テニスンの作品とスウィンバーンのパロディ詩については、拙稿「TennysonとSwinburne──『汎神論』を手がかりにして──」（『山川鴻三教授退官記念論文集』［英宝社、1981年］、292-303頁）参照。
20） Denis Donoghue, *Walter Pater: Lover of Strange Souls* (New York: Alfred A. Knopf, 1995), p. 66; Hill, 458; Jonathan Loesberg, *Aestheticism and Deconstruction: Pater, Derrida, and de Man* (Princeton: Princeton University Press, 1991), p.13; Walter Pater, *Gaston de Latour: The Revised Text*, ed. Gerald Monsman (University of North Carolina at Greensboro: ELT Press, 1995), p. 151n30:10.
21） Catherine Maxwell, "Swinburne and Sappho," *Notes and Queries* 48:2 (June 2001), pp. 155-158.

第九章

ラファエル前派詩人スウィンバーン

I

　「ラファエル前派主義」("Pre-Raphaelitism") とは、1848年にラファエル前派兄弟団 ("Pre-Raphaelite Brotherhood") と自ら名乗ったヴィクトリア時代の若き芸術家グループによって提唱され、その後大きなうねりとなって広まっていった芸術の革新運動の中心となるものであった。『オクスフォード英語大辞典』(*Oxford English Dictionary* [*OED*], 1933; rpt. 1961) は「ラファエル前派主義」を、「ラファエル前派兄弟団およびその信奉者によって採用された絵画の原理、手法、あるいは画風。時には詩や他の芸術における同様の傾向について用いられることもある」("the principles, methods, or style of painting adopted by the Pre-Raphaelite Brotherhood and their followers; sometimes applied to a similar tendency in poetry and other arts") と定義している。そしてさらに「ラファエル前派」("Pre-Raphaelite") を *OED* で引いてみると、「ラファエルの時代以前に（特に彼の後期の作品および彼の信奉者の作品よりも以前の時代に）行き渡っていた芸術の精神で作品を作り出すことを目指す芸術家。とりわけ、1848年ころに自らを『ラファエル前派兄弟団』(P. R. B.) と名乗ったホルマン・ハント、ミレー、D. G. ロセッティらを含む英国の芸術家グループの一員を指す」("an artist who aims at producing work in the spirit which generally imbued art before the time of Raphael (or, more especially, before his later work and that of his successors); *spec*. one of the group of English artists, including Holman-Hunt, Millais, and D. G. Rossetti, who *c* 1848 called themselves the 'Pre-Raphaelite Brotherhood' (P. R. B.)) という定義が与えられている。

上に引いた「ラファエル前派」の定義や特徴を詩や詩人に適用しようとすると、かなり曖昧で、何をもって「ラファエル前派詩人」とするのか明確にすることが困難である。ロマン派以降の1848年から1900年にいたる間の英詩を対象とする際に、「ラファエル前派詩人」という表現がよく用いられるが、この用語の明確な理解に研究者たちは苦慮してきた。[1] そして「ラファエル前派」という語はともすれば、「審美主義者」("aestheticist")、「デカダン派」("decadent")、「象徴主義者」("symbolist")といった用語と同じものとして混同して使われる傾向にあった。しかし、「ヴィクトリア時代におけるロマン派的要素が顕著な一群の詩人を指す言葉」として、「ラファエル前派」という用語が有用でしかも必要であるゆえに、用いられてきたのである。[2] そして、キャロル・T・クライストは、「ラファエル前派」という用語を詩に広げるのは画家と詩人が偶然に結びついていたことによるものと思われると述べ、D. G. ロセッティとモリスは画家であると同時に詩人であり、またスウィンバーンやクリスティーナ・ロセッティやその他の詩人たちも、「ラファエル前派」の芸術家と個人的なつながりがあったので、「ラファエル前派」という用語を彼らの詩に適用するのは有用である、と説明している。さらにクライストは、ラファエル前派はラファエル以前の純粋な芸術に戻ることを目指し、顕微鏡的に細部を忠実に描写し、オブジェに多様な象徴性を付与し、中世的なテーマを描くことをその特徴とするが、ロセッティ、モリス、バーン＝ジョーンズによって結成された第二次ラファエル前派では、象徴的な意味をもつ官能的なテーマがさらなる特徴となっていることを指摘している。[3]

　これまでスウィンバーンは主要な「ラファエル前派詩人」の一人と見なされてきたが、彼とラファエル前派との出会いについてはよく知られている。ダウティが指摘するように、『『オクスフォード・アンド・ケンブリッジ・マガジン』(*The Oxford and Cambridge Magazine*) でロセッティとその友人たちの詩を読んでいたスウィンバーンは、そこに見られる「ラファエル前派主義」の局面、つまり、感覚的要素、イマジェリー、象徴性、神秘性、彼らの絵画や詩や物語にしばしば見られる残酷性と憂鬱性といった特質に

すでに惹きつけられていた」。[4) そして1857年の秋にスウィンバーンは、ロセッティ、モリス、バーン＝ジョーンズといったラファエル前派の芸術家たちと実際に出会った。大学の学生討議室の壁画や天井画を描くために彼らがオクスフォードに滞在していたのだが、スウィンバーンはほどなくして彼らの親しい友人となった。かくして、ロセッティ、モリス、バーン＝ジョーンズ、スウィンバーンの四人組からなる芸術家集団が出来上がった。「今や我々は三人ではなく四人組となった」（"Now we were four in company and not three"）とバーン＝ジョーンズがこのころを回想して述べている（Doughty, 232）。

図4：ダンテ・ゲイブリエル・ロセッティ作、スウィンバーンの肖像画（1861年、ケンブリッジ大学、フィッツウィリアム美術館蔵）

　1860年にウィリアム・ベル・スコットが描き、翌1861年にはロセッティも描いたスウィンバーンの肖像画はいずれも、ラファエル前派の代表的な画家によって描かれた、当時のスウィンバーンの容姿を生き生きと伝える作品として知られている。（表紙及び図4参照。）そして1870年にはスウィンバーンは「ダンテ・ゲイブリエル・ロセッティの詩」（"The Poems of Dante Gabriel Rossetti"）と題する書評を書き、ロセッティが出版した詩集への共感的な理解に基づいた見解を表明した。以上の概略によっても明らかなように、スウィンバーンはラファエル前派の芸術家たちと極めて親密な関係にある詩人であった。では、彼の詩はいかなる点でラファエル前派的な特色があるといえるのか。スウィンバーンの詩におけるラファエル前派的要素の特質を探るのが本章の目的である。

II

　スウィンバーンの代表作の一つ、『カリドンのアタランタ』には、花や木々を感覚的に生き生きと描写する次のような一節がある。

> For much sweet grass grew higher than grew the reed,
> And good for slumber, and every holier herb,
> Narcissus, and the low-lying melilote,
> And all of goodliest blade and bloom that springs
> Where, hid by heavier hyacinth, violet buds
> Blossom and burn; and fire of yellower flowers
> And light of crescent lilies, and such leaves
> As fear the Faun's and know the Dryad's foot;
> Olive and ivy and poplar dedicate.　　(*Poems*, IV, 295)

　　湿原の葦よりも背の高い甘美な草が生えていて、
　　ひと眠りするのに都合がよいのでした。その上、神話の世界に通じる各種の
　　聖なる植物、水仙、背は高くないけれども甘い香りを放つメリロート、
　　すくすくと成長する立派な葉をもつすべての植物が生えていて、
　　さらに、大きなヒヤシンスの蔭にかくれて、スミレの花の蕾が
　　燃えるように咲いているのです。燃える炎のような黄色みを帯びた花、
　　徐々に光を増す新月のように白い光を放って咲き乱れる百合、そして、
　　荒々しくやってくる牧羊神(ファウヌス)の足を恐れ、優しい木の精(ドライアッド)の訪れを知っている花、
　　神々に捧げられた神木ともいえるオリーブ、木蔦、白楊(ポプラ)。

　葦、水仙、メリロート、ヒヤシンス、スミレ、百合、オリーブ、木蔦、白楊(ポプラ)。百花繚乱の香しい花園に導かれたかのように、さまざまな植物が次から次へと列挙されている。さらに、"grass grew," "holier herb", "low-lying melilote", "blade and bloom", "hid by heavier hyacinth", "Blossom and burn," "yellower flowers" などスウィンバーンが得意とする顕著な頭韻の

効果にも注目すべきである。[5]

　百花繚乱の植物を緻密な細部描写と共に作品に導入するのは、有名なミレーの「オフィーリア」をはじめとするラファエル前派の絵画作品に際立って目立つ特徴であるが、このことは彼らの詩作においても同様である。例えばD. G. ロセッティの「灯台草」("The Woodspurge")は、「ラファエル前派の見事な自然描写として有名である」とマクスウェルが指摘している。[6] スウィンバーンもこのロセッティの詩について共感をこめて、「苦しみに取り付かれると同時に、また苛まれ、半ば鈍くなっていると同時に半ば鋭くなった感覚の情熱をこめた精密さが、『灯台草』において苦々しくも美しい正確さと共に示されている」("The passionate accuracy of sense half blunted and half whetted by obsession and possession of pain is given in 'The Woodspurge' with a bitterly beautiful exactitude")(Works, XV, 13)と説明している。ロセッティと同様にスウィンバーン自身も、植物をテーマにした、極めてラファエル前派的な詩を書いている。「モウセンゴケ」と題する作品では、彼自身の、「苦しみに取り付かれると同時に、また苛まれ」て「鋭くなった感覚の情熱をこめた精密さ」が、「苦々しくも美しい正確さと共に」次のように語られている。

　　A little marsh-plant, yellow green,
　　And pricked at lip with tender red.
　　Tread close, and either way you tread
　　Some faint black water jets between
　　Lest you should bruise the curious head.
　　……
　　O red-lipped mouth of marsh-flower,
　　I have a secret halved with thee.
　　The name that is love's name to me
　　Thou knowest, and the face of her
　　Who is my festival to see.　　(Poems, I, 186-187.)

湿地に咲くかわいい植物、黄色と緑の植物で、
　唇の部分には優しい赤みを帯びた棘がある。
　近くまで足を踏み入れてごらん。花のどちら側を踏んでも
　微かに黒ずんだ水が飛び出してくる
　それは珍しい花の頭が踏まれて損なわれないようにするためのもの。
　……
　ああ、湿地に咲く赤い唇をもつ花よ、
　僕には君と分かち合った秘密がある。
　僕の愛する人の名前を
　君は知っていて、その人の顔も知っている。
　その顔の持ち主を見ると僕はとても楽しくなる。

　語り手が「湿地に咲く赤い唇をもつ花……と分かち合った秘密」が何なのか、この詩では明示されていない。しかし、作品が『詩とバラード』（第一集）の「別れの前に」("Before Parting") と「フェリーズ」の間に配置されていることから、その「秘密」とは、（「別れの前に」が伝える）恋人との別れとか、（「フェリーズ」のテーマである）恋人の心変わりに関わるものではないかと推測できる。「モウセンゴケ」の結びの部分で語り手が、「君は緑の夏に価するものでもなく／紺碧の八月に生きるにふさわしくないものとなろう、／ああモウセンゴケよ、君が彼女を思い出すことがないのならば」("Thou wert not worth green midsummer / Not fit to live to August blue, / O sundew, not remembering her") (*Poems*, I, 187) と述べているように、この植物は、語り手の過去の忘れがたい経験と密接に結びついていて、この花を見るたびに語り手はその過去の秘密を思い出す。そのような点において、この詩はロセッティの「灯台草」とかなり似通った特徴をもっている。
　象徴的な意味をもつ植物が存在するトポスは、ラファエル前派に特有のテーマの一つであった。「後期ロマン派の感受性を表出するためのお定まりの図像的モチーフとして、見捨てられた庭が重要であることを示す例は文学において数多く見られる。スウィンバーンが『廃園』において、実在の庭を象徴的に解釈しているのはその代表例の一つである」とヘニッヒハ

ウゼンは指摘する (Hönnighausen, 46)。スウィンバーンの『詩とバラード』(第二集) に収められた「廃園」は、リードによれば、「この詩集の代表作といえるものであり、英語で書かれた最も美しい作品の一つである」(Riede, 136)。実際、1875年8月30日にワッツに宛てた書簡で、この作品について、「自分で判断しても、僕が書いた最高の数少ない叙情詩のひとつ」(*Letters*, III, 62) とスウィンバーン自身が述べている。この代表作は、スウィンバーンの詩集を編むときにはいつも採録される作品である。

「廃園」は、海に臨むさびれた薔薇園の荒涼たる情景の描写と共に始まる。百年前、この薔薇園には愛し合う男女が仲睦まじく立ち、楽しく笑い合いながら永遠の愛を誓っていた。だが時が経つと、その恋人たちはどうなったのか。次のように描かれている。

> They are loveless now as the grass above them
> 　　Or the wave.
>
> All are at one now, roses and lovers,
> 　　Not known of the cliffs and the fields and the sea.
> Not a breath of the time that has been hovers
> 　　In the air now soft with a summer to be.
> Not a breath shall there sweeten the seasons hereafter
> 　　Of the flowers or the lovers that laugh now or weep,
> When as they that are free now of weeping and laughter
> 　　We shall sleep. 　(*Poems*, III, 24)

彼らは今、頭上の草や、海の波のように、
　愛とは無縁なのだ。

薔薇も恋人達も、今は同じようなものとなって、
　崖や原野や海にも忘れ去られている。
かつて流れた「時」の息吹は、今、訪れようとする夏の

穏やかな風の中に流れることはない。
　　いま笑ったり涙にくれたりしている恋人達や薔薇の花の季節を、
　　　未来に吹く風の息吹が甘美なものにすることは、まったくない。
　　涙や笑いの世界から解放されている人々のように、
　　　　我々が眠る時には。

　やがて、「ゆっくりと海が盛り上がって、切り立つ崖が崩れ落ち」("the slow sea [rises] and the sheer cliff [crumbles]")、すべての世界を「深い海が呑み込む」("the deep gulfs drink") と歌われ (*Poems*, III, 25)、すべてのものが壊滅する終末論的な描写でこの詩は結ばれる。

　泳ぐことが大好きで海をこよなく愛したスウィンバーンは、海そのものに存在論的な重要性を認め、「海」("sea") と押韻する語として「存在する」("be") を用いることが多かった。例えば『ライオネスのトリストラム』の終結部には、次のように印象的なカップレットが用いられている。

　　And over them, while death and life shall be,
　　The light and sound and darkness of the sea.　(*Poems*, IV, 151)

　　生と死が地上にある間、彼ら［トリストラムとイズールト］の頭上には、
　　海の光と音と闇があるのだ。

　また、「時の勝利」の語り手は、愛の対象として海を偶像化し、「ああ優しい心をもつ、ああ僕が心から愛するものよ、／あなたの唇は苦いが、あなたの心は甘美だ。／……／あなたは死に対して強力であり、また多くのものがあなたから生まれる、／あなたの深みは多くのものを隠し、またあなたの深い淵は多くのものを明らかにする、／初めからあなたは存在し、最期にも存在する」("O tender-hearted, O perfect lover, / Thy lips are bitter, and sweet thine heart. / ... / Thou art strong for death and fruitful of birth; / Thy depths conceal and thy gulfs discover; / From the first thou wert; in the end thou art") (*Poems*, I, 43-44)と海に呼びかける。ルイスが指摘するように、スウィンバーンにとって海は、「繰り返される時間のサイクルを打ち負かして勝

利するものを意味している」(Louis, 62)。

「廃園」では、終末論的破壊力を秘めた圧倒的な海に対して、つかの間の生を過ごす人間のはかなく移ろい行く愛の世界が描かれている。ヘンダーソンが指摘するように、確かにこの作品は、「スウィンバーンの最も荒涼とした詩のひとつ」(Henderson, 196) といえよう。さらにヘンダーソンは、この詩は制作時の詩人の「情緒を忠実に反映している」と述べているが、[7]この指摘には賛同できない。この作品で描かれている廃園の荒涼とした世界を詩作上の重要なトポスとして取り上げるスウィンバーンが決して悲観的な詩人ではないからである。「廃園」の荒涼とした世界についてマガンは次のように解説する。

> 廃園は荒涼としたものに見えるかもしれない……しかし詩の音調(トーン)がはっきりと示しているのは……そのような荒涼とした世界を充分に価値あるものとしてスウィンバーンが提示していることである。廃園の中で生きることは人間世界の豊かさという真実の再発見であり、同時にその豊かさが幻想であることの再発見でもある。すべてを奪い去り、空虚さがはびこる世界を描くことによって、あらゆるところから迫ってくる生と死の途方もない勢力の中心にある空っぽの場所としての庭をスウィンバーンは見つけ出したのだ (McGann, 179-180)。

スウィンバーンはこの詩を、「万物が移ろうこの場所で、ただ一人勝ち誇ったように、／みずからの手で殺した獲物の上に大の字になって、／……／死神が死んで横たわっている」("Here now in his triumph where all things falter, / Stretched out on the spoils that his own hand spread, / ... / Death lies dead") (*Poems*, III, 25)と結んでいる。この詩の世界で「勝ち誇ったように」存在しているのは「死神」ではなく(「死神」は「死んで横たわっている」)、かくも荒涼たる世界を作り出した詩人の技である。先に引いた1875年8月30日付けの手紙で、作品を書き上げた直後と思われる詩人が「僕が書いた最高の数少ない叙情詩のひとつ」と書いていることから、ブレイクの「虎」("The Tyger")の造物主のように、スウィンバーンも「彼の作品を見て微笑んだ」("smile His work to see")のではないだろうか。

III

　庭はラファエル前派にとって重要なトポスであった。庭は、「ラファエル前派の芸術家が好んで身を隠す避難場所である」とヘニッヒハウゼンは指摘する (Hönnighausen, 139)。「廃園」以外にもスウィンバーンは、「果樹園にて」("In the Orchard")、「プロセルピナの庭」、「八月」("August")、「形見」、「薔薇の年」など、果樹園やあずまやをテーマにした庭をトポスとする詩を書いている。ラファエル前派の中心的芸術家、D. G. ロセッティもまた、「エデンのあずまや」("Eden Bower")、「あずまやの歌」("The Song of the Bower")、「果樹園のくぼみ」("The Orchard-pit") といった庭をトポスとする詩を書いていた。ロセッティ論の中で、スウィンバーンが「エデンのあずまや」について次のように称賛しているのは注目すべきであろう。

> The song of Lilith ["Eden Bower"] has all the beauty and glory and force in it of the splendid creature so long worshipped of men as god or dreaded as devil; voluptuous swiftness and strength, the supreme luxury of liberty in its measured grace and lithe melodious motion of rapid and revolving harmony; the subtle action and majestic recoil, the mysterious charm as of soundless music that hangs about a serpent as it stirs or springs.　(*Works*, XV, 39)

　リリスの歌［「エデンのあずまや」］では、人々によって長い間、神として崇められ、あるいは悪魔として恐れられてきた壮大な生きものの美しさ、栄光、力強さのすべてが描かれている。官能的なはしこさと力強さ、機敏に展開するハーモニーのリズミカルな優美さとしなやかで流れるような動きの中の自由性がこの上なく豊かにある。微妙に動いたかと思うと堂々と後ずさりする動き、つまり這うように滑り、飛びかかってくる蛇の周囲に漂う、はっきりとは聞こえない音楽のような神秘的な魅力が描かれているのだ。

スウィンバーンが書く散文によく見られる特徴であるが、上に引いた文章自体が、論述の対象になっている詩の雰囲気を伝えるために、類音や頭韻等、効果的な響きをもつ言葉を駆使して書かれている。

「エデンのあずまや」では、「エデンのあずまやは花盛り」(*"Eden bower's in flower"*) と「そしてああ、そのあずまやとその時間！」(*"And O the bower and the hour!"*) の二行がリフレインとしてスタンザ毎に交互に用いられているが、8) ロセッティの巧みなリフレインの使い方にスウィンバーンは特に強く惹き付けられたと思われる。リフレイン中の三つの単語、つまり、「あずまや」("bower")、「花」("flower")、「時間」("hour") は響き合う韻をもつ語として強く印象に残る組み合わせであるが、これらの語の組み合わせ自体、ロセッティの芸術観を体現するものとして極めて重要である。すなわち、「あずまや」は人が生きるための住処、「生の家」("house of life") に繋がり、「花」は美しい芸術作品を連想させ、「時間」はやがて訪れる「死」に繋がるもので、これら三語は「生――芸術――死」を連想させるものである。「生――芸術――死」、つまり、芸術家が人生を懸けて作り上げた作品は死後も不滅であるとする芸術観が、ロセッティの代表作、『生の家』(*The House of Life*) の冒頭のソネットで次のように歌われている。

> A Sonnet is a moment's monument, ―
> 　Memorial from the Soul's eternity
> 　To one dead deathless hour. Look that it be,
> Whether for lustral rite or dire portent,
> Of its own arduous fulness reverent:
> 　Carve it in ivory or in ebony,
> 　As Day or Night may rule; and let Time see
> Its flowering crest impearled and orient.　(*Rossetti's Poems*, 212)

> ソネットは一瞬の記念碑、――
> 　魂の永遠からの記念物
> 　今はなき不滅の時間への。留意せよ、

清めのためのものであれ、恐ろしきものの先触れとなるものであれ、
　　それ自らの充分な労苦を大切にせよ。
　　　象牙に、あるいは黒檀に、刻み込むのだ、
　　　昼となく夜となく。さすれば「時」は見るのだ、
　　その開花した最高傑作の真珠のようなきらめきを。

　スウィンバーンも、「花」("flower")と「時間」("hour")という二語の組み合わせを印象的な脚韻として、多くの作品で用いている。「フェリーズ」において "flowers" と "hours" の二語の組み合わせを脚韻として用いていることに関して、彼は1866年にラスキンに宛てて書いた手紙の中で、「flowers と hours についてですが、これら二つのものは、自然界に存在するものの中で最高に甘美で、この上なく移ろいやすいものですから——ただしそれらが本当に甘美な状況である場合だけに限りますが——自然に脚韻として使われるのです」("As to the flowers and hours, they rhyme naturally, being the sweetest and most transient things that exist—when they *are* sweet") (*Letters*, I, 160、イタリックスは原文のまま) と論じている。

　『詩とバラード』(第一集)の冒頭の作品、「生のバラード」でもスウィンバーンが好む "flowers" と "hours" の組み合わせが脚韻として用いられているが、ここでは夢の世界が「感覚的な」そして「真正なラファエル前派的手法で」[9] 次のように描かれている。

　　I found in dreams a place of wind and flowers,
　　　Full of sweet trees and colour of glad grass,
　　　In midst whereof there was
　　A lady clothed like summer with sweet hours.　　(*Poems*, I, 1)

　　夢の中で見たのは風に花々が揺れる場所、
　　　甘美な木々と嬉しげな草の色があふれ、
　　　その中に一人の女性がいて
　　彼女は甘美な時間が流れる夏のような装いに包まれていた。

第九章　ラファエル前派詩人スウィンバーン

ドゥ・ルールが指摘するように、ここではスウィンバーンの「優れた置換の技によって、精神と肉体、抽象と具象がない交ぜにされていて、それが感動から感覚の根源にまで遡ってくるので、読者の魂の感覚をも根元から花開かせる」(De Reul, 59) ことになる。

『カリドンのアタランタ』においても、"flowers" と "hours" の組み合わせの脚韻が次のように用いられている。

> Our light and darkness are as leaves of flowers,
> Black flowers and white, that perish; and the noon
> As midnight, and the night as daylight hours.
> As little fruit a little while is ours,
> And the worm finds it soon.　(*Poems*, IV, 286)

　私達自身の光と闇は、黒い花、白い花と名付けてもよいように、
　花のようにはかなく、すぐに死に絶えてしまうのです。私達にとっては、
　要するに、人生の昼も夜も、どちらも同じようなものなのです。
　人生で得るささやかな実りの果実も、ほんの束の間だけのことで、
　やがてすぐに、害虫がそれを見つけてしまうのです。

人の生のはかなさ、移ろいやすさがここでも表現されている。しかし『カリドンのアタランタ』では、メレアグロスの悲劇的な人生が不滅の輝きを得ることが歌われているのであり、臨終に際して、「……時は変わり、／僕は今、無に帰するけれど、／僕があなた達の中にいたこと、人生が華やかだった時に僕が成し遂げたことを／忘れないで下さい」("... though times / Change, and though now I be not anything, / Forget not me among you, what I did / In my good time") (*Poems*, IV, 332) と述べる彼の望みは、メレアグロス伝説が不滅のものとして人々の間に受け継がれ、そしてこの伝説をスウィンバーンが優れた芸術作品として書き残すことによって、叶えられることになる。マガンが指摘するように、メレアグロスは若くして「世を去るが、芸術の世界で永遠に生きる」のであり、彼が示した「人生の不滅

の美しさは永続的に讃えられる」(McGann, 286) のである。「宗教の小間使、義務の解説者、事実の召使、道徳の開拓者、彼女［芸術］はこのようなものにはなり得ない。……彼女の成すべきことは他の事で役立つのではなく、自らそれ自体で役に立つこと」(*Works*, XVI, 137) とスウィンバーンは「芸術のための芸術」に関して述べているが、『カリドンのアタランタ』は彼のそのような芸術至上主義が見事に結実した傑作といえよう。[10]

IV

　異なるジャンルの芸術間相互の魅力を重視するスウィンバーンは、絵画や彫刻に関する批評や詩作品を書いている。「シメオン・ソロモン：『愛のヴィジョン』およびその他の作品についての覚書」("Simeon Solomon: Notes on his 'Vision of Love' and Other Studies")（1871）の中で、ラファエル前派の画家、ソロモンの怪しくも美しい絵画作品について、「目に見える音楽」("music made visible") という表現を用いてスウィンバーンは次のような説明をしている。

> There is an entire class of Mr. Solomon's designs in which the living principle and moving spirit is music made visible. His groups of girls and youths that listen to one singing or reciting seem utterly imbued with the spirit of sound, clothed with music as with a garment, kindled and swayed by it as fire or as foliage by a wakening wind. In pictures where no one figures as making music, the same fine inevitable sense of song makes melodies of vocal colour and symphonies of painted cadence. (*Works*, XV, 454)

> ソロモン氏の作品のあるグループ全体について、生き生きとした原理と感動的な精神が目に見える音楽になっているものがある。歌ったり、朗読したりしている人物に耳を傾けている乙女や若者たちが描かれている彼の群像は、音楽の衣をまとい、風に揺れる炎や木の葉のように音楽に燃え立た

せられていて、音の精神が体中に行き渡っているように見える。音楽を奏でている人物が一人も描かれていない作品でも、歌の微妙なメロディがどうしても聞こえてくるといった同様の感覚があって、色から声調が聞こえ、絵の具の色調からシンフォニーが聞こえてくるようである。

ここでは絵画が音楽と結び付けられ、ジャンルの異なる二つの芸術が一体となる共感覚的効果が指摘されている。（図5参照。）このような効果についてはペイターも『ルネサンス』で説明している。「すべての芸術は共通して音楽の原理に憧れている。音楽こそ典型的な、あるいは理想的に完成された芸術であって……『異なるものへの憧憬(アンデルス・シュトレーベン)』の大きな対象となっている」（"all the arts in common aspiring towards the principle of music; music being the typical, or ideally consummate art, the object of the great *Anders-streben* of all art"）とペイターは述べ、その直後に「すべての芸術は絶えず音楽の状態に憧れる」（"*All art constantly aspires towards the condition of music*"）[11]という有名な定義を下している。

ルーヴル美術館所蔵の彫像、「眠れるヘルマプロディトス」

図5：シメオン・ソロモン作、「バッハによる序曲」（1868年、個人蔵）

("Hermaphrodite Endormi") に霊感を得て (図6参照)、スウィンバーンは「ヘルマプロディトス」("Hermaphroditus") と題する四つのソネットからなる作品を書いた。ルーヴルの「ヘルマプロディトス」像を作品に取り入れたシェリーやゴーティエに倣ってスウィンバーンもこの彫像を詩のテーマとして取り上げ、[12] 美貌の若者と美しい乙女が一体となっているこの彫像こそ窮極的な理想の芸術作品であるとして、次のように歌い上げる。

> Where between sleep and life some brief space is,
>   With love like gold bound round about the head,
>   Sex to sweet sex with lips and limbs is wed,
> Turning the fruitful feud of hers and his
> To the waste wedlock of a sterile kiss.　(*Poems*, I, 79)

眠りと生のあいだの束の間の場所に、
　　愛が黄金の冠のように頭に取り付き、
　　甘美な男女二つの性が唇を合わせ抱き合って結ばれている、
実り豊かな子孫をもたらそうとする男と女の諍いが、
キスをして結ばれても何も生まれない不毛の結婚の場となっている。

『詩と評論に関する覚え書』でスウィンバーン自身がこの作品について、

図6：彫像、「眠れるヘルマプロディトス」(ルーヴル美術館蔵)

「この［ヘルマプロディトスに関する］神話の悲しくも巧妙な教訓は……完璧なものがすべての面で達成されると、その後は、実を結ぶことのない無用のものとなるが、個々に分かれた美しい男女は——完璧なものよりも劣る不完全なものだが——実人生のあらゆる展開において役立つということだ」("The sad and subtle moral of this myth [of Hermaphroditus] ... is that perfection once attained on all sides is a thing thenceforward barren of use or fruit; whereas the divided beauty of separate woman and man—a thing inferior and imperfect—can serve all turns of life") (*Works*, XVI, 368) と解説している。

至高の美は実際的な目的の役には立たない——これは、ゴーティエやその追随者たちによって推し進められた「芸術のための芸術」(*l'art pour l'art*) のモットーであった。「理想の美は理想の天才のように、どうしてもそうならざるを得ないかのように、遠くはなれたところに住まう。至高の存在は孤独なのだ」("Ideal beauty, like ideal genius, dwells apart, as though by compulsion; supremacy is solitude") (*Works*, XVI, 368) とも述べるスウィンバーンは、"flowers" / "hours" の脚韻を援用して、さらに次のように歌う。

> To what strange end hath some strange god made fair
>   The double blossom of two fruitless flowers?
> ……
> Given all the gold that all the seasons wear
>   To thee that art a thing of barren hours?　(*Poems*, I, 80)

> なんという不思議な目的のために、不思議な神が美しい
>   実を結ばぬ二つの花の二重の開花をこしらえたのか？
> ……
> 四季のすべてを通じて身に帯びるすべての黄金の輝きを
>   実を結ばぬ時間を生きるあなたに与えたのか？

ソロモンの多くの絵柄には、「空と陸の交わる地平線が熱と光を帯びて燃え立つ霧の中に溶けているように、男女の輪郭が一体となって融合して

いる男女の性を超えた美しさ」("a supersexual beauty, in which the lineaments of woman and of man seem blended as the lines of sky and landscape melt in burning mist of heat and light") (*Works*, XV, 453) があると述べて、ソロモンの絵をスウィンバーンは称える。男女の輪郭の一体化、空と陸が交わる地平線のかなた——こういった二つのものが融合して一体化する状況にスウィンバーンは理想的な美を見ていた。マガンは、「(スウィンバーンの)詩には境界的状況が著しく描かれていて、そこでは限界点に達するようなイメージ、詩型、韻律の工夫がなされている」(McGann, 171) と指摘する。記述がほとんど不可能な境界的状況に詩人は理想の美を見出して、それを詩に書きとめようとする。「ヘルマプロディトス」像には、男女二つの性が一体となって溶け合い、「実を結ばぬ二つの花の二重の開花」の状況が実現している。「実を結ばぬ時間を生きる」ものとして、まったく実用の役には立たないけれど、それは理想の美を表わすものである。かくして、「ヘルマプロディトス」は理想の芸術について書かれた詩として、重要な作品の一つなのである。

V

ホイッスラーの「白のシンフォニー2番:白い少女」("Symphony in White No. 2: The Little White Girl") (1864) に基づいて (図7参照)、スウィンバーンが「鏡の前で (絵画の影響の下で書かれた詩)」("Before the Mirror (Verses Written under a Picture)") を書いているのは、絵 (美術) と詩 (文学) という異なる芸術ジャンルの混交に関心を示すラファエル前派的特質を如実に示すものである。ホイッスラー自身の絵のタイトルの中に、音 (「シンフォニー」) と色 (「白」) の混交を示す共感覚 (synesthesia) の要素が明示されているが、「緑とばら色のハーモニー:音楽室」("Harmony in Green and Rose: The Music Room") (1860)、「肌色の変奏曲:露台」("Variations in Flesh Color: The Balcony") (1864-67) のように、ホイッスラーはいくつかの他の作品のタイトルでも聴覚と視覚に関わる共感覚を強調している。

第九章　ラファエル前派詩人スウィンバーン

　さてスウィンバーンはこの詩の中で、文学と美術（絵画）との関わりを突き止めようとする。詩の冒頭部は次のように書かれていて、対照的な色の比較を強調している。

　　White rose in red rose-garden
　　　Is not so white;
　　Snowdrops that plead for pardon
　　　And pine for fright
　　Because the hard East blows
　　Over their maiden rows
　　　Grow not as this face grows from pale to bright.　　(*Poems*, I, 129)

　　赤い薔薇園の白薔薇は
　　　これほど白くはない。
　　きつい東風が吹いてくる
　　　初めての冬を花壇で迎えるた
　　　　めに
　　恐れをなしてやつれ
　　お手柔らかにと懇願するマツユ
　　　キソウの花たちも
　　　青ざめた色から輝きを増して
　　　　くるが、この顔ほどでは
　　　　ない。

ホイッスラーの絵に描かれている女性の強烈な白さを詩の言葉で表現したものとなっている。これに続く部分で、鏡に映った悲しげな顔つきを見つめる白い乙女に次のような独白をさせることによって、詩人は謎めいた

図7：ジェイムズ・マクニール・ホイッスラー作、「白のシンフォニー２番：白い少女」（1864年、テート・ブリテン蔵）

175

白い乙女が描かれている絵に解釈を与える。

 "I watch my face, and wonder
  At my bright hair;
 ……
 Art thou the ghost, my sister,
  White sister there,
 Am I the ghost, who knows?" (*Poems*, I, 130)

 「自分の顔をじっと見て、輝くばかりの
  髪の毛を不思議に思う。
 ……
 貴女は幽霊なの、わが姉妹よ、
  そこにいる白い姉妹よ、
 それとも私が幽霊なのかしら？」

　ここで詩人が表明している解釈は、後期ロマン派文学に特徴的な「分身」(doppelgänger) のモチーフである (Hönnighausen, 127)。絵の中の鏡に生霊のように謎めいた表情で映っている顔をスウィンバーンは乙女の分身と見なしている。さらに続けて、詩の終結部では、過去の出来事に思いをはせる彼女の心情を次のように述べる。

 There glowing ghosts of flowers
  Draw down, draw nigh;
 And wings of swift spent hours
  Take flight and fly;
 She sees by formless gleams,
 She hears across cold streams,
  Dead mouths of many dreams that sing and sigh. (*Poems*, I, 131)

そこでは輝くばかりの幽霊のような花たちが
　　　身を寄せ合い、迫ってくる。
　　すばやく過ぎ去る時の翼が
　　　飛び立ち去って行く。
　　はっきりと姿を見せずに輝くものによって、
　　また冷ややかな流れを通して、歌っては溜息を漏らす
　　　多くの夢物語を伝える今は亡きものたちの姿を彼女は見、声を聞くのだ。

　絵の中の白い乙女と共に、絵を見る人にも「多くの夢物語を伝える今は亡きものたち」の歌が聞こえてくるのだ。「白のシンフォニー2番：白い少女」と題されたホイッスラーの絵に関する詩でこのような解釈を下すスウィンバーンは、ソロモンの絵について、「音楽を奏でている人物が一人も描かれていない作品でも、歌の微妙なメロディがどうしても聞こえてくるといった……感覚があって、色から声調が聞こえ、絵の具の色調からシンフォニーが聞こえてくるようである」と述べていたが、ソロモンの絵と同様の共感覚的要素がホイッスラーの絵にもあることを、詩作の中でも表現している。ホイッスラーがスウィンバーンのこの詩を高く評価して、絵の額縁にこの詩を貼り付けて展示していたというエピソードは、[13] スウィンバーンの詩が絵についての優れた解説であるだけではなく、ラファエル前派の画家ホイッスラーと詩人スウィンバーンとの間に、互いに共感できる芸術観があったことを如実に示す証しといえる。

　以上、さまざまな具体的な作品に基づいて考察してきたように、スウィンバーンはラファエル前派の芸術家たちと共有する芸術観に基づいて、多くの優れた詩を書いた代表的なラファエル前派詩人なのであった。

注

　本章は、「ラファエル前派詩人、スウィンバーン」（『滋賀県立大学国際教育センター研究紀要』第13号、2008年）に加筆・修正を施したものである。

1）　Lionel Stevenson, *The Pre-Raphaelite Poets* (Chapel Hill: The University of

North Carolina Press, 1972), p. 6.
2) Harold Bloom, "Introduction" to his edited *Modern Critical Views: Pre-Raphaelite Poets* (New York: Chelsea House Publishers, 1986), p. 1; Lothar Hönnighausen, *The Symbolist Tradition in English Literature: A Study of Pre-Raphaelitism and "Fin de Siècle"*, tr. Gisela Hönnighausen, (Cambridge: Cambridge University Press, 1988; originally published in German as *Präraphaeliten und Fin de Siècle: Symbolistische Tendenzen in der Englischen Spätromantik* in 1971), pp. 247-248.
3) Carol T. Christ, "Introduction: Victorian Poetics" included in Richard Cronin, Alison Chapman and Antony H. Harrison, eds. *A Companion to Victorian Poetry* (Malden, MA, USA: Blackwell Publishers Ltd., 2002), p. 11.
4) Oswald Doughty, *A Victorian Romantic: Dante Gabriel Rossetti* (London: Oxford University Press, 1949), p. 232.
5) D. G. ロセッティやスウィンバーンの詩における頭韻等の音の象徴的効果については、John Dixon Hunt, *The Pre-Raphaelite Imagination* (London: Routledge & Kegan Paul, 1968), pp. 156-159を参照。
6) Catherine Maxwell, "'Devious Symbols': Dante Gabriel Rossetti's Purgatories," *Victorian Poetry* 31 (1993), 19.
7) Henderson, 196. なお、ヘンダーソンはこの詩の制作時をゴスに倣って「1876年3月」としているが（Henderson, 195, 294n)、上で引用した1875年8月30日のワッツ宛の書簡が明示するように約半年の誤差がある。
8) Doughty, ed. *Rossetti's Poems*, 19-24. なお、引用中のイタリックスは原詩のまま。
9) Paul De Reul, *L'Oeuvre de Swinburne* (Bruxelles: Les Editions Robert Sand, 1922), p. 59.
10) 『カリドンのアタランタ』については拙訳、A. C.スウィンバーン、『カリドンのアタランタ』（山口書店、1988年）の解説（pp. 2-24）を参照。
11) Hill, 105-106. 富士川訳、『ルネサンス』、141頁。イタリックスは原文のまま。
12) Catherine Maxwell, "Swinburne, Gautier, and the Louvre Hermaphrodite," *Notes and Queries* (Vol. 238, 1993), 49-50.
13) Robert L. Peters, *The Crowns of Apollo: Swinburne's Principles of Literature and Art* (Detroit: Wayne State University Press, 1965), pp. 104, 180 n12.

第十章

スウィンバーンと現代

　二十世紀初頭の1909年に亡くなったスウィンバーンは、1920年に、不完全な詩人・批評家としてT. S. エリオットの批判を受けた。[1] そして、それ以降、しばらくの間は過去の文学者として等閑視されていたが、その後、再評価が始まり、現在では、詩人・批評家・小説家として新たな角度からの研究が活発に進められてきている。そのことは、前章まで辿ってきたスウィンバーンに関するさまざまな角度からの考察における引用文献や参照文献が明快に示している。本書の結びとして、スウィンバーンが現代において果たしている、やや意外とも思われる役割の一面を瞥見することによって、この文学者の存在意義を確認することとする。

　『沈黙の春』(*Silent Spring*) の著者として知られるレイチェル・カーソンは海洋生物学者でもあった。彼女の最初の著作『潮風の下で』には、「土、石、そして荒地に生える茨、これらのものは、／太陽と雨が生き続けるかぎり、存在するが、／最期の風の息吹がこれらすべての上に吹き渡り／海を逆巻かせるまでのことだ」("Earth, stones, and thorns of the wild ground growing, / While the sun and the rain live, these shall be; / Till a last wind's breath upon all these blowing / Roll the sea") (*Poems*, III, 24) というスウィンバーンの「廃園」からの詩行を書物全体のモットーとして巻頭に掲げている。[2] さらに、カーソンは二番目の著作『われらをめぐる海』でも、「古代の海の姿」("The Shape of Ancient Seas") と題する章のモットーとして、「ゆっくりと海が盛り上がって、切り立つ崖が崩れ落ち、／段丘と草地を深い海が呑み込むまで」("Till the slow sea rise and the sheer cliff crumble, / Till terrace and meadow the deep gulfs drink") (*Poems*, III, 25) という二行を再びスウィンバーンの「廃園」から引用している。(図8参照。) さらにカーソン

図8:「廃園」の舞台に近いワイト島、ボンチャーチ海岸(2003年8月、筆者撮影)

は同書の「風と水」("Wind and Water")と題する章のモットーとして「風の足が輝くように海を吹抜ける」("The Wind's feet shine along the Sea") (*Poems*, I, 13)という詩行をスウィンバーンの「ヴィーナス讃歌」から引用している。[3]

　米国の海から遠く離れたペンシルバニア州で生まれ育ったカーソンは、海に対する憧れを強くもっていて、「私は生まれてこの方ずっと、海に魅せられてきました。この目ではじめて海を見る何年も前から、海のことを考え、夢に見たり、どんな場所か心に思い描いたりしていました。スウィンバーン……など、偉大な海の詩人が大好きでした」と述べている。[4] 上に引いた詩の引用は、生物学に転じる前に英文学を学び海洋文学に惹かれていたカーソンにとって、スウィンバーンの詩がいかに強く心を惹き付けるものであったかを示すだけでなく、スウィンバーンの詩に描かれている魅力的かつ終末論的な海のイメージが、海や地球の環境を考察する際に豊かな想像力を与えてくれることをも意味している。(例えば、"the slow sea rise and the sheer cliff crumble"[「ゆっくりと海が盛り上がって、切り立つ崖が

崩れ落ち」*Poems*, III, 25］というスウィンバーンの表現は、温暖化のために海に崩れ落ちる北極海の氷山のイメージを連想させるものとなっている。)

　また、アルフレッド・リードは現代の最も著名な吹奏楽の作曲家の一人であるが、スウィンバーンの『カリドンのアタランタ』冒頭部のコロスの歌に着想を得て、「春の猟犬」("The Hounds of Spring")と題する曲を作って1980年に発表した。『アタランタ』冒頭部のコロスの歌について彼は、「古代ギリシアの愛の物語に対するアルジャノン・チャールズ・スウィンバーンの古典的な処理の仕方は、春の時期の若者の恋を魔法の絵のように描くことによって、英語の抒情詩の偉大な成果の一つになっています。……勢いよく押し寄せる春の象徴として登場する一群の猟犬が冬の名残として残っているものを追い立てるというイメージが何年間も私の記憶に留まっていて……その後、私の想像力の中に残っていたそのイメージに即座に結びつくような音楽に思い当たった時、人生、若さ、青春時代の恋を讃えるこの作品を完成しなければならないことを知りました」と述べている。[5]

　さらにリードは、1982年に「プロセルピナの庭」("The Garden of Proserpine")と題する吹奏楽曲を発表したが、これもスウィンバーンの同じタイトルの詩に「インスピレーションを得」たものである。[6] 特に、「春の象徴として登場する一群の猟犬」がフィーチャーされている「春の猟犬」は、代表的な吹奏楽曲のひとつとして人気のあるナンバーであり、吹奏楽を楽しむ世界中の中・高・大学生をはじめとする多くの人々によって頻繁に演奏されている。「春の猟犬」という吹奏楽曲を通して『アタランタ』を書いたスウィンバーンに対する興味と関心が若い世代に広がりつつあるのは、スウィンバーンの作品が現代にも生き続けていることの証しである。

　ルックスビーが指摘するように、「スウィンバーンの作品には豊かな要素があって、あるときには奇妙な、またあるときには親しみやすい多くの喜びを我々に提供してくれる。この意味において、『アタランタ』、『詩とバラード』(第一集、第二集)、『ウィリアム・ブレイク』、『日の出前の歌』、『ライオネスのトリストラム』の著者はあらゆる時代に通用する」[7] ので

ある。

注

1) T. S. Eliot, "Swinburne as Critic" and "Swinburne as Poet" included in his *The Sacred Wood: Essays on Poetry and Criticism* (London: Methuen, 1920), pp. 17-24 and 144-150.
2) Rachel L. Carson, *Under the Sea Wind* (1941; New York: Truman Talley Books, 1992), page facing the second part of "Contents."
3) Rachel L. Carson, *The Sea Around Us* (1950; New York: Oxford University Press, 1991), pp. 97, 111.
4) 浅井千晶、「レイチェル・カーソンと海の文学——文学と科学の結晶」（上岡克己／上遠恵子／原強、編著、『レイチェル・カーソン』［ミネルヴァ書房、2007年］に所収)、49頁。及び、Linda Lear, ed. *Lost Woods: The Discovered Writing of Rachel Carson* (Boston: Beacon Press, 1998), p. 77.
5) Clark McAlister, introductory note in the brochure attached to the CD, *The Keystone Wind Ensemble: Alfred Reed* (Boca Raton, FL: Klavier Music Productions, 2006).
6) アルフレッド・リード著・監修、村上泰裕訳、『アルフレッド・リードの世界』（佼成出版社、1996年）、155-156, 164-165頁。秋山紀夫「アルフレッド・リードの世界」（CD, "Best of Alfred Reed" 所収の解説)（CBS/Sony, 1990)、4頁。及び、Douglas M. Jordan, *Alfred Reed & A Bio-Bibliography* (Westport, Connecticut: Greenwood Press, 1999), pp. 76-77、参照。
7) Rikky Rooksby, "A Century of Swinburne," included in Rikky Rooksby and Nicholas Shrimpton, eds. *The Whole Music of Passion: New Essays on Swinburne* (Hants: Scolar Press, 1993), p. 19.

アルジャノン・チャールズ・スウィンバーン年譜

1837年 4月5日、海軍大佐(後に提督)チャールズ・ヘンリ・スウィンバーン(Charles Henry Swinburne)、レディ・ジェイン・スウィンバーン(Lady Jane Swinburne)夫妻の長子としてロンドンに生まれる。ワイト島ボンチャーチで幼年時代を過ごすが、毎年、父方の屋敷、ノーサンバーランドのキャプヒートンのスウィンバーン家と母方の屋敷、サセックスのアッシュバーナム(Ashburnham)家を訪問。

1848年 イートン校入学に備えるためにブルック牧師館(Brooke Rectory)のフォスター・フェンウィック(Foster Fenwick)師のもとへ送られる。

1849年 イートン校に入学し、1854年まで在学。

1852年 イートン校で現代語アルバート公賞(Prince Consort's Prize for Modern Languages)を受賞する。

1854年 大学入学に備えるために個人指導を受け始める。クリスマス休暇中、ワイト島シャンクリンの断崖、カルヴァー・クリッフ(Culver Cliff)を命懸けで登った。

1855年 夏、母方のおじとドイツ旅行。

1856年 1月、オクスフォード大学ベイリオル・コレッジに入学。
11月、共和主義者ジョン・ニコル(John Nichol)らと共に、学生間の知的親睦を目的とする「オールド・モータリティ協会」(Old Mortality Society)の設立メンバーとなる。

1857年 「オールド・モータリティ協会」の機関誌、『学生雑誌』(Undergraduate Papers)に作品を発表。
学生会館(Oxford Union)図書室の壁画を描きに来ていたモリス、バーン=ジョーンズ、D.G.ロセッティらに出会う。

1858年 1月、ペンブルック・コレッジの学生、エドウィン・ハッチ(Edwin Hatch)をワイト島の自宅に招待し、二人で桂冠詩人、テニスンを訪問する。
モリスの詩、『ギネヴィアの弁明』(The Defence of Guenevere)の影響を受けて、中世風の文体を駆使した詩を書く。
6月、フランス語、イタリア語に対してテイラー賞(Taylorian Prize)を受賞するが、学業不振の警告通知をベイリオル・コレッジから受ける。
12月、二度目の警告通知をベイリオル・コレッジから受ける。

1859年 7月、ノーサンバーランド、ウォリントンのトレヴェリアン(Trevelyan)夫妻を足繁く訪問する。

    画家のウィリアム・ベル・スコット（William Bell Scott）と共にロングシップス灯台（Longships Lighthouse）を訪れる。
  11月、古典語試験不合格、コレッジ諸規則の遵守違反という理由で、停学処分。
1860年 4月、大学に復学するが、落馬事故のために最終試験を受けられず、退学。
  『皇太后およびロザモンド』（*The Queen-Mother and Rosamond*）（二つの劇を収めた最初の本）を年末に出版。
1861年 春、家族と共にイタリアを旅行。ロンドンで芸術家や文学者のグループと交わる。
  5月、リチャード・モンクトン・ミルンズ（Richard Monckton Milnes）に会い、6月にミルンズ主催の朝食会で探検家、リチャード・バートン（Richard Burton）と出会う。
  8月、ミルンズの図書室への出入りを許され、サドの作品などに接する。
1862年 2月、D.G.ロセッティの妻、エリザベス・シダル（Elizabeth Siddal）の死に関して、最期の目撃者の一人として検死の審問で証言する。
  3月、パリへ行き、さらにピレネー山脈のゴーブ湖（Lac de Gaube）を訪れ、後に「ゴーブ湖」（"The Lake of Gaube"）として発表される詩の霊感を得る。
  『スペクテイター』誌などに詩や評論を発表。書評でボードレールの『悪の華』を紹介。小説、『ある一年の書簡集』（*A Year's Letters*）を書き上げ、ブレイク論の原稿を書き始める。
1863年 3月、画家のホイッスラー（James McNeill Whistler）と共にパリへ行く。
  9月、妹のイーディス（Edith）、結核により死去。『カリドンのアタランタ』（*Atalanta in Calydon*）を書き始める。
  10月、ワイト島、ノースコートのいとこのメアリ・ゴードン（Mary Gordon）の屋敷に滞在（1864年2月まで）。
1864年 春、パリを経てフローレンスに行き、ランダー（Walter Savage Landor）に会う。
  8月－11月、画家のインチボールド（John William Inchbold）と共にコーンウオールに滞在。『カリドンのアタランタ』を書き終え、小説、『レズビア・ブランドン』（*Lesbia Brandon*）を書き始める。
1865年 3月、『カリドンのアタランタ』を出版、好評を博する。家族が、ワイト島ボンチャーチからヘンリー＝オン＝テムズ近郊にあるシップレイクのホームウッドに転居。

6月、メアリ・ゴードンがディズニー・リース大佐（Col. Robert William Disney Leith）と結婚。数ヵ月後、メアリと会うが、その後は1890年代まで二人の再会を伝える記録は残っていない。

11月、詩劇『シャトラール』（*Chastelard*）［スコットランド女王、メアリ・スチュアート（Mary Stuart）を扱った三部作の第一作］出版。賛否両論の書評。

1866年 モクソン（Moxon）社の詩人シリーズのためにバイロンの詩の選集を編む。

8月、『詩とバラード』（*Poems and Ballads*）をモクソン社より出版。激しい非難と共に告訴の動きがあり、出版社は直ちに本を回収。

9月、ホッテン（John Camden Hotten）により詩集を再出版。詩集の意図を説明するために、『詩と評論に関する覚書』（*Notes on Poems and Reviews*）を刊行。

1867年 『イタリアの歌』（*A Song of Italy*）出版。

3月、マッツィーニ（Giuseppe Mazzini）に会い、イタリア独立に関わる詩を書くように勧められる。

7月、体調を崩し倒れるが、その後、ホームウッドの屋敷に戻って回復。

11月頃、アメリカの女性曲馬師、メンケン（Adah Isaacs Menken）と交際を始める。

1868年 1月、メンケンと二人で写っている写真がロンドンで出回る。

『ブレイク論』（*William Blake: A Critical Study*）出版。

7月、大英博物館、読書室で倒れる。

9月下旬、フランス、ノルマンディー海岸のエトルタで遊泳中、潮に流されて溺れかける。

1869年 7月、リチャード・バートンと一緒にフランスのヴィシーへ行き、その後、9月にはパウエル（George Powel）とともにエトルタに滞在。

1870年 1月、「ハーサ」（"Hertha"）を完成。

9月、『フランス共和国布告に寄せるオード』（*Ode on the Proclamation of the French Republic*）出版。

1871年 1月、『日の出前の歌』（*Songs before Sunrise*）出版。

1872年 ロバート・ブキャナン（Robert Buchanan）の『詩の肉感派』（*The Fleshly School of Poetry*）論争に応じるために、『顕微鏡の下で』（*Under the Microscope*）を出版。D.G.ロセッティの体調悪化（5月）に伴い、ロセッティとの交流が途絶える。

秋、セオドア・ワッツ（Theodore Watts）［後にワッツ＝ダントン（Watts-

Dunton）と改名］に出会う。
1873年　夏、ワイト島に戻り、メアリの母親、レディ・メアリ・ゴードン（Lady Mary Gordon）の屋敷に滞在。ホッテンの死去に伴い、スウィンバーンの本の出版をチャトー・アンド・ウィンダス（Chatto and Windus）社が引き継ぐ。
1874年　1月、ジャウィット（Benjamin Jowett）と共にコーンウオールで休暇を過ごす。
　　　　『ボスウェル』（Bothwell）［メアリ・スチュアート三部作の二作目］出版。
1875年　『評論と研究』（Essays and Studies）、『二つの国の歌』（Songs of Two Nations）、『ジョージ・チャップマン』（George Chapman）出版。
　　　　東部海岸のサウスウォルドでワッツと休暇を過ごす。
1876年　『エレクテウス』（Erechtheus）出版。
　　　　5月、ニコルと共に、チャンネル諸島で休暇を過ごす。
1877年　「シャーロッテ・ブロンテに関する覚書」（"A Note on Charlotte Brontë"）出版。
　　　　3月、父、チャールズ・ヘンリ・スウィンバーン死去。
　　　　『ある一年の書簡集』を『タトラー』（The Tatler）誌に連載形式で発表。
　　　　『レズビア・ブランドン』の一部を個人的に印刷。
1878年　『詩とバラード』（第二集）出版。
　　　　長年の荒れた生活が祟り、衰弱状態が続く。
1879年　夏、重態に陥る。
　　　　友人の弁護士・批評家のワッツに引き取られ、その後、ホームウッドの屋敷に戻る。
　　　　10月、ワッツと共に、パトニー・ヒル（Putney Hill）の「パインズ邸」（"The Pines"）で生活を始める。健康は間もなく回復。
1880年　『春の高潮の歌』（Songs of the Springtides）、『習作の歌』（Studies in Song）、『シェイクスピア研究』（A Study of Shakespeare）、出版。『ヘプタロギア』（The Heptalogia）を匿名で出版。
1881年　『メアリ・スチュアート』（三部作最後の作品）出版。
1882年　11月、『ライオネスのトリストラム』（Tristram of Lyonesse）出版。
　　　　ワッツと共に、『王は楽しむ』（Le roi s'amuse）を観るためにパリに行き、作者ユゴー（Victor Hugo）と会見。
1883年　『ロンドー体の詩百篇』（A Century of Roundels）出版。
1884年　『真夏の休日』（A Midsummer Holiday）出版。
1886年　『雑文集』（Miscellanies）、『ヴィクトル・ユゴー研究』（A Study of Victor

Hugo）出版。
1887年　『ロクライン』（Locrine）、『スウィンバーン選集』（Selections from Swinburne)、「ホイットマン狂」（"Whitmania"）出版。
　　　　「ホイッスラー氏の芸術論」（"Mr Whistler's Lecture on Art"）、「ジョン・ウィリアム・インチボールド追悼」（"In Memory of John William Inchbold"）出版。
1889年　『詩とバラード』（第三集）、『ベン・ジョンソン研究』（A Study of Ben Jonson）出版。
1891年　7月、弟、エドワード・スウィンバーン（Edward Swinburne）死去。
1892年　ディズニー・リース大佐（メアリの夫）死去。メアリと手紙のやり取りを再開。「パインズ邸」をメアリが訪問する。
　　　　『姉妹達』（おんなきょうだい）（The Sisters）出版。
　　　　テニスンの没後、桂冠詩人候補に挙げられるが、『詩とバラード』やその他の作品の内容が問題視され、見送られる。
1894年　『アストロフェル』（Astrophel）、『散文と詩における研究』（Studies in Prose and Poetry）出版。
1896年　『バレンの物語』（The Tale of Balen）出版。
　　　　11月、母、レディ・ジェイン・スウィンバーン死去。
1899年　1月、妹、シャーロット・ジェイン・スウィンバーン（Charlotte Jane Swinburne）およびメアリの母親、レディ・メアリ・ゴードン死去。
　　　　『ロンバルディアの女王、ロザムンド』（Rosamund, Queen of the Lombards）出版。
1903年　9月、妹、アリス・スウィンバーン（Alice Swinburne）死去。
1904年　『スウィンバーン詩集』（The Poems of Algernon Charles Swinburne）（全6巻）出版。
　　　　『海峡通過』（A Channel Passage）出版。
　　　　2月、重い肺炎を患った後、ワッツ＝ダントンに資産を譲る内容の遺言状を作成。
1905年　『スウィンバーン悲劇集』（The Tragedies of Algernon Charles Swinburne）（全5巻）出版。
　　　　『愛の交差流』（Love's Cross-Currents）出版。
　　　　ワッツ＝ダントンがクララ・ライク（Clara Reich）と結婚。
1908年　『ガンディア大公』（The Duke of Gandia）、『シェイクスピアの時代』（The Age of Shakespeare）出版。
1909年　4月10日、肺炎のためスウィンバーン死去。
1915年　6月、ワッツ＝ダントン死去。

11月、妹、イザベル・スウィンバーン死去。
1917年　ゴスによる最初のスウィンバーンの伝記、出版。
1926年　メアリ・ディズニー・リース死去。
1927年　『スウィンバーン全集』(*The Complete Works of Algernon Charles Swinburne*)（全20巻）、出版。

参考文献

《全集》

Gosse, Edmund, and Thomas J. Wise, eds. *The Complete Works of Algernon Charles Swinburne*, 20 vols (1925-27; rpt. New York: Russell and Russell, 1968)

Swinburne, Algernon Charles, *The Poems of Algernon Charles Swinbure*, 6 vols (1904; rpt. New York: AMS Press, 1972)

────── *Swinburne's Collected Poetical Works*, 2 vols (London: William Heinemann Ltd., 1924)

《選集》

Binyon, Laurence, intro. *Selected Poems by Swinburne* (Connecticut: Greenwood Press, 1980)

────── intro. *The Works of Algernon Charles Swinburne* (Hertfordshire: Wordsworth Editions Ltd, 1995)

Carley, James P., intro. *Arthurian Poets: Algernon Charles Swinburne* (Suffolk: The Boydell Press, 1990)

Findlay, L. M., ed. *A. C. Swinburne: Selected Poems* (Manchester: Carcanet New Press Limited, 1982)

Hamilton, Ian, ed. *Algernon Charles Swinburne: Selected Poems* (London: Bloomsbury Publishing Plc, 1999)

Haynes, Kenneth, ed. *Poems and Ballads & Atalanta in Calydon* (London: Penguin, 2000)

Hughes, Randolph, ed. *Lesbia Brandon* (London: The Falcon Press, 1952)

Hyder, Clyde K., ed. *Swinburne Replies* (New York: Syracuse University Press, 1966)

────── ed. *Swinburne as Critic* (London and Boston: Routledge & Kegan Paul, 1972)

Lang, Cecil Y., ed. *New Writings by Swinburne* (New York: Syracuse University Press, 1964)

Lougy, Robert E., ed. Mary Gordon and Algernon Charles Swinburne, *The Children of the Chapel* (Athens: Ohio University Press, 1982)

Luke, Hugh J., ed. A. C. Swinburne, *William Blake: A Critical Essay* (Lincoln: University of Nebraska Press, 1970)

McGann, Jerome, and Charles L. Sligh, eds. *Algernon Charles Swinburne: Major Poems and Selected Prose* (New Haven & London: Yale University Press,

2004)

Maxwell, Catherine, ed. *Algernon Charles Swinburne* (London: J. M. Dent, 1997)

Nye, Robert, ed. *A Choice of Swinburne's Verse* (London: Faber and Faber, 1973)

Peckham, Morse, ed. *Poems and Ballads & Atalanta in Calydon* (Indianapolis & New York: The Bobbs-Merrill Company, Inc., 1970)

Rosenberg, John D., ed. *Swinburne: Selected Poetry and Prose* (New York: The Modern Library, 1968)

Sypher, Francis J., ed. *A Year's Letters by A. C. Swinburne* (New York: New York University Press, 1974)

―― ed. *Undergraduate Papers: An Oxford Journal [1857-58]* (rpt. New York: Delmar, 1974)

《書簡・伝記》

Lang, Cecil Y., ed. *The Swinburne Letters*, 6 vols (New Haven: Yale University Press, 1959-62)

Meyers, Terry L., ed. *Uncollected Letters of Algernon Charles Swinburne*, 3 vols (London: Pickering & Chatto, 2005)

Fuller, Jean Overton, *Swinburne: A Critical Biography* (London: Chatto & Windus, 1968)

Gosse, Edmund, *The Life of Algernon Charles Swinburne* (1917; rpt. *The Complete Works of Algernon Charles Swinburne*, XIX)

―― *The Life of Algernon Charles Swinburne* (1925; rpt. New York: Russell & Russell, 1968)

Hare, Humphrey, *Swinburne: A Biographical Approach* (1949; rpt. New York: Kennikat Press, 1970)

Henderson, Philip, *Swinburne: the Portrait of a Poet* (London: Routledge & Kegan Paul, 1974)

Lafourcade, Georges, *La Jeunesse de Swinburne*, 2 vols (Oxford: Oxford University Press, 1928)

―― *Swinburne: A Literary Biography* (1932; rpt. New York: Russell & Russell, 1967)

Leith, Disney, *The Boyhood of Algernon Charles Swinburne* (London: Chatto & Windus, 1917)

Rooksby, Rikky, *A. C. Swinburne: A Poet's Life* (Aldershot: Scolar Press, 1997)

《研究書》

Anthony, Edward, *Thy Rod and Staff* (London: Abacus, 1995)

Batchelor, John, *Lady Trevelyan and the Pre-Raphaelite Brotherhood* (London: Chatto & Windus, 2006)

Beetz, Kirk H., *Algernon Charles Swinburne: A Bibliography of Secondary Works, 1861-1980* (Metuchen, N. J. & London: The Scarecrow Press, 1982)

Bloom, Harold, ed. *Modern Critical Views: Pre-Raphaelite Poets* (New York: Chelsea House Publishers, 1986)

Carlyle, Thomas, *On Heroes, Hero-Worship and The Heroic in History* included in *Thomas Carlyle's Works* ("The Standard Edition") 18 vols. (London: Chapman and Hall, 1904), vol. IV.

—— *The French Revolution* (London: Everyman's Library, 1980)

Carson, Rachel L., *Under the Sea Wind* (1941; New York: Truman Talley Books, 1992)

—— *The Sea Around Us* (1950; New York: Oxford University Press, 1991)

—— *The Sense of Wonder* (1956; New York: HarperCollins Publishers, 1998)

—— Linda Lear, ed. *Lost Woods: The Discovered Writing of Rachel Carson* (Boston: Beacon Press, 1998)

Cassidy, John A., *Algernon C. Swinburne* (New York: Twayne Publishers, Inc., 1964)

Chew, Samuel C., *Swinburne* (1929; rpt. Hamden, Connecticut: Archon Books, 1966)

Clements, Patricia, *Baudelaire and the English Tradition* (Princeton: Princeton University Press, 1985)

Connolly, Thomas E., *Swinburne's Theory of Poetry* (New York: State University of New York, 1964)

Cronin, Richard, Alison Chapman and Antony H. Harrison, eds. *A Companion to Victorian Poetry* (Malden, MA, USA: Blackwell Publishers Ltd., 2002)

Cruise, Colin, et al., *Love Revealed: Simeon Solomon and the Pre-Raphaelites* (London: Merrell, 2005)

Dahl, Roald, *Boy: Tales of Childhood* (London: Puffin Books, 1986)

Dale, Peter, tr. *François Villon: Selected Poems* (Harmondsworth: Penguin Books, 1978)

Dellamora, Richard, *Masculine Desire: The Sexual Politics of Victorian Aestheticism* (Chapel Hill and London: University of North Carolina Press, 1990)

Dodd, Philip, ed. *Walter Pater: An Imaginative Sense of Fact* (London: Frank Cass,

1981)

Donoghue, Denis, *Walter Pater: Lover of Strange Souls* (New York: Alfred A. Knopf, 1995)

Doughty, Oswald, *A Victorian Romantic: Dante Gabriel Rossetti* (London: Oxford University Press, 1949)

—— ed. *Rossetti's Poems* (London: Everyman's Library, 1961)

Drinkwater, John, *Swinburne: An Estimate* (1913; rpt. Hamden, Connecticut: Archon Books, 1969)

Eliot, T. S., *The Sacred Wood: Essays on Poetry and Criticism* (London: Methuen, 1920)

Empson, William, *Seven Types of Ambiguity* (Harmondsworth, Middlesex: Penguin Books, 1973)

Evance, Lawrence, ed. *Letters of Walter Pater* (Oxford: Oxford University Press, 1970)

Falk, Bernard, *The Naked Lady or Storm over Adah* (London: Hutchinson, 1934)

Faverty, F. E., ed. *The Victorian Poets: A Guide to Research* (Cambridge, Mass.: 1968)

Fletcher, Ian, *Swinburne* (Burnt Mill, Harlow, Essex: Longman Group Ltd, "Writers & their Work", 1973)

—— *Walter Pater* (Essex: Longman House, 1959; 1971)

Gibson, Ian, *The English Vice* (London: Gerald Duckworth & Co., 1978)

Hearn, Lafcadio, *On Poets* (Tokyo: The Hokuseido Press, 1941)

Henderson, W. B. D., *Swinburne and Landor* (London: Macmillan, 1918)

Hönnighausen, Lothar, tr. Gisela Hönnighausen, *The Symbolist Tradition in English Literature: A Study of Pre-Raphaelitism and "Fin de Siècle"* (Cambridge: Cambridge University Press, 1988; originally published in German as *Präraphaeliten und Fin de Siècle: Symbolistische Tendenzen in der Englischen Spätromantik* in 1971)

Hough, Graham, *The Last Romantics* (1949; rpt. London: Gerald Duckworth & Co. Ltd., 1961)

Hunt, John Dixon, *The Pre-Raphaelite Imagination* (London: Routledge & Kegan Paul, 1968)

Hutchings, R. J. and R. V. Turley, *Young Algernon Swinburne: The Poet's Association with the Isle of Wight* (Isle of Wight: Hunnyhill Publications, 1978)

Hyder, Clyde K., *Swinburne's Literary Career and Fame* (1933; rpt. New York: AMS

Press, 1984)
—— ed. *Swinburne: The Critical Heritage* (London: Routledge & Keganpaul, 1970)
Inman, Billie Andrew, *Walter Pater's Reading* (New York: Garland Publishing, Inc.: 1981)
Iser, Wolfgang, tr. David Henry Wilson, *Walter Pater: The Aesthetic Moment*, (Cambridge, Cambridge University Press, 1987)
Johnson, R. V., *Aestheticism* (London: Methuen & Co. Ltd, 1969)
Jordan, Douglas M., *Alfred Reed & A Bio-Bibliography* (Westport, Connecticut: Greenwood Press, 1999)
Joyce, James, *Finnegans Wake* (1939; London: faber and faber, 1975)
—— *Ulysses* (1922; London: Penguin Books, 1986)
Keynes, Geoffrey, ed. *Blake: Complete Writings* (London: Oxford University Press, 1966)
Lely, Gilbert, *Sade: Etude sur sa vie et sur son oeuvre* (Editions Gallimard, 1967)
Levey, Michael, *The Case of Walter Pater* (London: Thames and Hudson, 1978)
Loesberg, Jonathan, *Aestheticism and Deconstruction: Pater, Derrida, and de Man* (Princeton: Princeton University Press, 1991)
Louis, Margot K., *Swinburne and His God: The Roots and Growth of an Agnostic Poetry* (Montreal & Kingston: McGill-Queen's University Press, 1990)
Marcus, Steven, *The Other Victorians* (London: Weidenfeld and Nicolson, 1966)
Mary, André, ed. *François Villon: Oeuvres* (Paris: Garnier Frères, 1970)
Maupassant, Guy de, "L'Anglais d'Étretat" in his *Choses et autres: Choix de chroniques littéraires et mondaines (1876—1890)* (Paris: Le Livre de Poche, 1993)
Maxwell, Catherine, *Swinburne* (Tavistock, Devon: Northcote House Publishers Ltd, "Writers & their Work", 2006)
—— *The Female Sublime from Milton to Swinburne* (Manchester and New York: Manchester Univ. Press, 2001)
Mayfield, John S., *Swinburneiana: A Gallimaufry of Bits and Pieces about Algernon Charles Swinburne* (Gaithersburg, MD: Waring Press, 1974)
McAlister, Clark, introductory note in the brochure attached to the CD, *The Keystone Wind Ensemble: Alfred Reed* (Boca Raton, FL: Klavier Music Productions, 2006)
McGann, Jerome J., *Swinburne: An Experiment in Criticism* (Chicago: The University of Chicago Press, 1972)
McSweeney, Kerry, *Tennyson and Swinburne as Romantic Naturalists* (Toronto:

University of Toronto Press, 1981)

Monsman, Gerald, *Pater's Portraits* (Baltimore: The Johns Hopkins Press, 1967)

—— *Oxford University's Old Mortality Society: A Study in Victorian Romanticism* (Lewiston, Queenston, Lampeter: The Edwin Mellen Press, 1998)

Murfin, Ross C., *Swinburne, Hardy, Lawrence and the Burden of Belief* (Chicago: The University of Chicago Press, 1978)

Nicolson, Harold, *Swinburne* (1926; rpt. Hamden, Connecticut: Archon Books, 1969)

—— *Swinburne and Baudelaire* (Oxford: At the Clarendon Press, 1930)

Panter-Downes, Mollie, *At the Pines: Swinburne and Watts-Dunton in Putney* (London: Hamish Hamilton, 1971)

Pater, Walter, *Marius the Epicurean* (London: Macmillan, 1910; 1973)

—— Donald L. Hill, ed. *Walter Pater: The Renaissance* (Berkeley: University of California Press, 1980)

—— *Plato and Platonism* (London: Macmillan, 1910; 1973)

—— *Appreciations* (London: Macmillan, 1910; 1973)

—— Gerald Monsman ed. *Gaston de Latour: The Revised Text* (University of North Carolina at Greensboro: ELT Press, 1995)

Peters, Robert L., *The Crowns of Apollo: Swinburne's Principles of Literature and Art* (Detroit: Wayne State University Press, 1965)

Praz, Mario, tr. Angus Davidson, *The Romantic Agony* (London: Oxford University Press, 1970),

Preminger, Alex, ed. *Princeton Encyclopedia of Poetry and Poetics* (New Jersey: Princeton University Press, 1974)

Prettejohn, Elizabeth, *After the Pre-Raphaelites: Art and Aestheticism in Victorian England* (New Brunswick, New Jersey: Rutgers University Press, 1999)

—— *Art for Art's Sake: Aestheticism in Victorian Painting* (New Haven and London: Yale University Press, 2007)

Prins, Yopie, *Victorian Sappho* (Princeton: Princeton University Press, 1999)

Raymond, Meredith B., *Swinburne's Poetics: Theory and Practice* (The Hague: Mouton, 1971)

Reul, Paul de, *L'Oeuvre de Swinburne* (Bruxelles: Les Editions Robert Sand, 1922)

Reynolds, Simon, *The Vision of Simeon Solomon* (Stroud: Catalpa Press, 1985)

Ricks, Christopher, *The Force of Poetry* (Oxford: Clarendon, 1984)

Riede, David G., *Swinburne: A Study of Romantic Mythmaking* (Charlottesville: University Press of Virginia, 1978)

Rooksby, Rikky, ed. *Lives of Victorian Literary Figures VI: Lewis Carroll, Robert Louis Stevenson and Algernon Charles Swinburne by Their Contemporaries: Volume 3: Algernon Charles Swinburne* (London: Pickering & Chatto, 2008)

Rooksby, Rikky, and Nicholas Shrimpton, eds. *The Whole Music of Passion: New Essays on Swinburne* (Hants: Scolar Press, 1993)

Rutland, William R., *Swinburne: A Nineteenth Century Hellene* (1931; rpt. Folcroft Library Editions, 1970)

Sade, the Marquis de, tr. Austryn Wainhouse, *Juliette* (New York: Grove Press, 1968)

Serner, Gunnar, *On the Language of Swinburne's Lyrics and Epics* (Lund: Berlingska Boktryckeriet, 1910)

Sprawson, Charles, *Haunts of the Black Masseur: the Swimmer as Hero* (1992; rpt. Minneapolis: University of Minnesota Press, 2000)

Stevenson, Lionel, *The Pre-Raphaelite Poets* (Chapel Hill: The University of North Carolina Press, 1972)

Thomas, Donald, *Swinburne: The Poet in his World* (London: Weidenfeld and Nicolson, 1979)

Thwaite, Ann, *Edmund Gosse: A Literary Landscape* (Oxford and New York: Oxford University Press, 1985)

Walder, Anne, *Swinburne's Flowers of Evil: Baudelaire's Influence on Poems and Ballads, First Series* (Stockholm: Almqvist and Wiksell, 1976)

Welby, T. Earle, *A Study of Swinburne* (1926: rpt. New York: Barnes & Noble, Inc., 1969)

――― *Swinburne: A Critical Study* (London: Elkin Mathew, 1914)

Wise, Thomas J., *Bibliography of the Writings in Prose and Verse of Algernon Charles Swinburne*, 2 vols (1919: rpt. London: Dawsons of Pall Mall, 1966)

Wright, Austin, ed. *Victorian Literature: Modern Essays in Criticism* (London: Oxford University Press, 1968)

《邦語文献》

浅井千晶、「レイチェル・カーソンと海の文学――文学と科学の結晶」（上岡克己／上遠恵子／原強、編著、『レイチェル・カーソン』［ミネルヴァ書房、2007年］に所収）

浅野徹、他訳、エルヴィン・パノフスキー、『イコノロジー研究』、美術出版社、1971年）[Erwin Panofsky, *Studies in Iconology: Humanistic Themes in the Art of the Renaissance*]

岩崎宗治訳、ウィリアム・エンプソン、『曖昧の七つの型　上』（岩波文庫、2006年）［William Empson, *Seven Types of Ambiguity*］

上村盛人訳、A. C. スウィンバーン、『カリドンのアタランタ』（山口書店、1988年）［A. C. Swinburne, *Atalanta in Calydon*］

——「Tennyson と Swinburne —『汎神論』を手がかりにして—」（『山川鴻三教授退官記念論文集』［英宝社、1981年］に所収）

桂文子、他、『ソネット選集　対訳と注釈—サウジーからスウィンバーンまで』（英宝社、2004年）

金塚貞文訳、スティーヴン・マーカス、『もう一つのヴィクトリア時代、性と享楽の英国裏面史』（中央公論社、1990年）［Steven Marcus, *The Other Victorians*］

川村二郎、『白夜の廻廊：世紀末文学逍遥』（岩波書店、1988年）

工藤好美訳、ウォルター・ペイター、『享楽主義者マリウス』（南雲堂、1985年）［Walter Pater, *Marius the Epicurean*］

倉智恒夫、他訳、マリオ・プラーツ、『肉体と死と悪魔：ロマンティック・アゴニー』（国書刊行会、1986年）［Mario Praz, *La Carne, la Morte e il Diavolo nella Letteratura romantica*］

現代思潮社編集部編、『サド裁判　上』（現代思潮社、1963年）

児玉実英、『アメリカのジャポニズム：美術・工芸を超えた日本志向』（中央公論社、1995年）

Saito, Takeshi, ed. *Select Poems of Algernon Charles Swinburne*（＜研究社英文學叢書＞Tokyo: Kenkyusha, 1926年）

澤井勇訳、『プラトンとプラトン哲学』（富士川義之編、『ウォルター・ペイター全集　第2巻』［筑摩書房、2002年］に所収）

山宮允、『スキンバーン』（＜研究社英米文學評傳叢書＞、研究社、1938年）

澁澤龍彦訳、ジルベール・レリー、『サド侯爵』（筑摩書房、1970年）［Gilbert Lely, *Sade*］

島田謹二、『十九世紀英文學』（＜研究社新英米文學語學講座＞、研究社、1951年）

鈴木信太郎訳、『ヴィヨン全詩集』（岩波文庫、1965年）

『世界詩人全集4　象徴派・世紀末詩集』（河出書房、1954年）

高階秀爾、『世紀末芸術』（紀伊国屋新書、1963年）

高橋康也・大場建治・喜志哲雄・村上淑郎共編、『研究社　シェイクスピア辞典』（研究社、2000年）

種村季弘訳、ハンス・H・ホーフシュテッター、『象徴主義と世紀末芸術』（美術出版社、1970年）［Hans H. Hofstätter, *Symbolismus und die Kunst der*

Jahrhundertwende〕

辻邦生、『背教者ユリアヌス』(中央公論社、1972年)

寺沢みづほ訳、レオナード・シェンゴールド、『魂の殺害：虐待された子どもの心理学』(青土社、2003年)〔Leonard Shengold, *Soul Murder Revisited: Thoughts about Therapy, Hate, Love and Memory*〕

永田正夫、他訳、(『世界名詩集大成、9、イギリスⅠ』、(平凡社、1959年)

飛ヶ谷美穂子、『漱石の源泉：創造への階梯』(慶應義塾大学出版会、2002年)

藤井治彦訳、E. M. W.ティリヤード、『英詩とその背景』(南雲堂、1974年)〔E. M. W. Tillyard, *Poetry and its Background*〕

藤井治彦編、『竹友藻風選集』(南雲堂、1982年)

富士川義之訳、ウォルター・ペイター、『ルネサンス』(白水社、1986年)〔Walter Pater, *The Renaissance*〕

前川祐一、「The Quest for Solomon」(小池滋、他、『イギリス／小説／批評』〔南雲堂、1986年〕に所収)

──『ダンディズムの世界：イギリス世紀末』(晶文社、1990年)

正富汪洋、『詩人スウィンバーン』(新進詩人社、1927年)

松平千秋訳(『ギリシア悲劇Ⅲ、エウリピデス(上)』(筑摩書房、1986年)

松村昌家、『明治文学とヴィクトリア時代』(山口書店、1981年)

丸谷才一、他訳、ジェイムズ・ジョイス、『ユリシーズ Ⅰ』(集英社、1996年)〔James Joyce, *Ulysses*〕

森清訳、P. B.シェリー、『詩の弁護』、(研究社、1969年)〔P. B. Shelley, *A Defence of Poetry*〕

村上泰裕訳、アルフレッド・リード著・監修、『アルフレッド・リードの世界』(佼成出版社、1996年)

柳瀬尚紀訳、ジェイムズ・ジョイス、『フィネガンズ・ウェイクⅠ・Ⅱ』(河出書房新社、1991年)〔James Joyce, *Finnegans Wake*〕

尹相仁、『世紀末と漱石』(岩波書店、1994年)

あとがき

　本書に収めることはできなかったが、スウィンバーンに関して筆者が発表した他の論考は以下の通りである。

　「テニスンとスウィンバーン―アーサー王物語をめぐって―」(『奈良教育大学紀要』第28巻　第1号［人文・社会科学］、1979年)［アーサー王伝説に関わるテニスンの長編詩、*Idylls of the King*とスウィンバーンの作品、*Tristram of Lyonesse*について論じたもの］

　「TennysonとSwinburne―汎神論を手がかりにして―」(『山川鴻三教授退官記念論文集』英宝社、1981年)［テニスンの詩、"The Higher Pantheism"とスウィンバーンのパロディ詩、"The Higher Pantheism in a Nutshell"について論じたもの］

　「ナイティンゲールに囲まれたスウィンバーン―『イティルス』をめぐって―」(『イギリス文学評論　II』創元社、1987年)［スウィンバーンの詩、"Itylus"について論じたもの］

　「解説：『カリドンのアタランタ』」(拙訳、『カリドンのアタランタ』、山口書店、1988年、に所収)［スウィンバーンの詩劇、*Atalanta in Calydon*について論じたもの］

　"'A Voice from the Sea': Whitman's "A Word out of the Sea" and Swinburne's "Thalassius" and "On the Cliffs"" (『英文学研究』［日本英文学会］第68巻　第1号、1991年)［ホイットマンが書いた海に関する詩とス

ウィンバーンの二つの詩の関係について論じたもの〕

「スウィンバーンとモーパッサンと『手』」（『滋賀県立大学国際教育センター紀要』、第14号、2009年）〔スウィンバーンの遊泳事件をきっかけに出会ったモーパッサンが後年に書いた二つの短編小説（「エトルタのイギリス人」、「手」）とスウィンバーンとの関連について論じたもの〕

　本書をお読みいただければ明らかなように、『フロッシー』という小説はスウィンバーンとは何の関わりもなく、当然のことながら、スウィンバーン研究の対象にされることはまったくない。しかるにわが国では、スウィンバーンがこの小説の著者とされ、何の関わりもない書物の翻訳が繰り返し出版されているのが現状である。このような状況からスウィンバーンを救出したいという思いは常にあった。誤解から開放されて、本来のスウィンバーンの世界がさらに広く理解されることを念じている。

　2009年7月10日・11日の二日間にわたってロンドン大学のセネット・ハウスでスウィンバーン没後百年の国際学会が開催され、筆者も参加して研究発表を行ない、また他の研究者たちと意見交換をする貴重な機会をもつことができた。学会は三つの基調講演の他に、15のテーマごとに分かれた分科会のパラレル・セッションでそれぞれ2～3人が研究発表を行ない、合計42のペーパーが読まれるというものであった。学会を締めくくるまとめの総会の折に、1987年4月にスウィンバーン生誕150年記念の集会を主催したオクスフォード大学、レディ・マーガレット・ホールのシュリンプトン氏が、22年前に比べて、今回は研究発表者の数が三倍にも達し、しかも若い研究者が多数集まったことを感慨深げに語っていた。今後も活発に続くと思われるスウィンバーン研究の動向に注目したいと思っている。

　三十五年にわたって細々と断続的にやってきたささやかなスウィンバーン研究を一冊の書物に纏めることができたが、一つ一つの論文に対して、恩師の先生方や先輩・同輩の諸兄姉からいただいた貴重なご指導・助言が

あったことを思うにつけて、ただ感謝のひと言に尽きる。また今年度後期に、研究休暇（サバティカル）を与えてくださった勤務先、滋賀県立大学国際教育センターの皆様にも有難く感謝申し上げたい。多くの方々に具体的な謝意を申し上げるべきではあるが、特に、未熟な筆者を英文学への興味へと導いてくださった細井房俊先生、渡辺均二先生、片山忠雄先生、山川鴻三先生に御礼を申し上げたい。渡辺先生、片山先生、山川先生には幽明界を異にされて、本を直接手に取っていただけないのはまことに残念であるけれども、英語・英文学の豊かな世界の一端を垣間見る喜びを教えていただけたことは、他に代えがたいものとして有難く御礼申し上げます。最後に、出版に際していろいろとご配慮くださった溪水社の木村逸司社長、ならびに編集部の方々に心より御礼申し上げます。

2009年12月30日

上　村　盛　人

索　引

ア行

アイスキュロス（Aeschylus）　102-103
アウレリウス（Marcus Aurelius）　142
『アカデミー』（*Academy*）　88
『悪の華』（*Les Fleurs du mal*）　53, 59, 84, 127
アーサー・サヴィル（Arthur Savile）　60-63
『アシニーアム』（*The Athenaeum*）　118
「あずまやの歌」（"The Song of the Bower"）　166
アダム（Adam）　39
アタランタ（Atalanta）　46
アッシュバーナム伯爵（Count of Ashburnham）　50
「アドネイス」（"Adonais"）　127
アナクトリア（Anactoria）　77
アポロ（Apollo）　4, 10, 29-34, 76, 91, 104, 110, 120-123, 126-129, 131-132, 135
アムピトリテ（Amphitrite）　4
アルタイア（Althaea）　21, 46
アンティゴネ（Antigone）　103
アントニー（Antony）　39

イオーン（Ion）　4
イズールト（Iseult）　164
イーディス（Edith Swinburne）　59
イティルス（Itylus）　76
イートン（Eton）校　5, 9, 53, 61

ヴァザーリ（Giorgio Vasari）　144
ヴィーナス（Venus）　39, 42, 48-50, 74, 79, 145, 152
ヴィヨン（François Villon）　ii, 84, 118, 130-135
ヴィンケルマン（Johann Joachim Winckelmann）　141
「ヴィンケルマン」（"Winckelmann"）　151
「ヴェヌス・ヴェルティコルディア」（"Venus Verticordia"）　40
ウェルビー（T. Earle Welby）　88
ウッフィツィ美術館（Uffizi）　144
「自惚れ娘ディライト」（"Vain Delight"）　61
『ウルガタ聖書』（*Vulgate Version*）　94

ヴレーダ（Velléda）　39

英国の悪習（le vice anglais）　63
エウリディケ（Eurydice）　107
『エディンバラ・レヴュー』（Edinburgh Review）　87
「エデンのあずまや」（"Eden Bower"）　166-167
「エトルタのイギリス人」（"L'Anglais d'Étretat"）　7
エニサーモン（Enitharmon）　84
エリオット（T. S. Eliot）　179
遠藤周作、21
エンプソン（William Empson）　43-44

オヴィディウス（Ovid）　9
『オクスフォード・アンド・ケンブリッジ・マガジン』（The Oxford and Cambridge Magazine）　158
オクスフォード運動（The Oxford Movement）　140
「オフィーリア」（"Ophelia"）　161
「オールド・モータリティ」（"Old Mortality"）　139-140
オルフェウス（Orpheus）　107

カ行

ガイルズ（Thomas Gyles）　60, 62-63
『学生評論』（Undergraduate Papers）　140
「果樹園のくぼみ」（"The Orchard-pit"）　166
『ガストン・ド・ラトゥール』（Gaston de Latour）　153
「風と水」（"Wind and Water"）　180
カーソン（Rachel L. Carson）　iii, 13-14, 179-180
カーライル（Thomas Carlyle）　75
ガリラヤ人（Galilean）　121
カルメン（Carmen）　39, 43
河合譲治　39

キーツ（John Keats）　49, 76
キュモドケー（Cymodoce）　4
境界的状況（boundaries）　124, 174
共感覚（synesthesia）　171, 174, 177
『享楽主義者マリウス』（Marius the Epicurean）　143
共和国的結婚（Mariage Républicain）　75

『ギリシア研究』(*Greek Studies*)　154

『草の葉』(*Leaves of Grass*)　84
クノッフ（Fernand Khnopff）　40
クライスト（Carol T. Christ）　158
クリムト（Gustav Klimt）　40
クレオパトラ（Cleopatra）　39-40, 146
クレメンツ（Patricia Clements）　150
クロノス（Cronos）　121
クロムウェル（Oliver Cromwell）　107

芸術のための芸術（芸術至上主義）(*l'art pour l'art*; art for art's sake)　18, 35-36, 53, 55, 83-85, 127, 135, 142, 170, 173
劇的独白（dramatic monologue）　52
ゲーテ（Johann Wolfgang von Goethe）　141

ゴス（Edmund Gosse）　3-4, 50, 68, 138-139, 141
「古代の海の姿」("The Shape of Ancient Seas")　179
ゴーティエ（Théophile Gautier）　39-40, 53, 55, 129, 135, 138, 142, 172-173

サ行

「サーシス」("Thyrsis")　127
『サタディ・レヴュー』(*Saturday Review*)　87
サッフォー（Sappho）　6-11, 16, 29, 34-35, 76-77, 95, 102-103, 127, 132, 135
サド（Donatien Alphonse François de Sade）　6-7, 20-23, 45, 53, 63, 84
「サー・トマス・ブラウン」("Sir Thomas Brown")　153
サムソン（Samson）　39
サラムボー（Salammbô）　39
サロメ（Salomé）　40
『サロメ』(*Salomé*)　40-41
サンボリスト［象徴主義者］(symboliste)　40, 158

シェイクスピア（William Shakespeare）　61, 79, 124
シェリー（Percy Bysshe Shelley）　112, 122, 124-125, 127, 135, 172
『潮風の下で』(*Under the Sea Wind*)　14, 179
シダル（Elizabeth Siddal）　59
『詩篇』(*Psalms*)　94
シメオン（Simeon Stylites）　23

ジャウィット（Benjamin Jowett）　140-141
シャトーブリアン（Chateaubriand）　39
シャトラール（Chastelard）　47
『種の起源』（*On the Origin of Species*）　46
シュトラウス（Richard Strauss）　41
『ジュリエット』（*Juliette*）　20
ジョイス（James Joyce）　3
『少年：子供時代の物語集』（*Boy: Tales of Childhood*）　63
ジョゼフ・マスターズ社（Joseph Masters and Co.）　58-59, 65
「白のシンフォニー2番：白い少女」（"Symphony in White No. 2: The Little White Girl"）（1864）　174-175, 177
審美主義（aestheticism）　35, 85, 142
審美主義者（aestheticist）　158

スウィンバーン（Algernon Charles Swinburne）
　『ウィリアム・ブレイク論』（*William Blake*）　12, 31, 68, 83, 142, 153, 181
　『エレクテウス』（*Erechtheus*）　118
　「崖の上にて」（"On the Cliffs"）　5, 8, 10-11, 29
　『カリドンのアタランタ』（*Atalanta in Calydon*）　21, 36, 46, 59, 68, 151-153, 160, 169-170, 181
　「サラッシウス」（"Thalassius"）　4
　『詩とバラード』（第一集）（*Poems and Ballads, First Series*）　ii, 35, 52-54, 59, 67-68, 72, 74, 79, 83-85, 87-88, 115, 118, 121-122, 135, 140, 142, 150, 153, 162, 168, 181
　　「アナクトリア」（"Anactoria"）　8-10, 77
　　「イティルス」（"Itylus"）　75
　　「いとま乞い」（"A Leave-Taking"）　50, 75
　　「ヴィーナス讃歌」（"Laus Veneris"）　48-49, 74, 153, 180
　　「鏡の前で（絵画の影響の下で書かれた詩）」（"Before the Mirror（Verses Written under a Picture)"）　174
　　「果樹園にて」（"In the Orchard"）　166
　　「死のバラード」（"A Ballad of Death"）　50, 68, 71, 74
　　「生のバラード」（"A Ballad of Life"）　50, 68, 71-72, 74, 78, 168
　　「溺死」（"Les Noyades"）　75
　　「時の勝利」（"The Triumph of Time"）　3-4, 50-51, 54, 59, 75, 164
　　「ドローレス」（"Dolores"）　42-46, 52, 54, 77-82
　　「パイドラ」（"Phaedra"）　74
　　「八月」（"August"）　166

索　引

「フェリーズ」("Félise")　35, 149, 162, 168
「フォスティーン」("Faustine")　47, 54, 142-143
「フラゴレッタ」("Fragoletta")　50, 153
「プロセルピナ讚歌」("Hymn to Proserpine")　35, 77, 121-122
「プロセルピナの庭」("The Garden of Proserpine")　77, 81-82, 166, 181
「ヘスペリア」("Hesperia")　50, 77, 80-82
「ヘルマプロディトス」("Hermaphroditus")　11, 31, 172, 174
「モウセンゴケ」("The Sundew")　50, 161-162
「別れの前に」("Before Parting")　162
『詩とバラード』(第二集)(*Poems and Ballads, Second Series*)　ii, 118-119, 122, 127, 133, 135, 163, 181
「イザサラバ、オ別レデス」("Ave atque Vale")　127-128
「入り江にて」("In the Bay")　124, 126
「ヴィクトル・ユゴーより」("From Victor Hugo")　135
「ヴィヨンの心と肉體と諍論の歌」("The Dispute of the Heart and Body of François Villon," 原題、"Le Débat du Coeur et du Corp de Villon")　133
「ヴィヨン墓碑銘」("The Epitaph in Form of a Ballad," 原題、"L'Épitaphe de Villon en Forme de Ballade")　133
「(ヴィヨン遺言詩集)四十、四十一」("Fragment on Death," 原題、"(Le Testament) XL, XLI")　132
「形見」("Relics")　126, 166
「兜屋小町長恨歌」("The Complaint of the Fair Armouress," 原題、"Les Regrets de la Belle Heaumière")　132-133
「神ニ愛サレシ詩人ノ死ニ捧ゲル」("In Obitum Theophili Poetæ")　129
「最後の神託」("The Last Oracle")　119, 122-123
「頌詩(ておふぃる・ごーてぃえノ墓)」("Ode"(Le Tombeau de Théophile Gautier))　128
「ジョルダーノ・ブルーノを祝して」("For the Feast of Giordano Bruno")　127
「白いロシア皇帝」("The White Czar")　135
「セスティーナ」("Sestina")　126
「疇昔の王侯貴人の賦」("Ballad of the Lords of Old Time," 原題、"Ballade des Seigneurs du Temps Jadis")　132-133
「テオフィル・ゴーティエの死に関する追悼の詩」("Memorial Verses on the Death of Théophile Gautier")　128
「手紙の詩」("Epistle in Form of a Ballad to his Friends," 原題、"Épître à mes Amis")　133
「二重バラッド」("A Double Ballad of Good Counsel," 原題、"Double Ballade")

「廃園」("A Forsaken Garden")　125-126, 162-163, 165-166, 179-180
「薔薇の年」("The Year of the Rose")　126, 166
「バリー・コーンウォールを追憶して」("In Memory of Barry Cornwall")　128
「挽歌」("Epicede")　128
「奉納物」("Ex-Voto")　6
「巴里女のバラッド」("Ballad of the Women of Paris,"原題、"Ballade des Femmes de Paris")　132
「ひと月の終わりに」("At a Month's End")　126
「冬における春の幻影」("A Vision of Spring in Winter")　129
「フランスの敵に對する歌」("Ballad against the Enemies of France"原題、"Ballade contre les Ennemis de la France")　132
「フランソワ・ヴィヨンのバラード」("A Ballad of François Villon")　131-132
「無駄に終わった徹夜の祈り」("A Wasted Vigil")　126
「リサの嘆き」("The Complaint of Lisa")　127
「ロベール・デストゥートヴィユのための賦」("Ballad Written for a Bridegroom,"原題、"Ballade pour Robert D'Estouteville")　132
「別れに際して」("At Parting")　135
『詩と評論に関する覚え書』(*Notes on Poems and Reviews*)　52, 79, 82-83, 172
「シメオン・ソロモン:『愛のヴィジョン』およびその他の作品についての覚書」("Simeon Solomon: Notes on his 'Vision of Love' and Other Studies")　170
『シャトラール』(*Chastelard*)　47
「シャルル・ボードレール」("Charles Baudelaire")　127
「スイマーの夢」("A Swimmer's Dream")　15
「ダンテ・ゲイブリエル・ロセッティの詩」("The Poems of Dante Gabriel Rossetti")　159, 166
『チャペルの子供たち』(*The Children of the Chapel*)　58-60, 62, 64-65
「ニンフに捉われし人」("A Nympholept")　8
『バレンの物語』(*The Tale of Balen*)　36
『日の出前の歌』(*Songs before Sunrise*)　ii, 54, 87-89, 96, 102, 107, 113-116, 118, 135, 181
　「アメリカのウォルト・ホイットマンに寄せる」("To Walt Whitman in America")　33, 101, 105
　「アルマン・バルベ」("Armand Barbès")　99
　「痛クハナイノダ」("Non Dolet")　107
　「一年の歌」("A Year's Burden")　108
　「エウリディケ」("Eurydice")　107

索　引

「革命前夜」（"The Eve of Revolution"）　92
「悲シミノ母」（"Mater Dolorosa"）　102
「彼女ハ多クヲ愛シタガ故ニ」（"Quia Multum Amavit"）　99
「カンディアの反乱に寄せる歌」（"Ode on the Insurrection in Candia"）　106
「国々の連祷」（"The Litany of Nations"）　95
「暗闇」（"Tenebrae"）　98
「クリスマスの唱和」（"Christmas Antiphones"）　101
「行進の歌」（"A Marching Song"）　103
「心ノ中ノマコトノ心」（"Cor Cordium"）　103
「国旗の歌」（"The Song of the Standard"）　105-106
「懇願」（"An Appeal"）　107
「サン・ロレンツォにて」（"In San Lorenzo"）　103
「シエナ」（"Siena"）　103
「死者ノ如ク」（"Perinde ac Cadaver"）　107
「収穫月」（"Messidor"）　106
「終曲」（"Epilogue"）　108-109
「十字架の前で」（"Before a Crucifix"）　97
「祝福されるべき女性」（"Blessed among Women"）　95
「巡礼者」（"The Pilgrims"）　99
「勝利スル母」（"Mater Triumphalis"）　102
「序曲」（"Prelude"）　89, 92, 94, 97, 109, 111
「新年のメッセージ」（"A New Year's Message"）　101
「世界の生成」（"Genesis"）　100
「草丘にて」（"On the Downs"）　105
「単調音」（"Monotones"）　107, 110
「ティレシアス」（"Tiresias"）　103
「人間讃歌」（"Hymn of Man"）　98, 105
「ハーサ」（"Hertha"）　25, 96, 104, 111
「ばびろんノ川ノホトリデ」（"Super Flumina Babylonis"）　94
「奉納」（"The Oblation"）　108
「メンターナ：一周年記念日」（"Mentana: First Anniversary"）　95
「ローマを目前にしての停止」（"The Halt before Rome"）　95
「夜の見張り」（"A Watch in the Night"）　94
「フローレンスの巨匠たちのスケッチに関する覚書」（"Notes on Designs of the Old Masters at Florence"）　144
「ホイッピンガム文書」（"The Whippingham Papers"）　63
『ボスウェル』（*Bothwell*）　118

207

「北海のほとりで」("By the North Sea")　8
「鞭打ち台：序詞と十二の牧歌による叙事詩」("The Flogging Block: An Epic Poem in a Prologue and Twelve Eclogues")　63-64
「より高き汎神論の要約」("The Higher Pantheism in a Nutshell")　152
『レズビア・ブランドン』(*Lesbia Brandon*)　7, 64
『ロザモンド』(*Rosamond*)　50
「ロッホ・トリドン」("Loch Torridon")　8
『喜びの遍歴』(*The Pilgrimage of Pleasure*)　58-61
『ライオネスのトリストラム』(*Tristram of Lyonesse*)　27, 36, 164, 181
『ロンドー体の詩百篇』(*A Century of Roundels*)　11
「マリー・スチュアートへの告別」("Adieux à Marie Stuart")　50
スコット（William Bell Scott）　138, 159
スフィンクス（Sphinx）　39
『スペクテイター』(*The Spectator*)　127
ズーレイカ・ドブソン（Zuleika Dobson）　39

聖アンナ（Saint Anna）　147
『生の家』(*The House of Life*)　53, 167
聖母マリア（Saint Mary）　42, 147
ゼウス（Zeus）　121
セスティーナ（sestina）　54

「創世記」(*Genesis*)　100
『想像による会話』(*Imaginary Conversations*)　139
『僧侶』(*The Monk*)　39
ソロモン（Simeon Solomon）　i-ii, 140-141, 170, 173-174, 177

タ行

ダーウィニズム（Darwinism）　25
ダーウィン（Charles Darwin）　46
ダヴィンチ（Leonardo da Vinci）　144, 149
ダウティ（Oswald Doughty）　158
「絶え間なく揺れる揺りかごから」("Out of the Cradle Endlessly Rocking")　5
高階秀爾　41
谷崎潤一郎　39
ダヌンツィオ（Gabriele D'Annunzio）　40
ダブル・セスティーナ（double sestina）　54, 127
タリス（Thomas Tallis）　60-61

索引

ダール（Roald Dahl）　63
ダンテ（Dante Alighieri）　12, 130-131
タンホイザー（Tannhäuser）　39, 48, 74

『痴人の愛』　39
チャップマン（George Chapman）　61
チャトー・アンド・ウィンダス（Chatto and Windus）　58, 60
チャペル・ロイアル少年劇団（The Children of the Chapel）　58
チュー（Samuel C. Chew）　88, 149
チョーサー（Geoffrey Chaucer）　130-131
『沈黙の春』（*Silent Spring*）　179

「つれなき手弱女」（"La Belle Dame sans Merci"）　49

「ディアファネイテ」（"Diaphaneitè"）　140
「ディオニュソス研究」（"A Study of Dionysus"）　154
デイル（Peter Dale）　134
ティレシアス（Tiresias）　103
デカダン派（decadent）　158
『デカメロン』（*Decameron*）　127
デ・グリュー（des Grieux）　39
テニスン（Alfred Tennyson）　18, 54, 153
デリラ（Delilah）　39
テレウス（Tereus）　76

「灯台草」（"The Woodspurge"）　161-162
ドゥ・ルール（Paul De Reul）　169
時の翁（Father Time）　90, 94, 97, 111-112
ドノヒュー（Denis Donoghue）　153
トマス（Donald Thomas）　89
「虎」（"The Tyger"）　165
トリストラム（Tristram）　36, 164
トレヴェリアン夫人（Lady Pauline Trevelyan）　67
トロイのヘレン（Helen of Troy）　147, 153
ドローレス（Dolores）　44, 51, 54, 78, 80-81, 85, 143
ドン・ホセ（Don José）　39

ナ行

ナイティンゲール（nightingale）　8-10, 29, 75-76, 102
奈緒美（ナオミ）　39
ナボコフ（Vladimir Nabokov）　44
ナポレオン（Napoléon Bonaparte）　22

ニコル（John Nichol）　139
「西風に寄せる頌歌」（"Ode to the West Wind"）　122
二重の想像力（twofold vision）　31-33, 35
ニーチェ（Friedrich Wilhelm Nietzsche）　46

「眠れるヘルマプロディトス」（"Hermaphrodite Endormi"）　171-172
ネロ（Nero）　79

ハ行

バイウォーター（Ingram Bywater）　141
ハイダー（Clyde K. Hyder）　149
パイドラ（Phaedra）　74
ハイネ（Heinrich Heine）　141
パウエル（George Powell）　7, 141
ハーサ（Hertha）　96-97, 106, 111
「肌色の変奏曲（ヴァリエーション）：露台」（"Variations in Flesh Color: The Balcony"）（1864-67）　174
ハーディ（Thomas Hardy）　85
バード（William Byrd）　60-61
ハーバート（Herbert）　7
バラッド（ballad）　69
バラード（ballade）　69-70, 72-73
「春の猟犬」（"The Hounds of Spring"）　181
バレン（Balen）　36
ハーン（Lafcadio Hearn）　25-26
パン（Pan）　26
バーン＝ジョーンズ（Edward Burne-Jones）　49, 158-159

ビアズレー（Aubrey Beardsley）　40-41
「雲雀に寄せて」（"To a Skylark"）　122
ヒポリュートス（Hippolytus）　74
ヒル（Donald L. Hill）　149, 151, 153

索　引

ヒュッファー（Franz Hüffer）　88

ファウスティナ（Faustina）　47, 143
ファム・ファタル（*femme fatale*）　ii, 38-44, 46-55, 71, 78, 80, 142-143, 149
フィッツジェラルド（Edward FitzGerald）　84
『フィネガンズ・ウェイク』（*Finnegans Wake*）　3
フィロメラ（Philomela）　9, 76
フェリーズ（Félise）　143, 149
フォークナー（Jane Faulkner）　50
フォスティーン（Faustine）　47-48, 142-143
『フォートナイトリ・レヴュー』（*Fortnightly Review*）　144, 148
フォード（John Ford）　124
フック（James Clarke Hook）　6
ブラウニング（Robert Browing）　18, 52, 54, 67
ブラウン（E. K. Brown）　88
プラーツ（Mario Praz）　21, 39, 47
『プラトンとプラトン哲学』（*Plato and Platonism*）　152
「プラトンの美学」（"Plato's Aesthetics"）　152
『フランス革命』（*The French Revolution*）　75
プリアプス（Priapus）　42
プリンズ（Yopie Prins）　10
ブルーノ（Giordano Bruno）　135
ブルワー゠リットン（Edward George Earle Bulwer-Lytton）　67
ブレイク（William Blake）　13, 31-32, 84-85, 93, 165
フレッチャー［イアン］（Ian Fletcher）　149
フレッチャー［ジョン］（John Fletcher）　61, 124
フロイト（Sigmund Freud）　43, 46
プロクネ（Procne）　76
プロセルピナ（Proserpine）　72, 77, 82, 85, 122
フローベール（Flaubert）　39
プロメテウス（Prometheus）　22-23

ベアード（Julian Baird）　72
ペイター（Walter Pater）　i-ii, 40, 55, 85, 138-144, 147-154, 171
ベインズ（Thomas Spencer Baynes）　87
ヘーゲル（Georg Wilhelm Friedrich Hegel）　141
ヘスペリア（Hesperia）　80-81, 85
ヘニッヒハウゼン（Lothar Hönnighausen）　162, 166

211

ベーマー（Marcus Behmer）　40
ヘラクレイトス（Heracleitus）　94
ヘルマプロディトス（Hermaphroditus）　173-174
ヘンダースン（Philip Henderson）　89, 165
ヘンデル（Georg Friedrich Händel）　59

ホイッスラー（James McNeill Whistler）　i-ii, , 174-175, 177
ホイットマン（Walt Whitman）　5, 84, 93, 101
ホッテン（John Camden Hotten）　67
ボードレール（Charles Baudelaire）　45, 53, 59, 84, 127-128, 135, 142, 150
『ボードレールと英国の伝統』（*Baudelaire and the English Tradition*）　150
ホーフシュテッター（Hans H. Hofstätter）　40
ボーモント（Francis Beaumont）　61, 124
ボルジア（Lucrezia Borgia）　69-72, 78, 147
ホルマン・ハント（William Holman Hunt）　157

マ行

マーカス（Steven Marcus）　64
マガン（Jerome J. McGann）　53, 93, 99, 105, 107, 123, 127, 165, 169, 174
マクスウィーニー（Kerry McSweeney）　89
マクスウェル（Catherine Maxwell）　11, 153, 161
『マタイ伝』（*Matthew*）　94
マッツィーニ（Giuseppe Mazzini）　87, 107, 110, 115, 140
マティルダ（Matilda）　39
マノン・レスコー（Manon Lescaut）　39
マラルメ（Stéphane Mallarmé）　130
マリウス（Marius）　143
マーロウ（Christopher Marlowe）　61, 124-125

ミケランジェロ（Michelangelo）　143, 145, 149
「ミケランジェロの詩」（"The Poetry of Michelangelo"）　153
「緑とばら色のハーモニー：音楽室」（"Harmony in Green and Rose: The Music Room"）（1860）　174
ミルトン（John Milton）　107
ミルンズ（Richard Monckton Milnes）　59, 63
ミレー（John Everett Millais）　157, 161

ムーサ（Muse）　124

索引

鞭打ち文学（the literature of flagellation） 63

メアリ・ゴードン（Mary Gordon）［結婚後、ミセス・ディズニー・リース（Mrs. Disney Leith）］ ii, 38, 50-51, 53-55, 58-59, 61
メアリ・スチュアート（Mary Stuart, Queen of Scots） 47
メイフィールド（John S. Mayfield） 50
メッサリーナ（Messalina） 40
メドゥサ（Medusa） 39
メリメ（Mérimée） 39, 43
メレアグロス（Meleager） 21, 36, 169
メレディス（George Meredith） 67, 115
メンケン（Adah Isaacs Menken） 44

モクソン（Moxon）社 67
モナリザ（Mona Lisa） 143, 146, 148-149
モーパッサン（Guy de Maupassant） 7
モーリー（John Morley） 120, 122, 148
モリス（William Morris） 115, 140, 151, 158-159
モロー（Gustave Moreau） 40-41
モンズマン（Gerald Monsman） 140, 153

ヤ行

ユグドラシル（Yggdrasil） 97
ユゴー（Victor Hugo） 107, 135
ユーディット（Judith） 40
ユリアヌス（Julian） 120-121
『ユリシーズ』（*Ulysses*） 3
ユリゼン（Urizen） 84
ユング（Carl Gustav Jung） 54

「予言書」（"Prophetic Books"） 84-85
「より高き汎神論」（"The Higher Pantheism"） 153
「より低き汎神論」（"The Lower Pantheism"） 153

ラ行

ラギー（Robert E. Lougy） 58-59, 65
ラスキン（John Ruskin） 168
ラファエル（Raphael） 157-158

ラファエル前派（Pre-Raphaelite）　　i-ii, 18, 35, 53, 69, 150, 157-159, 161-162, 166, 168, 170, 174, 177
ラファエル前派兄弟団（Pre-Raphaelite Brotherhood）　　157
ラファエル前派主義（Pre-Raphaelitism）　　157-158
ラング（Cecil Y. Lang）　　50, 115
ランダー（Walter Savage Landor）　　139

「リシダス」（"Lycidas"）　　127
リース（Disney Leith）　　51, 59
リックス（Christopher Ricks）　　150
リード［アルフレッド］（Alfred Reed）　　iii, 181
リード［デイヴィッド］（David G. Riede）　　163
リリス（Lilith）　　39

ルイス［マーゴット・K］（Margot K. Louis）　　45, 164
ルイス［マシュー・グレゴリー］（Matthew Gregory Lewis）　　39
ルーヴル美術館（The Louvre）　　171-172
ルクレティウス（Lucretius）　　127, 135
ルックスビー（Rikky Rooksby）　　6, 8, 181
『ルネサンス』（*The Renaissance*）　　140, 151, 171
『ルバイヤート』（*The Rubáiyát*）　　84

レイミア（Lamia）　　146
レイモンド（Meredith B. Raymond）　　30, 114
レヴィー（Michael Levey）　　140, 143, 149
「レオナルド・ダ・ヴィンチについての覚書」（"Notes on Leonardo da Vinci"）　　148
レズビア・ブランドン（Lesbia Brandon）　　7
「レスボス」（"Lesbos"）　　127
レダ（Leda）　　147, 153
レリー（Gilbert Lely）　　22

ローズバーグ（Jonathan Loesberg）　　153
ロセッティ［クリスティーナ］（Christina Rossetti）　　11, 158
ロセッティ［ダンテ・ゲイブリエル］（Dante Gabriel Rossetti）　　i-ii, 40, 53, 59, 67, 130, 133, 148, 151, 157-159, 161-162, 166, 167
ロベスピエール（Maximilien Robespierre）　　22
『ロメオとジュリエット』（*Romeo and Juliet*）　　79

『ロリータ』(*Lolita*)　44
ロレンス（D. H. Lawrence）　85
ロンド（roundel）　54

ワ行

ワイルド（Oscar Wilde）　40-41, 55, 85
ワッツ［＝ダントン］（Theodore Watts-Dunton）　8, 54, 118, 135, 163
『われらをめぐる海』(*The Sea Around Us*)　14, 179

【著者】

上村　盛人 ［うえむら　もりと］

大阪外国語大学英語学科卒業後、大阪大学大学院文学研究科（英文学専攻）修士課程修了。奈良教育大学、関東学院大学、奈良県立医科大学を経て、現在、滋賀県立大学教授。

翻訳：A.C.スウィンバーン、『カリドンのアタランタ』（山口書店）；J.ヒリス・ミラー、『小説と反復』［共訳］（英宝社）；クリスティーナ・ロセッティ、『モード』（渓水社）など。

論文：'"A Voice from the Sea": Whitman's "A Word out of the Sea" and Swinburne's "Thalassius" and "On the Cliffs"'（『英文学研究』［日本英文学会］）；"'Diaphaneitè' –Pater's Enigmatic Term" (*Cahiers victoriens et édouardiens*) など。

スウィンバーン研究

平成22年3月30日　発行

著　者　上村　盛人
発行所　㈱渓水社
　　　　広島市中区小町1－4　（〒730-0041）
　　　　電話　(082) 246－7909
　　　　FAX　(082) 246－7876
　　　　E-mail：info@keisui.co.jp

ISBN978-4-86327-094-7 C3098